关爱正逢时

◎ 福安市关心下一代工作委员会 编

海峡出版发行集团
THE STRAITS PUBLISHING & DISTRIBUTING GROUP
海峡文艺出版社

写在扉页上的话

⭐ 巨作，细功，厚德，至爱，启人。情之所至，下笔生花，硕果累累。

    ——陈增光（福建省政协原副主席、关工委常务副主任）

⭐ 从思到写，汗水辛苦不寻常。值得我们去阅读，去感悟的。

    ——李育兴（福建省委原副秘书长、办公厅主任）

⭐ 诗词文赋，文魂诗骨，三贤故里，五福福安，历来重文崇儒。此书不仅探索关心下一代文化硕果，也是"闽东之光"博大精深的组成部分。目前福安乃至闽东是唯一的，值得一读。

    ——李过渡（宁德市关工委主任）

⭐ 此部作品，作者把五老精神触于笔端化于纸上，用群众语言，朴实文风讲故事，充分展现了五老可亲可爱，可信可学的崇高形象。

    ——王振秋（福安市文联主席）

⭐ 此书的文字，融诗情、史识、哲思于一炉，表现出五老对关工事业无比热爱，对过往的追思和对未来憧憬，是关工事业上值得关注的文化收获。

    ——王锦华（福安民族中学高级教师）

《关爱正逢时》编撰委

顾问

钟逢帮（福安市委常委、组织部部长）

蓝和鸣（福安市政府党组成员、副市长）

钟　韩（福安市政协党组成员、副主席）

詹翠霞（福安市政协原主席、老区建设促进会会长）

黄　滔（福安市人大常委会原副主任、关工委副主任）

林庆枝（福安市政府原副调研员、慈善总会会长）

林　平（福安市政协原副主席）

编撰委主任

林　青（福安市人大常委会原主任、现关工委主任）

编撰委副主任（按姓氏笔画排序）

王振秋（福安市文联主席）

李以训（福安市农业农村局原副局长、推广研究员）

李　园（福安市关工委副主任）

杨乃发（福安市老干局原局长、现关工委常务副主任）

林成增（福安市教育局党组书记、局长）

林　霁（福安市文体和旅游局党组书记、局长）

陈祖枝（福安市茶业管理局原局长、农业农村局推广研究员）

郑坚雄（福安市委宣传部副部长）

施卫秋（福安市委组织部常务副部长）

章桂平（福安市农业农村局党组书记、局长）

执笔主编

王梅凌（福安市关工委副主任、福安市作家协会副主席）

编委成员（按姓氏笔画排序）

王锦华（福安市民族中学办公室主任、高级教师）

陈宝清（福安市民政局原副局长、现关工委副主任）

林　娟（福安市关工委青少年心理咨询中心）

黄曙英（原福安市文体新局办公室负责人、省作协会员、宁德市作协理事）

黄少娟（福安市关工委办公室负责人）

施金全（福安市葡萄协会秘书长、推广研究员）

缪晓春（福安市关工委原办公室负责人、福安市委组织部信息档案中心副主任）

关爱正逢时
壬寅仲夏吉增光书

书法
作者：陈增光（福建省政协原
　　　副主席、省关工委常务
　　　副主任）

为下一代作奉献
壬寅仲秋钟雷兴书

书法
作者：钟雷兴（宁德市人大常委
　　　会原主任、市关工委主任）

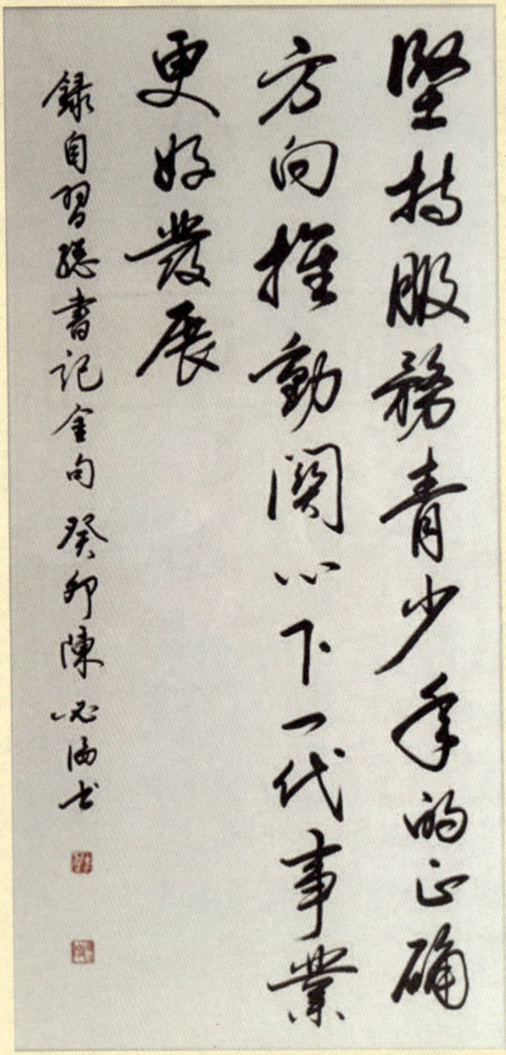

坚持服务青少年的正确方向推动开心下一代事业更好发展

录自习总书记金句　癸卯陈必滔书

书法

作者：陈必滔（福建省政协学
习委原主任）

福满华堂

癸卯初夏　薛成康

书法

作者：薛成康（宁德市原副市长）

国画《老当益壮》
作者：陈友荣（福建省人大常
　　　委会原常委）

国画《春暖花开》
作者：李爱珍（福安老教师）

摄影《红红火火》
作者：李过渡（宁德市关工委主任）

摄影《牧牛图》
作者：林平（福安市政协原副主席）

剪纸《金童玉女》
作者：沈翠容（福安老教师）

序　一

◎ 李育兴

最近，林青主任对我说，福安市关工委组织力量撰写了《关爱正逢时》一书，行将付梓出版发行，嘱我为其写篇序言。缘于老同事嘱托，以及被"五老"同志热爱党的事业与人格魅力所感动，我欣然应允。

福安背山临海，是人杰地灵的红土地，改革开放以来涌现出不少优秀人物，其中使我难以忘怀的是老同事林青同志。林青同志是福清人，21岁那年，他从农校毕业分配到福安工作，至今已过60多个春秋了。他一生干了两件令人难忘的事：一是带领福安农业战线干部弘扬"滴水穿石、弱鸟先飞"精神发展农业，念好"山海经"。山上造林绿化，发展茶叶，种植水果芙蓉李、特晚熟龙眼与巨峰葡萄等，海上养殖对虾、黄鱼，抓"湾坞围垦工程"与滩涂养殖；富春溪两岸种绿竹，使福安成了全省农业综合开发的先进典型。二是担任关工委主任以来带领老干部、老战士、老专家、老教师、老模范等"五老"同志，不忘初心、牢记使命，尽心尽力，播撒爱心，抓好青少年教育。成立宣讲报告团，传承红色基因，赓续红色血脉，设立"福安市关心下一代基金"，筹办"家长学校""儿童之家"，实施青年致富"种子工程"等。由于成绩突出，他被中国关工委授予"全国关心下一代先进工作者"。2020年，他晋京在人民大会堂向中央领导作《初心不改育新苗　八旬人生不言老》的典型事迹汇报，展现了闽东老干部的情怀与境界。

纵观30多年来福安关工委工作，"五老"同志们不忘初心、牢记使命，为协助党委政府立德树人，帮助引导广大青少年健康成长做了大量卓有成效的工作。从《关爱正逢时》汇集的诗文中，我认真浏览，印象深刻，颇有收益。在"关爱见初心"辑，除对福安近10万青少年的心灵、物质进行帮助外，还开展让少年儿童喜闻乐见的一系列关爱活动。作者深入观察，还以散文、诗歌、随笔等文学形式记述了广大少年儿童活泼可爱的时代画面。其诗文从形式到内容都呈现多样性、可读性、思想性。从对青少年的心理咨询到捐款捐物的关爱帮助，从护学警花安全护送孩子上学到颂扬考上北大、复旦的时代骄子等，这些对青少年教育和传递爱心接力棒，培养社会主义建设者和接班人有着极重要的意义与作用。

在《关爱正逢时》中还抒写了一大批"五老"群体形象，他们在关心下一代的广阔舞台上继续发光发热。以林青主任为代表的"五老"同志，具有丰富的工作经验、人脉资源和奉献精神。写这些群体与内容涉及面广、人物形象鲜明多样，有老领导、老农民、老专家、革命英烈，从乡村到机关，从企业到校园。如写福安乡镇关工委主任李建力等七位"五老"同志的《五老赞歌》，写老教师郑复赠先生的《砚田犁痕》，写福安巨峰葡萄引种第一人陈玉章的《纪念陈玉章》，写首任福安市关工委主任郑桂全的《第一代追梦人》，写原宁德地委组织部部长王毓荣的《无欲则安的力量》等等。一方面赞扬了这些老同志认真负责，努力为关工委工作增添光彩的无私奉献精神；另一方面也充分体现了作者精心挖掘素材的认真负责态度与敬业精神。

"爱在草木间"辑，作者饱含深情记述了福安农业一路走来的艰辛和取得的累累硕果，写了以林青主任为代表的老农业人执着敬业的奋斗精神，为福安农业发展，为福安乡村振兴、农民增收，乐此不疲四处奔走。这在《福地流金岁岁甜》和《过洋葡萄别样香》诗文中可以充分反映出来。时至如今，以林青主任为代表的农业科技老专家的爱农敬业初心始终如一，继续为福安农村农业发展奋斗不息！

由此可见，我以为：

《关爱正逢时》是一部有关福安市关工委工作的文化专著，是对福安市关工委工作的高度总结，既回望过去，又展望未来。书中"五老"这个群体是"老骥伏枥志在千里"，胸怀大局境界高尚，其精神是值得我们学习并发扬光大的！

《关爱正逢时》内容丰富，形式新颖，值得我们去阅读，去感悟！

祝贺并期待《关爱正逢时》早日付梓面世！

谨为序。

2022 年 8 月 26 日于榕城

（本文作者系福安县委原书记，福建省委原副秘书长、办公厅主任）

序　二

◎ 李过渡

今日，林青主任跟我说，福安市关工委编写的《关爱正逢时》，是一部反映关心下一代事业整体风貌的文学作品。书中汇集了60多篇散文随笔、80多首诗词歌赋，以文学形式呈现基层关工委的发展图景。这里凝聚了福安市关工委同志们多年来的心血和汗水，书中真情讴歌纯真童心，热忱赞美激情青春，生动展示"五老"风采，真实记录关工业绩。因此，在《关爱正逢时》付梓之际，林青主任请我为之作序，我欣然应允。

《关爱正逢时》比较全面展现了福安市关工事业30年征程，从1990年第一任关工委主任郑桂全同志"开启关工第一扇门"到现任林青主任出席中国关工委成立30周年纪念大会，登上人民大会堂的讲坛，抒发全国"五老"心声，把"福安声音"留在了这个神圣殿堂。《铸魂心师》《致敬心理咨询师》生动记述了福安市关工委阳光青少年心理咨询服务中心的"心心守护者"的风貌，那一面面锦旗就是对他们工作的褒奖。《致敬护学警花》《富春公园：传颂着关爱文化》，管中窥豹，让读者看到对下一代的关爱已覆盖全社会方方面面。《关爱正逢时》丰富多彩，形象生动，展现了关工人的精神之美，也体现了文学艺术的魅力。诗歌、散文异彩纷呈，妙趣横生。"五老风采"辑歌颂"五老"不计得失，不辞辛苦对关工事业默默奉献之美。诸如《耄耋人生也精彩》，写社口镇关工委主任李建力同志，笔触细腻，饱含深情，活生生的"老黄牛"形象跃然于纸上。《精神不言老，大爱地生辉》写林青主任，言之有物，处处感人，让人对这位八旬老者在福安60多年的奋斗历程肃然起敬。

《关爱正逢时》有饱满的形象，又给人深刻的思想启迪。书中有美丽雄浑的自然景观、波澜壮阔的时代背景和深接地气的人文情怀，每一篇作品都是实实在在有形客体，有筋有骨，血肉丰满。作者所闻所见，所思所想，思绪跌宕起伏，情感洪流如万马驰骋，江河奔涌，把人引向气势壮美的精神世界。诸如《纪念陈玉章》，抒写引种福安巨峰葡萄第一人，作者笔触细微，情深感人，如歌如泣。

诗词文赋，文魂诗骨，三贤故里，五福福安，历来重文崇儒。因此，《关爱正逢时》不仅是探索关心下一代文化之硕果，也是"闽东之光"博大精深文化的组成部分。目前在福安乃至闽东是唯一的，值得一读。

《关爱正逢时》书名既平实无华，又寓意深远。关爱下一代，关爱广大青少年，也就是关爱祖国和民族的未来。

在《关爱正逢时》出版之际，我谨表贺忱，期待早日付梓面世。

是为序。

（本文作者系周宁县委原书记，宁德市人大常委会原副主任，现任宁德市关工委主任）

导读：化作春泥更护花

◎ 王振秋

阿基米德说过：凡努力过的，必将留下痕迹。

新近，老领导林青主任要我为关工委付梓的《关爱正逢时》写些文字，我深谙自己分量不够，心中不免惴惴不安，尽管推托再三，最终还是恭敬不如从命。

让时光倒流20多年，我也是关工委大集体中的一员。在我的职业生涯中，曾有幸参与了关心下一代工作，虽然只有10个年头，但是关工委给我留下的印象，可谓记忆尤深乃至刻骨铭心！回想起与老同志携手在夕阳下奔跑，逝去的是"激情燃烧的岁月"，然而，记忆深处那段时光，依然温馨！如当年的老同志郑桂全、雷瑞华、陈鸿颐、吴启坤、林秀明、陈寿晋、吴维新（星）等，他们均谢尽了"春红"而化作"春泥"，为关心下一代事业鞠躬尽瘁，死而后已。可以这么说，他们的晚年绽放了夕阳的光辉。而改革开放后，许许多多像老部长王毓荣、老主任林青、老主席马翠玉一样的老同志，他们几十年如一日，无怨无悔，忘我地工作着。在大伙的齐心努力下，一张张大学录取通知书飘到了偏僻山村结对子孩子们的手中。望着孩子们脸上绽出的如花笑靥，我的心和大家一样宛如被灌进了蜜汁！

《关爱正逢时》，全书共分8辑，以诗歌、散文、文学通讯和调研报告等文章，全景式记录了关心下一代工作的点滴。

如"关爱见初心"辑，《爱的回应》《致敬护学警花》等文，用诗歌语言描绘少年儿童在社会各界关心关爱下，茁壮成长的历程。正如毛泽东同志说的，你们"青年人朝气蓬勃，正在兴旺时期，好像早晨八九点钟的太阳，希望寄托在你们身上"。青少年是祖国的花朵，是祖国的希望和未来，然而当这些花朵姹紫嫣红盛开在祖国各地之际，谁可曾注意到花朵地底下基肥般的春泥？他们正是成千上万的"五老"和社会各界人士，是他们尽己所能为下一代撑起一片蔚蓝的天空。如"五老风采"辑，作者以一个亲历者的笔触，热情讴歌"五老"在关心下一代工作中的感人事迹。人生壮年，他们各自谱写人生的华章；年迈之时，退而不休，继续用激情与责任推动关心下一代事业发展，为青少年铺就一条健康成长之路，充分彰显了"忠诚敬业、关爱后代、务实创新、无私奉献"的"五老精神"，展现了当代"五老"的责任担当。面对百年未有之大变局，"五老"志愿者将"五老精神"转化为自己的实际行动，充分发挥自身的特长和优势，为青年一代搭建了更广阔的发展舞台。再如"赞美青春""爱在草木间""进肺腑之言"等辑，作者用《青春的烦恼》《飘扬的红绸带》，用《让我们心想家乡》《过洋葡萄别样香》《一穗葡萄的启迪》《永不忘却的记忆》《美好的记忆》《与光荣的使命同行》等大量篇什介绍福安市关工委诸位"五老"，他们老有所为，发光发热，一心当好育苗护花的使者。作为基层干部，应有"功成必定有我"的勇毅和担当的责任观，自觉做静得下心、沉得住气、弯得下腰、扑得下身、吃得了苦的实干型干部，在经风雨、见世面中长才干、壮筋骨，在流汗吃苦中练就担当作为的硬脊梁、铁肩膀、真本领，展现新时代基层工作者的担当和使命。要有"功成不必在我"的不计名利的政绩观，以永不懈怠的精神状态和勇往直前的奋斗姿态，谱写新时代中国特色社会主义壮丽篇章。

《关爱正逢时》一书，作者把"五老精神"融于笔端，化于纸上，用群众语言、朴实文风讲故事，充分展现了"五老"可亲可敬又可信可学的形象。正如福安市关工委主任林青所说：以文学的方式学习"五老精神"，宣传"五老"事迹，是大力弘扬中华传统文化，推动社会主义核心价值观在青少年心中落地生根的一种文明实践，体现了福安市关工委工作与时俱进的时代特征。读后感慨良多。我想，该书文章所描写的人与事，只是福安市关心下一代工作中的几朵浪花，还有更多可歌可泣的故事有待发现和挖掘并融汇于笔端，日后再付梓成册以飨读者。

最后，我将刘禹锡诗"人谁不顾老，老去有谁怜。身瘦带频减，发稀冠自偏。废书缘惜眼，多灸为随年。经事还谙事，阅人如阅川。细思皆幸矣，下此便翛然。莫道桑榆晚，为霞尚满天"献给以林青主任为代表的"五老"团队，向所有默默耕耘在关心下一代工作战线的"五老"和社会各界人士致以崇高的敬意！值此，也由衷感谢福安市关工委"五老"们为本书的付梓出版所付出的辛勤努力。

（本文作者系福安市文联主席）

开卷语

常言道：忧心为政，真情为文。其实，在关工委，我并不忧心，反而很开心。与"五老"们朝夕相处很快乐，就当闲聊也欢畅。聊之余，我喜欢思考问题并把它写出来。我所写出来的诗歌也好，散文也罢，还有一些时政随笔，有时不惮其烦斗胆发到关工微信群里与同事们分享之前，都反复细看，字句推敲，生怕出差错。原来写作也是一种对话、一种交流，从中可以得到自勉，得到鞭策，得到启迪。

关爱正逢时，是时代赋予的责任和使命。广大青少年是祖国美好的明天，是中华民族伟大复兴的希望，是创造历史的生力军。牵手希望，未来可期。"少年智则国智，少年富则国富，少年强则国强，少年独立则国独立，少年自由则国自由，少年进步则国进步，少年胜于欧洲，则国胜于欧洲，少年雄于地球，则国雄于地球。"民族的复兴离不开青少年，民族的前途取决于青少年，青少年就是祖国的明天。

关爱正逢时，广大青少年生逢其时，盛世年华，正值茁壮成长之黄金期，应当宠辱不惊有担当，早日锻炼成为国之栋梁之材。因此，关爱正逢时，此为本书初衷所在，也是关工事业的精神内核。

关爱正逢时，正逢一个为了下一代可期可待的火红时代。新时代，沉甸甸责任在肩，一颗颗火热的心投入到充满爱心和智慧的关工事业中。老骥伏枥，志在千里。"五老"们的工作得到党政领导的重视、肯定、指导，得到领导层的鼓励、信任、支持，"五老"们精神上备受鼓舞，必将群情振奋。为了明天，必将释放出人生正能量，在发挥余热之中，闪现璀璨光芒。

关爱正逢时，恰逢一个全社会对关工事业关心、理解和支持的好时代。千千万万企业沐浴党的好政策，越办越好。优秀企业家生意通江达海，财源滚滚来。这些能人志士，这些爱心乡贤，与关工事业联系在一起，心心相印，他们重视公益，更加拥有爱心，心甘情愿拥抱明天，关心和资助下一代成长。他们一如既往站在关工事业的历史潮头，以其思想和财富，一以贯之捐款捐物，一腔豪迈。他们真心关怀少年儿童，气度非凡，力度不减，浩气犹存，成为新时代关爱事业的表率和楷模。他们感谢党和国家的好政策使其富裕起来，不负时代，不负家乡父老乡亲，不负韶华布慈善，也是一种报恩之善举。留下了浩然正气，洋溢着人世间大爱无言的芳名。

我国青少年正处在继往开来的重要历史时期，在习近平新时代中国特色社会主义光明大道上，任重道远。悠久灿烂的中华文化和红色基因，是广大青少年勇敢、进取和智慧的精神源泉。作为“五老”，我们应当为青少年留下精神财富，成为青少年砥砺前行的鼓舞力量。我们终将离开这个世界，我们留给子孙的是一份丰富的精神遗产，留下可贵的人品、高尚的心灵。本书中所描述的“五老”形象，是基层“五老”的楷模，也是青少年的精神典范，值得学习和致敬。这是对我们的下一代最好的关爱。

关工美酒敬两杯，一杯敬过往，“五老”余生有作为，致敬黄昏夕阳红；一杯敬明天，旭日东升迎朝阳，致敬青春与梦想，少年儿童人生总灿烂。

梁衡先生曾说，为文者可以分成六个层次以满足读者需求：最低层次给人以刺激，第二层次给人以休闲，第三层次给人以信息，第四个层次给人以知识，第五个层次给人以思想，最高层次给人以美感。

《关爱正逢时》是关工文化初探的成果。我是多么希望同仁及广大读者不吝批评，给著书者以鼓励和鞭策，从而助力福安市关工委扛起文化宣传上的初心责任，大力弘扬关工文化之光，也是宣扬"闽东之光"，共同托起关心下一代的历史责任。

王梅凌
2022 年 7 月 2 日清晨

目 录

首　章

2022 年 6 月，中国关工委主任顾秀莲同志在湖南长沙与各民族小朋友在一起

2020 年，纪念福安市关工委成立 30 周年座谈会期间宁德市关工委主任李过渡同志（右十一）、福安市委书记叶其发同志（右十）与全体参会人员合影

　　2020 年 11 月，福建省关工关工委刘群英主任（右九）一行在宁德市关工委李过渡主任（左七）、福安市人大常务委员会郑战雄主任（右六）陪同下，视察福安市关工委机关并看望基层工作人员

　　福建省政协原副主席陈增光（左二），福建省委原副秘书长、办公厅主任李育兴（右三），福安市关工委主任林青（右二），福安市教育局局长林成增（左一），坂中畲族乡党委书记林鸿庄（右一）在仙岩小学与小朋友们共度"六一"儿童节

2016 年 8 月 23 日，福安市举行打造农村青年致富"种子工程"升级版座谈会。会议邀请全国葡萄协会会长晁无疾（右七），宁德地委原副书记、现省关工委副主任林平（右六），宁德地委原秘书长、福建省科协原党组书记林思翔（左七），福安市原市长、福建省民宗委原主任钟明森（右五），福安市人大常委会副主任赵仕忠（右一），福安市政府副市长蓝和鸣（右二）等领导及专家出席，福安市关工委主任林青陪同（右一）

2017 年 11 月 27 日，福建省常委、统战部部长雷春美（右二）莅临福安市松罗乡后洋畲族村调研，福安市委书记叶其发（右一），松罗乡党委书记缪建辉（右三）陪同

　　2011年9月，宁德地委原书记吕居永（右二），福建省委原副秘书长、办公厅主任李育兴（左二），福安市人民政府原市长钟明森（右一）和福安市关工委主任林青（右一）在一起交谈关心下一代工作发展情况

　　2015年5月，福建省关工委常务副主任陈增光（左四）在福安坂中畬族乡彭加洋村调研，与市乡村干部在一起，福安市关工委主任林青（左三）陪同

2010 年 5 月，宁德市关工委原主任钟雷兴在福安宁德市民族中学参观闽东革命纪念馆，福安市关工委主任林青陪同

2021 年 9 月 15 日，福安市委书记周祥祺（右二），市委组织部部长钟逢帮（左二）亲切看望市关工委主任林青（右一）、副主任黄滔（左一）等相关老同志

　　2022年10月11日，在党的二十大胜利召开之际，福安市关工委主任林青（右三）及常务副主任杨乃发（右二），福安市老龄办原常务副主任陈宝清（右一），向福安市人民政府市长黄其山（左一）汇报工作，黄其山市长对关工委工作给予充分肯定和赞赏并向老领导及老同志畅谈了福安建设和发展前景

　　2001年9月，福安市关工委为城阳乡八一小学赠送校服等相关学习用品，在校园举行隆重赠送仪式。福安市关工委主任林青（右四），福安市城阳乡党委原书记、福安市政协原主席詹翠霞（左二），福安市关工委副主任黄滔（左三），福安市政协原副主席林平（右一）等相关同志参加活动

　　福安县委原书记，福建省委原副秘书长、办公室厅主任李育兴（右二）；福建省农业厅厅长吴建华（左二）；宁德地委委员、秘书长，福建省科协原党组书记林思翔（左二）；福安市委原书记徐桂春（左一）莅临下白石晚熟龙眼基地调研，福安市关工委主任林青（左一）陪同

　　2021年，福建省政协原副主席陈荣春（左二）、福建名人研究会会长唐慧如（左一）一行视察溪潭爱故乡书院，福安市关工委主任林青（右一）等陪同

　　2021 年 3 月 17 日，福建省关工委副主任林依标（左四）、蔡伟（左六），宁德市关工委主任李过渡（左三）一行视察福安市关工委青少年心理咨询服务中心，福安市关工委主任林青（右五）陪同

　　2021 年，潭头镇渔溪洋村成立教育基金会并捐助学生上大学座谈会

关爱正逢时

——福安民族实验小学"六一"儿童节活动侧记

2022 年 5 月 30 日，福建省政协原副主席陈增光，省委原副秘书长兼办公厅主任李育兴一行应邀参加福安渔民上岸定居 20 周年纪念活动之时，恰逢国际"六一"儿童节。

福安市关工委借机盛邀，老领导一行欣然应往与福安仙岩民族实验小学校的小朋友们共同欢度节日。

一、小朋友们期待着"大朋友"的到来

初夏的仙岩，举目葱茏。韩阳十景之一的"仙岫晴云"，今天显得格外妩媚欢腾。校园里，童心乐，园丁欢，孩子们身着民族节日盛装，一张张天真可爱的脸上绽放着幸福的笑容。他们有的夜里梦中笑出了声，有的闻鸡起舞起了个大早，重复练习即将展现的舞蹈，有的在心里默默想着今天节日礼品是什么。孩子们的心灵纯粹、纯洁、纯净。孩子们为了这盛大节日，盼星星，盼月亮，期待已久。他们心里总是在想，今天是谁来与他们一起欢度节日呢？

上午 9 时许，"大朋友"来了。

陈增光副主席、李育兴书记（曾任福安书记）在福安市委书记周祥祺及市老领导林青、詹翠霞及教育局、民宗局、关工委，坂中乡相关人员陪同下，来到了仙岩，走进了校园。

校园里"弘扬闽东之光，争做时代新人"儿童节主题活动场景引人注目。此场景是教育局林成增局长亲临指导布置，有特色，有气氛，接地气，充满民族风情。小朋友们来自五湖四海，161 名学生就像山花绽放美丽。他们当中有汉族，有畲族，有回族，还有维吾尔族，那各族服饰穿在小朋友身上显得特别亮丽，彰显了民族一家亲、命运共同体、童心向党、念党恩的活动主旨。

在欢快的童心童趣致辞欢迎气氛中，陈增光副主席、李育兴书记、周祥

祺书记等领导都自然而然成为小朋友们的朋友。大朋友们面对面，零距离，很亲切地给小朋友们赠送了节日礼品。这些礼品，有服装，有学习用具，有小食品，还有书籍《回家路上》及画册。吃的，用的，穿的，还有书，从物质层面到精神层面都考虑到了。

小朋友们从大朋友们手中接过沉甸甸的礼品，感激之情溢于言表。细看那一张张无忧无虑、天真可爱的稚嫩脸庞，多么像春天花儿盛开啊！

笑脸迎客人，客是大朋友。

陈增光副主席、李育兴书记不仅是小学生的朋友，也是广大福安干部群众的好朋友。我想，对乡村农民来说，他们是老农友；对福安老干部而言，他们是老朋友。朋友，是如此接地气且亲切之谓称，情谊笃深，价值连城。朋友，为事业，知晓天下事，万事吐纳在胸中，那是一种友好，那是一种交流，也是一种教导。美好重温，寄托精神，激励后人。这是陈增光副主席、李育兴书记长期心系福安的博爱情怀使然。

二、怀旧，是为了一起走向未来

站在仙岩校旧址前。这栋楼房变成一座"民族风情展览馆"。

在此，陈增光副主席、李育兴书记驻足良久，深情回忆。

20世纪80年代，时任宁德地委书记习近平曾经两次视察此校，看望师生，并强调教育的重要性，人才的根本性。而如今，一晃30多年过去，弹指一挥间。

走进展馆，身穿民族服装的小朋友热情迎接客人。这些小朋友也是馆里的临时讲解员。他们小腮边装挂着小扩音器，语如清泉流淌，童音悦耳，边讲边伴有动作，天真活泼。

此时，陈增光副主席、李育兴书记一行来到"习爷爷在宁德的故事"展室里，有一帧照片特别显眼，一下子吸引了众人驻足细看。这是一张34年前的旧照片，是时任宁德地委书记习近平在当时仙岩小学门前与校长、老师及部分乡村干部的合影。陈增光副主席、李育兴书记的身影就在照片中。面对这一帧十分珍贵的照片，客人们怎么也舍不得挪开脚步，都在照片前看了许久。往事如烟，沧海桑田，记忆浓稠。此时，陈增光副主席深情地说：习近平总书记当年多次视察福安，特别关心民族教育事业发展，曾两次莅临仙岩小学看望全体师生，并了解师生的生活、工作、学习情况。他勉励学生要努力学习，茁壮成长，早日成才，建设祖国，堪当重任。他鼓励老师要安心山村工作，乡村教师辛苦，但很光荣，要为少数民族教育事业作贡献。我们今天的相聚，就是为了一起走向未来。祖国未来要靠教育，要切实关心下一代成长。乡村振兴必先振兴人才，有了人才，各项事业蓬勃发展才有根本保证。

陈增光副主席、李育兴书记是省里从事关心下一代工作的资深老领导，他们心系教育，反复强调抓教育就是抓好各项事业发展之根本。基层工作千头万绪，要抓住主要矛盾，即抓教育。用人才，要大胆使用人才又在使用中发现人才，更加合理使用人才。福安人才济济，要适才适用。陈增光副主席很风趣地说，福安干部提拔0.5模式，徐徐而晋升，说明福安是一块风水宝地，干部总量大，又不愿出去，因而"渐升小提拔"也是一种鼓励干部的好办法。

信任、支持、鼓励干部是人才发挥有效作用，也是成千上万基层干部工作能够打开局面的永续动力。

三、超龄儿童，山乡飘逸红领巾

在仙岩，我一路陪同，聆听老领导们的亲切谈话，如春风过耳，句句落心坎。边听边观察，我惊奇地发现，把红领巾系在老者胸前，除了此物饱含深刻意义之外，老人们都显得神采奕奕，容光焕发。这是红色的蕴意，红色基因传承让人恪守初心，担当使命。

儿童是希望之星，让我们看到"强国有我，请党放心"并非一句口号。

今年的"六一"儿童节，福安仙岩校全体师生迎来了省里的老领导，这是童之乐，师之欢，也是校之莫大荣幸。懂感恩，应当好好珍惜。

蓝天阳光，仙岫作证，今天注定是一个不平凡的"六一"儿童节！

欢聚一堂，时光短暂，其乐融融，乐者无疆。本人用情用笔，意犹未尽，谨此小诗如吟：

仙岩六一细雨绵，富春江水卷珠帘。

韩阳十景仙岫云，踏响未来传童音。

陈怀胸蕴美好事，桃李芬芳守初心。

关爱恰逢盛世时，微风轻拂红领巾。

2022年6月2日清晨

  2022年"六一"儿童节期间，福建省政协原副主席、省关工委常务副主任陈增光（右六），省委原副秘书长、办公厅主任李育兴（右五），福安市委书记周祥祺（左四）在福安市关工委主任林青（右四）、福安市老促会会长詹翠霞（左三）等陪同下在坂中畲族乡仙岩村民族小学与小朋友们一起欢度节日

  2022年"六一"儿童节期间，作者与福安市教育局局长林成增（右一）在仙岩民族小学与就读此校的新疆维吾尔族小朋友在一起

精神不言老　大爱地生辉

——记福建省福安市关工委主任林青同志

在闽东福安，林青主任人人皆知。他对福安三农工作和关工委事业的执着精神令人钦佩，特别是对福安果业的热爱，在闽东可能绝无仅有。

我对林青主任总的印象是，他和蔼而慈祥。他能看见工作和事业发展中的问题，总是牵挂着农民的生产和广大老年朋友及青少年的生活冷暖和喜怒哀乐。

面对生机勃发的时代，能够看见一些发展中的问题实属不容易，他既能看见问题，又能从宏观微观上采取措施解决问题，在解决问题的过程中，他总是思路清晰，胜人一筹。他之所以能够做到"运筹帷幄之中，决胜千里之外"，是因为他有着为福安人民孜孜不倦工作60多年的深厚底气。他足迹踏遍福安的山山水水，几乎跑遍所有的村村寨寨，他那永不衰竭的热情和马不停蹄的奔忙，取得了一个又一个令人钦佩的工作成果。

如今，他年至耄耋，依然健步匆匆，为事业热血涌动，发挥余热。

我对林青主任感情至深。他的思想，他的人格，他的影响力，都让我望尘莫及，今天有幸写他，对我来说，自然是一件乐事。本文始于我对林青主任的敬佩和好奇，并试图把这种敬佩和好奇来个有益探索，以期能够从他的身上反映出沧海一粟，让人感受到一种精神在闪烁。

一、初踏福安土地

林青主任是福清人。21岁那年，他从龙溪农校果蔬专业毕业来到福安工作。那时候，闽东乃至福建境内交通闭塞，他手提一个旧藤箱子，乘坐"木炭车"来到了福安，从此之后就成了福安人。他常说，与福安有缘分，是缘躲不过，一干就是60个春秋。

那年他父亲在印尼去世，他含着悲痛，回乡尽孝。家里人希望他去印尼继承家业，可当时他到工作单位不久，理想之门刚刚开启。是留在福安，还是去印尼继承祖业？为了此事，他心里足足激战了三天三夜，最后毅然决定，不回去！他说，他是学农的，福安又是闽东农业大县，福安乡村农民需要他，说什么他也舍不得离开福安。农民的召唤，就是他心神向往。他说，在农村和农民在一起，人踏实，有作为。那时，家里人已经为他说好一门亲事，女方在等待中见他没有回去，又调不回老家工作，之后就与他各奔东西。

其时，林青主任风华正茂，一腔热血，正是施展抱负的好年华。他回到福安后，马上投入工作。他来到乡下，见到山间果蔬"面黄肌瘦"，又听到四面八方的农民求教技术的呼声，觉得自己有了用武之地，心头有说不出的舒畅。

过了不久，他当上了福安县农业局经作站站长，为他全面指导农民果蔬蔗生产插上了腾飞的翅膀。

其时是农业技术特别吃香的年代，农业技术干部成了"香饽饽"。林青主任经常下乡，走家串户，苦口婆心，手把手地教农民以科学技术。正当他施展才华的时候，美妙而浪漫的爱情也向他伸出了橄榄枝。那年在福安赛岐狮子头村抗旱工地上，林青主任邂逅了一位医大专科毕业的女医生，她叫黄一萍，福州人，工作也分配在福安。她见林青主任一表人才，办事果敢，心眼实在，性格开朗，就默默地爱上了他。令人感慨的是，从此这位白衣天使以其特有的爱意连绵伴随着林青主任坚守在福安这块充满生机的土地上，一爱爱到夕阳红，50多年抵达"钻石婚"。

丈夫工作十分辛苦，风里来雨里去。俗话说："农林水，跑断腿。"她无怨无悔，默默爱着丈夫，支持着丈夫，好让丈夫工作成效日益显著。从此，林青主任的事业达到了一个又一个高峰，从经作站站长到农业局副局长，担任副局长约半年直接晋升副县长，直至1993年走上了福安市人大常委会主任的职位，连任两届，政绩斐然。

福安人政治神经向来敏感。林青主任一路走来，皆为破格提升，广大干部群众不但毫无异议，而且钦佩不已，口碑频颂。

二、永葆奋进精神

林青主任任副县长时，我在乡镇工作，他是我心目中不多见的好领导。

他分管农村农业工作11年，为福安三农发展从规划到一桩桩一件件好事实事办成功显效益，倾注了不少心血。真是："十一年辛苦不寻常，事事皆为农民喜。"

福安是闽东的老大哥，不管是农业、工业，还是经济产值总量，均为宁德全区的三分之一。人们常调侃："福安若感冒，闽东就头疼。"

福安值得研究，福安农业更值得探索。

最是难忘 1983 年，宁德地委书记吕居永、行署专员陈增光同志，慧眼识才，大胆破格提拔林青主任当任福安县副县长。人到中年，获得晋升，喜出望外。从此，林青主任热情迸发，干劲倍增。时至如今，他心里感恩党组织，不忘吕居永、陈增光二位老书记，对他们的工作生活情况时常挂念在心中。

林青主任在分管农业工作期间，常常给人们提供两种财富：其一是居安思危；其二是产业先行。居安思危是在稳健发展的同时，能够及时发现发展中的不足和短板。他从来不人云亦云，盲目乐观。产业先行是他历来重视创新扶优，对新生事物特感兴趣并为之奔走宣扬，给予大力扶持。他经常为新型农民人才排忧解难，让他们先干起来，成功后，去分析，去总结，取之优长处，尔后大力推广。他为农村职业农民敢闯敢干，创造了一个广阔的现代农业发展空间。在此过程中，林青主任自然成了农民的好兄弟、好师长、好朋友、好领导。他平易近人，不拿架子，农民群众特别喜欢他。

林青主任对福安情况十分熟悉，特别对农业方面了如指掌。情况明，决心大，他成了工作上孜孜不倦的奋进者。

其时，正逢习近平同志从厦门调任闽东，主政闽东。闽东集老、少、边、穷、岛于一身，习近平书记大力倡导"滴水穿石"的精神，决心为闽东摆脱贫困。福安县委书记李育兴同志是"滴水穿石"精神最忠实的传播者和实践者之一。县委积极响应号召，率先大抓农业综合开发，向山海进军，决心脱贫致富不动摇，向山海要钱要粮。而此时的林青主任又是福安县委决策最得力的执行者。他一腔热血，满怀信心，干劲十足，投入工作。为福安农业，他精心策划，循序渐进，纵向山顶，横向海边，大抓综合开发。同时，还提倡水果上山，林茶果竹、食用菌、水产业齐头并进，全面发展。时过不久，山上茶果飘香，海边鱼跃人欢，福安农民为增加收入喜笑颜开。

当时，福安还是一个荒山大县，为突破"祖宗山""祠堂山"，地委书记习近平、县委书记李育兴和林青主任亲自来到福安社口乡坦洋村宣传党的农业政策，坚决突破思想禁锢，大力提倡"谁种谁有"。领导声音掷地有声，广大农民积极响应，千军万马上山种树、种果、种竹、种茶，带动了福安全县农业开发大规模发展。其时，社口茶叶是典型，茶香飘四方，坦洋工夫驰名中外，福安还成为全省农业开发的先进典型，坦洋村成了闽东学"三洋"（福鼎管阳、古田杉洋、福安坦洋）之一。闽东学"三洋"，坦洋争当"领头羊"，习近平书记亲自指点，让坦洋村支部书记刘智勇巡回闽东各县报告工作经验。

如今，一晃30多年过去了，福安山峦处处树荫浓浓，环境优美，空气清新，宜居宜人。可谓是："前人种树，后人乘凉。"

奋进者，先有改革开放意识。林青主任抓生产，也抓流通，更善于与外界交流。他山之石，可以攻玉。我记得那是1992年夏天，林青主任带领福安乡镇长赴山东、江苏、浙江考察，历时半个月，行程五千里。一路行程，一路学习，边学习，边思考，让我们看到了不足，取回了真经，使得当时福安乡镇长们心眼明亮起来，鼓足了干劲。考察回来后，大家摩拳擦掌，八仙过海，各显神通，大干快上。从此福安农业风生水起，翘首闽东。林青主任常对我们说："工作任何时候都不可忘记一个归宿点，那就是切实增加农民收入。"说一千道一万，都不如农民钱袋增收。农民口袋里有钱了，农民银行卡充实了，林青主任总是笑声朗朗，那笑声是从他肺腑里流溢出来的欢喜。

三、热爱生机盎然

论辈分，林青主任如我慈父；论工作，他是我的老领导，如我师长。几十年来，他性格温和而慈祥，心地善良，对人和蔼，从始至终丝毫没有走样。他似乎从来不记恨人，若有不满意的人事，总是一笑置之。有的时候他会因事发怒，但却不会恨人，只是不喜爱此等人而已，他以为恨别人是自己无能的表现，他的全部心身都在工作中深得其乐。他不抽烟，不打牌，因身体患病，曾经动了两次手术，戒了酒。他热爱运动，当年还是体育竞技场上的运动健将。田径、篮球、乒乓球，尤其是打篮球很棒。他是评果专家，他是农业高士，他是福安"葡萄之父"，他是乐天派，他是爱心传播者，更是农民的好朋友。

林青主任从福安市人大常委会主任岗位上退休至今已有20余年，始终精气神十足，工作起来像个热血青年。在福安计生协会、福安果业协会，我与林青主任共事15年有余，在朝夕相处中，他的思想、他的水平能力、他为人处事，让我终身受益。

他退休不久，就走马上任福安市计生协会会长。当时，人口与计划生育工作被视为"天下第一难"的工作。林青主任不畏艰难，迎难而上，他是福安计生工作的坚强后盾。他与市计生局一道扶生产、创新业，千方百计为福安计生上台阶作贡献。为了扶持贫困计生户发展生产，他三番五次联系信用社、财政局等单位，申请贴息贷款和财政资金补助，引导计生农户种晚熟龙眼，种水蜜桃，种东魁杨梅，种巨峰葡萄，水果喜获丰收，计生户感念在心。他大力支持办"二女春苗班"，由政府出资，招收女孩免费上学。此举成为全省独有，全国少有，反响巨大，效果良好。如今这些女孩都已圆了大学梦，有的走上工作岗位，在国家"双创"政策引导下，开辟出一片新天地。

四、他具有永不停息的奋进精神

林青主任在工作上从来不给人设圈圈下指令，一切从实际出发，运用政策措施灵活，多方调动人员工作积极性。在发展福安果业上，以思想为先智，兼收并蓄，对外交流，勇于创新，大胆突破。我有幸几次跟随他参加全国葡萄学术交流会议，也认识一批顶尖学者和葡萄产业的精英人物，他们有的是林青主任交情多年的事业朋友。这些白发苍苍的学者专家有时受林青主任邀请来福安，下乡村。他们每次深入果园指点迷津的敬业举动，都让我敬佩和感动。他们朴实忠厚，热情健谈，学问高深。人如果美，至高为德。从葡萄初生到结果尚有四德：初根为先，达藤为亨，果子为利，绿荫养人，此为大美大德。林青主任何尝不是如此为人处事？在他担任果业协会会长期间，为福安的葡萄产业，为福安果业发展，开创了一个又一个新的奇迹。福安葡萄鲜果连续五年获得全国金奖，福安被誉为"南国葡萄之乡"。还有杨梅、龙眼、蜜桃、芙蓉李也是连年全国全省得奖。这些奖牌、奖状、奖旗的背后，无不渗透着林青主任的心血和汗水。

美如玉，似真金，大爱葡萄显精神。美从葡萄生，叶如扇，藤随根，立大地，人心果，最精神，精神不言老。

林青主任爱果敬业，如爱莘莘学子。在关工委，林青主任善于汇聚四方之力，播撒爱心，他连续多年组织开展奖学助学活动，促进贫困学子不断成长，完成学业。他注重青少年思想道德教育，经常下基层抓基地，抓培训，面对面，手把手，亲至亲为，搞得有声有色。在关工委，他特别重视抓"种子工程"。此项工作为福建省关工委工作一大特色，曾经得到汪洋副总理的肯定和赞许，林青主任对此项工作尤为拿手。为了让"种子"落地生根、开花、结果，他采取了结对子，一帮一，结合"双创"活动，培养出一批又一批农村科研致富带头人。诸如松罗郑柯发、王丽希，溪柄卢旭光，赛岐许光华，上白石陈清等，农村致富人才脱颖而出。可谓是：春华秋实，硕果累累。

值此，我在想：一个个体生命在一个地方不息奋进了60多年，那是一件多么了不起的事情啊！为了福安人民的福祉，他风雨无阻，遇到困难从不畏缩。他肚里好像装满珠玉，他热情厚道的秉性和美好爱心，撒向大地，让大地生辉。

他又是高级农艺师，他给予农民的何止是科学技术？他学富五车，阅人无数，他自有迷人的人格魅力，给人温暖，给人慈祥，给人真诚，给人喜悦。像林青主任如此敬业且取得如此成就者，如此热爱一个地方的贡献者，在福安难能有二，甚至在闽东也是极为罕见的。他已经把生命中全部的爱献给了福安大地，在他身上聚集了中国退休老干部的优秀品质，从中提纯了人类敬业精神的美妙基因。

这些日子以来，林青主任又是精神抖擞，按照十九大提出的"振兴乡村战略"，马不停蹄地奔走于福安乡村田野上。值此，我再次深刻而又真诚地感到：林青主任不愧是全省先进党务工作者。心中有党，忠诚践行，热爱生机盎然，让党旗增辉，让大地生辉。2015年，林青主任被中国关工委、中央文明办授予"全国关心下一代工作先进者"荣誉，福安人乃至闽东对他相识的人都为之一喜。

写到这里，如果说林青主任是永葆奋进，精神不老的话，那么，这种精神正是他不忘初心的人生写照。林青主任退休后20年，老骥奋蹄自着鞭，这种敬业精神，正是他坚定信仰，牢记使命，热爱福安土地，热爱福安人民，热爱福安农业果业乃至欣欣向荣的葡萄产业。正因为有这么一份难能可贵的大爱精神，福安广袤的大地才熠熠生辉。

2018年元月

第一代追梦人

——给郑桂全主任

1

当鸟儿在风中衔枝筑巢
写下起飞的篇章
当朝阳在海面露出笑脸
郑桂全主任引领福安五老们
从地平线上大踏步走来
他们精神矍铄
挺起关工事业的脊梁
他们的背上
每一滴闪耀的汗珠
都孕育着一颗新生的太阳

2

郑桂全，穿着半新不旧的中山装
胸前别着一支钢笔
笔头闪闪发光
在关工路上
笔起龙蛇
长风浩荡
郑桂全携同福安五老们
走进简陋办公室
在艰苦创业中，扬起梦想的风帆
在开拓道路上，举起希望的旗帜
向着关爱出发
在三贤路办起幼儿班

陈寿晋老校长
把办学智慧注入童心
以其挚爱情感
春风化雨
吹拂着内心向往无比辽阔的未来

3

郑桂全开启了福安关工第一扇门
每一次下乡村调研，都有新的举措
每一次来到校园，都有新的思考
双鬓白发飘逸
身体中充盈着使不完的能量
心坎上装满关工事业赋予的荣光
吴启坤老院长养着数千万只蜜蜂
蜂巢酿造是关爱的芬芳
宁愿辛苦自己
给人带来甜蜜
法院老院长又是普法的高手
此时
福安五老们各有特长
犹如各路神仙聚集
武艺十八般
各显身手
豪情满怀
梦想绕飞于胸际
每一滴汗水洇开
就是水墨关工画卷
每一个工作细节打开
都是一首关工诗篇

郑桂全给人留下印象：温和，敬业，慈祥

以关工为家

坚守，包容，豁达

每一个工作脚步

每一句深情话语

犹如留下一个美妙音符

一片粼粼波光

一缕浓郁茶香

成为福安关工事业第一代追梦人

碧海，蓝天，白云

日月，春秋，史册

记录了郑桂全为代表的第一代福安关工人

开启了福安关工事业的崭新华章

为纪念福安市关工委成立 30 周年而作

2020 年 12 月 10 日于梅兰斋

2002 年 6 月，福安市关工委首任主任郑桂全同志（左一）与林青主任（右一）在兰田村为畲族女童发放学习用品

第二章
关爱见初心

　　2022 年 8 月 21 日，"福安乡贤陈茂春助学基金会"奖励资助仪式在城阳镇举行，福安市政协主席林志生（右三），市政府副市长陈华容（左三），城阳镇党委书记范松场（左二），教育局局长林成增（右二），陈茂春董事长（右四），福安市关工委副主任杨乃发（右一），城阳镇人大主席王灿锋（左一）参加捐助仪式

　　2022 年 8 月 20 日，晓阳镇东源村举办高山葡萄亲子采摘节活动现场，镇长陈奶轩同志出席

2022年，福安市中小学乒乓球比赛授奖现场，教练徐翘飞同志出席

2022年7月31日，福安市关工委举办"喜迎二十大，童心颂党恩"文艺会演，市关工委主任林青（四排右八）、市人大常委会离退干部党支部书记赵仕忠（四排右九）、市关工委、教育局相关人员及全体演出指导老师与演出小朋友们合影

2013 年 5 月，福安市关工委主任林青，副主任黄滔、陈平玉、孙韩生等亲切看望"女子护学岗"全体工作人员

2022 年，福安市关工委主任林青在"家长学校"开班式上讲话

深爱母校没商量

——走进福安第八中学

一

时间的脚步刚刚跨入 2022 年的门槛，我跟随福安市关工委主任林青、市慈善总会名誉会长林平一行来到了我的母校福安八中。

八中最引人注目的是校史室。走进这个崭新的校史室，我们一边听校领导讲解，一边观看一份份沉甸甸的奖牌奖状、一帧帧无比珍贵的照片，以及从八中走出来的风采人物事迹，感慨万千，浮想联翩。

当我伫立在历任校长图像面前，我看到首任校长是我父亲时，怎么也舍不得挪开脚步，思绪瞬间回到 60 多年前的洋中小自然村。

那是 1960 年，我 4 岁，跟父亲去洋中，走山路，我走不动时，父亲背我。从老家走到洋中村大约两个小时。在朦胧记忆中，学校设在一栋民房里，门前挂着一个牌子，名曰：福安县农业中学。这所中学有一位校长，两位老师，学生 70 多人。这些学生正值豆蔻年华，都是由村里优选报送而来。他们半天读书，半天劳动，搞农业技术试验示范推广。记得试验地里有一株甘薯单产 28 斤，福建日报社记者专访我父亲，事迹刊登在《福建日报》头版上。

时间来到 20 世纪 70 年代初，福安县农业中学改为上白石中学，校址在白石街对面山脚下，叫八斗界。我三年高中学业在此完成。其时全校学生不足 300 人，初中四个班，高中三个班。我所在高中两个班，各 50 人，恰好 100 人。我 1974 年毕业，至今 48 年。我是本届同学联谊会会长。老同学偶有小聚，都说再过两年是毕业 50 周年。大家都感慨时光无情，人生短暂，岁月蹉跎，不觉鬓斑。回想青春少年，时时梦回八斗，生活辛苦又天真烂漫。

我和许许多多同学都是农家子弟，衣不暖身，饭不饱腹。记得有一天晚自修结束后，肚饥难耐，与三位同学悄悄跑到学校后门山折甘蔗充饥，万没想到，被守夜农民逮个正着。事后，"偷蔗事件"传到校长谢国文那里，校长发火，责令我等四人在全校师生面前做检讨。次日，又是万万没想到，我在教室走廊拾到了一块手表。其时，手表乃十分贵重的物品，我当即就把此物上交给班主任。一查询，此表恰好是谢国文校长丢失。"还表事迹"成全了我及三位同学，免除了检讨。此后，班主任罗老师找我谈话，表扬我拾金不昧，还动员我写入团申请书。不久，我就加入了共产主义青年团。

参观完校史室，我们在学校会议室座谈。从校领导介绍情况中得知，现在八中全校教职工共 128 人，学生共 1430 人，其中初中学生 246 人，高中学生 1184 人。这些学生中，大约有一半散落在街边吃饭。我在想，现在这些孩子肯定能吃饱肚子，再也不会重演"偷蔗事件"了。但是，我又仔细想想，他们在街上东一餐西一顿，吃得安全卫生吗？他们父母放心吗？校领导提到这个实际问题，我们的心都被揪住了。由此，联想到了孩子们的心身健康，想到了未来的他们可都是祖国的栋梁啊！

教育事业千头万绪，归根结底是千家万户的大事。

学生食堂，是学校办学之基，也是学生生存之底线。筑牢底线，乃是民生之本，民心所向。民心就是江山，江山代有人才出，人才立国，教育为本，百年大业，千秋之功。

在听取八中领导介绍后，我们欣喜得知，学生食堂正在紧锣密鼓筹备之中。目前土地已征用，部分建设资金已到位，期待早日破土动工。

二

八中大门道路宽敞，坡度徐徐向上。学校门前挂的"致公党上白石镇中学"牌子格外醒目。走进校区，一幢六层的"致公楼"拔地而起，在明媚阳光下，气派非凡。所有这些都无言地告诉人们，致公党福建省委在这里所倾注的心力和无私奉献之功。

我们进一步贴近八中，从中了解到，校友王旺旺先生在致公党省委工作，在他积极牵线搭桥下，向致公党专职副主委吴棉国先生建议在八中办学，此建议得到重视和采纳。2018 年在八中建校 60 周年庆典之时，正式成立此校，成为闽东第一所致公中学。这些年来，致公党省委先后为八中捐赠 30 万元建设"数字中心"，捐资 10 万元建造青春塑像。同时，多次开展献爱心活动，给学校及学生赠送图书、学习用品，不计其数。

致公党省委心中有爱，将他们无私奉献的精神深深印刻在这美丽的上白石大地上。

心中有爱，万物芬芳。

从八中走出来的校友成千上万，他们遍布祖国大江南北，甚至世界各地。

他们内心深处抹不去的是乡愁，忘不了的是对母校的关心和挚爱。他们感恩母校，报效桑梓，贡献社会。八中校史室里那一串串鲜活闪亮的名字，那一桩桩没齿难忘的感人事迹，真是让人写之不尽，叙之不竭。他们充满爱心，热忱慷慨，这些人性之爱，正通过校史室的铭记，成为人们口碑传颂。

校友林华先生自 2018 年至今累计捐款 30 万元，每年捐献 5 万元作为"小树奖学金"。更让人感佩的是，他伸出温暖之手，扶持 7 位贫困学生每人每年 3000 元，年年捐赠，爱心绵长。

校友游晓文先生携乡贤游铃华，以其友臣集团公司的名义捐款 34 万元，在校区建设"友臣苑"。其苑意味深长，芳名永驻。

校友蔡灿清为代表的 1990 届同学捐款 18.43 万元。捐款名单上的名字，让人油然而生敬佩之情。

校友王进华捐赠 6 万余元按摩椅，给八中师生带来一份温馨和康乐。

他们的奉献精神，他们的行善举动，他们的感恩情义，汇聚起爱的力量，犹如清澈交溪水静静流淌，流向富春溪，奔流赛江，涌入白马港，奔腾向东海。

八中校友以海的胸怀，吸纳风云，造福母校。

这世界上有一种爱，叫爱你没商量。这种爱有真心，是铁了心的爱，会持续一辈子，不会改变。

这就是八中校友对母校的爱。

三

站在上白石新建大桥的桥头，举目远望，山峦连绵起伏，龙冈山脚下八中校区立体动态，宛如卧龙，吐纳善良如明珠。那一颗颗人才之珠，其闪光，其力量，其贡献，饱含母校所有杏坛园丁们的汗水和心血。

每当我走进八中，看到母校老师们是那样辛苦，那样敬业，那样慈爱，把学生当作自己孩子一般来关心，来教诲，来爱护，帮助一批又一批莘莘学子走向社会，在各自岗位上显身手、有作为，我总是忍不住在心底生出对母校老师们由衷的敬佩和感恩！

我想在上白石镇政府工作过的八中校友可能不止我一人。仔细想想，世界之大，个人渺小，如一粒微尘，更何况工作任职都是一纸调令，如云烟早已飘散。唯有母校，只有恩师，才是真正人生之母，让人铭记心怀。

人这一生，除肉身是父母所赐之外，哪有比传授知识、立德树人、塑造心灵的人更重要呢？是老师给予我们知识启蒙，在人生起跑线上，给予我们知识营养，给予我们人生力量，这是谁也不可替代的。

站在国家建设中国特色社会主义现代化强国百年大业新起点上，八中势必以更加高昂的姿态融合发展，以"福安北部教育事业一面旗帜"之名义，行稳致远，努力办学，办出特色，让孩子们快乐成长，幸福健康，心中充满阳光。

站在八中大门口，看到大操场上的学生们生龙活虎，朝气蓬勃，突然间，我想到了洋中村破旧的民房，八斗界低矮的校舍、窄小的操场以及那张破旧的乒乓球桌。从八中回来，我很快明白我们为什么要不忘初心，原来，回首过去是为了更好开创未来！

站在上白石镇政府大门口看上白石，此时，街上华灯初上，格外美丽。我仿佛闻到了太子参的味道和"绿色油库"的芳香。这里是我走上行政工作的第一站，这个地方让我看到了最底层百姓的生活状况。我常常思考：父亲为八中首任校长，我三年高中在此求学，这是一种人生巧合，也是历史机缘，从此我爱上了八中，八中也成为我心中最有分量并且最久久依恋的憩息之地。

深爱母校八中没商量！

2022 年 1 月 15 日于韩城之北

福安市第八中学校史室儒风扑面而来

乡村教育的一个缩影

——解析福安市潭头镇棠溪村学校现状之危机

2022年5月26日，我受福安市关心下一代工作委员会之委托，携"五老"同志郑绍、李华、王少芳冒雨来到棠溪学校，与这里的师生共度"六一"儿童节。

棠溪学校是一所有近百年历史的老校，培养了一批又一批莘莘学子。开国空军少将黄烽曾在此执教；革命先烈阮伯淇曾在此就读，毕业后考入县立宸山中学，以其革命思想和文化修养成为革命队伍中的"儒将"，从此棠溪学校因其红色基因而闻名。20世纪70年代初，14岁的林容华在棠溪初中班念书时，以村里的古榕为题材撰写了一篇散文，发表于《光明日报》，后林容华考入北京大学哲学系，官至厅级。福安市现任教育局局长林成增也在此校教过书，担任过校长，他与棠溪学校有着深厚的情缘。棠溪学校发展至巅峰时期，教师53人，学生数达536人，是一所"穿鞋戴帽"即上有初中班，下有幼儿班的规模大、规格高的完小校。自国家高考制度恢复后，从此校门走出来的大学生达538人。这些人，分布在五行百业，服务社会，报效国家，感恩回报家乡。

上午9时许，潭头镇中心小学党支部副书记郑兴住、棠溪学校校长林雨华及村干部在村口等候我们的到来。

在校门口，女门卫整装指引我们一行严格按照疫情防控的要求登记进校。

我们手提赠送孩子们的礼物，从宽敞的操场走过，来到了"恩美楼"一层教室。教室里略有布置装点，显出节日气氛。全校10个孩子依次整齐坐三排，前排是2个二年级学生，第二排是大中班3个孩子，第三排5个全是小班孩子，有的是家长抱在怀里。小朋友们等候已久，看到我们到来，欢呼雀跃，兴奋之情溢于言表。

我们带来的节日礼物，是关工委的工作人员精心挑选的，有小食品、文具、少儿读物及画册，都是广受孩子们欢迎的品类。这些礼物虽轻，但关心与爱意是沉甸甸的。

此校教职员工有校长1人，教师1人，保安1人，共3人。

学生人数有二年级2人，幼儿班8人，全体学生10人。

这就是棠溪学校的现状。

校长林雨华1997年从福安师范毕业，先后在潭头镇太逢等学校担任校长，2015年调任棠溪学校校长，坚守此校8年。唯一的教师叫王雯，是林雨华校长的妻子，她大学毕业，2012年参加招聘考试被录取，中心校领导照顾她将她调到棠溪任教，她与丈夫一起默默坚守在这里。女保安是西安人，高考分数上了专科线，由于上专科校收费贵，读不起，后来就嫁给了在西安打工的棠溪人，随丈夫来到了这里安家。

在学校里，我比较深入地了解了这些孩子们的生活情况。幼儿小班共有5个小朋友，有两对是双胞胎，其中一对孩子的母亲在棠溪村，孩子的父亲在美国打工，很少回来。孩子由母亲照顾，每月大概有1000美元生活费，孩子的成长还算让人放心。另外一对双胞胎就是林雨华校长夫妇的孩子，他们能够在父母温暖的怀抱里成长，那是幸福的，也是快乐的。还有一个小班孩子是上白石财洪人，父亲在外打工，孩子随母亲长期在娘家棠溪村生活。其余5个孩子都是典型的乡村单亲留守儿童，有的是父母离异，各自有了新家，留下孩子给奶奶抚养；有的从小母亲离家出走，父亲酗酒，生活极度困难，孩子由姑妈照看；还有孩子由于构音障碍延缓入学，父母在外打工，孩子由奶奶照顾，四处为孩子寻医问药，好在孩子的构音症状有了明显好转。

我们在与林雨华校长及村干部座谈时，校长说，现有大班两个孩子由奶奶照看，男孩顽皮，奶奶年老体衰管不了，孩子爸妈要带孩子到宁德就读。也就是说，小学一年级没有学生了。现有二年级也是这样，孩子长大了，奶奶、姑妈管不了，一放学就贪玩，人也没个影，对孩子打也不忍，骂也不行，家里打算把孩子转到中心校就读，可以寄宿，以便管理。这意味着二年级学生也空位了。剩下的3个幼儿班孩子，其中两个是校长夫妇的双胞胎。如此一来，学生都走了，老师还留得下吗？据校长说，女保安也想回娘家就业。由此可见，棠溪学校隐约之中名存实亡。

初夏的细雨蒙蒙，略带凉意。此时，站在学校门口，黄烽将军签题的"棠溪学校"四字金光闪闪，熠熠生辉。我心里想，明年儿童节还来吗？明年老师及孩子们的处境又将如何呢？

教育是一个国家兴衰成败的晴雨表，是一个民族的希望。而今，乡村教育的希望又在何方呢？我所看过和听过的种种乡村教育萧条景象和凄凉处境，不禁让我想起了荆楚大地上屈子留下的传世名句：

"长太息以涕兮，哀民生之多艰。"

"路漫漫其修远兮，吾将上下而求索。"

值此，我禁不住在内心呐喊：谁来拯救棠溪学校！

棠溪学校仅是当下乡村教育的一个缩影。此影像折射，其规模之大，影响之深，直叩灵魂，触目惊心，乡村教育所面临的严峻问题前所未有。乡村振兴必先振兴教育，谁来力挽乡村教育之"大厦倾"！

近日，我与福安市教育局相关领导同志谈及棠溪学校之现状及其种种危机，教育局同志的话很给力，说是乡村重点学校特别是有影响力的特色校，即便只有一个学生，也要派老师坚持办下去。

此话，给了我一点信心，似乎看到了一丝希望。

2022 年 5 月 28 日清晨

铸魂心师

有一天，妻以书法形式在写一个很大的"家"字，10岁外甥在旁看着好奇地问："干吗写这么大一个'家'？"我随口说："我们是个大家庭，爷爷奶奶家，外公外婆家，爸爸妈妈家，看似三个家，其实是一个大家庭。"外甥说："我是属哪个家的？"我说："你是爸妈的孩子，当然是爸妈家的。爷爷奶奶家，外公外婆家，不是你的。"外甥听了有点不高兴，不太理解，噘起嘴，不说话。

家是孩子的安全港湾，也是孩子生活起步的地方，爸爸妈妈无疑是孩子的第一任老师。家对孩子来说，不仅空间是固定的，而且每一天的起居饮食也已经形成自然而然的习惯，爸妈的一举一动、一言一行直至喜怒哀乐，直接影响着孩子的成长。为什么孩子们常把"这个是妈说的""那个是爸说的"挂在嘴边？因为父母的话在孩子心中像"圣旨"，他们的言行构成了这个家的道德行为标准，也决定了这个家是唯一可以信赖的可靠的地方。

在福安关工委"阳光青少年心理咨询服务中心"，那些默默无闻、兢兢业业工作的青少年心理咨询师们，常常给我带来感动。

他们长年坚守在这块敏感而脆弱的心灵地带，不但对青少年心理问题进行有效探索和疏导，而且主动办起与心理咨询相配套的"家长学校"。在这所特别的学校里，许多问题是校园里解决不了的，他们细心把脉，对症下"药"，"药"到心花开。尤其是一场场公益讲座，受到越来越多家长们欢迎。心理咨询师李园先生说："我们的孩子多么需要家的温暖和快乐。首先因为家是青少年人生的小船在波涛汹涌的大海里航行的最后避风港。在家里，孩子们的事尤其是一些不称心的事，是可以预期的，是可以去疏导的，进而得到及时解决。"

家，给青少年带来的安全感和快乐感，是任何社会组织都替代不了的。

宁德市关工委李过渡主任站高看远，及时看到青少年心理咨询的重要性，也看到办好"家长学校"的必要性。他为之鼓劲,为之称赞,为之宣扬,并且以宁德市关工委的名义,在福安挂牌成立"宁德市关工委家长学校"。此为关心下一代最直接、最方便、最温馨的心理疏导服务机构,是为闽东关工事业一大特色亮点,以其"心灵工匠"精神,成为广大青少年健康快乐成长的"铸魂心师"。

挂牌那天,本人全程参与活动,所见所闻,历历在心,按捺不住喜悦之情,写下一首小诗。诗名《致敬心理咨询师》。现摘要句如下:

一寸心
一句话
每一相握的手
手连着心
盈盈热泪如珠
把薇草上的晨曦
抚慰得格外晶莹
阳光落满时
孩子们的心灵
渐渐退去了阴影
……

我知道,在这里工作的心理咨询师们,他们也遇到不少的困难。正因为难做和艰苦,他们依然坚守着岗位,默默坚持着用心用情感化青少年心灵,并且能够在困难中干出让人刮目相看的业绩。每当看到家长们带着感激,送上一面面红彤彤的锦旗,旗子上金字熠熠生辉,我不禁心想:原来从事关心下一代工作,是如此大有作为,如此富有意义!

2022 年 6 月 18 日清晨

最是初心见关爱

——庆祝百年建党看福安关工委初心本色

2021 年 6 月 21 日，在福安市关工委会议室，全体工作人员集中学习习近平总书记关于百年大计教育为本，把立德树人作为教育的根本任务重要讲话精神。

学习会上，大家从习近平总书记讲话中，心领悟，话体会，结合自身工作实际，忆往日，谈今朝，时光穿越 30 多年。

从 1990 年关工委诞生之日起，福安市关工委始终把"当好党和政府参谋和助手，重视培养好社会主义建设者和接班人"写在工作旗帜上，始终把立德树人、关心青少年茁壮成长落实到行动中，融入血液里。

最是初心见关爱。关工之情，镌刻初心本色。

一、有一种信念持之以恒

王林慧是一位出生在福安市甘棠镇偏远小山村的花季少女。家里父亲失智，母亲残疾，当同龄的孩子在父母怀抱里撒娇时，她却用柔弱双肩扛起了家庭的重任。14 岁时，王林慧就背着自己的"家"上学校。她说："我在哪，妈妈就一定在哪。"18 岁时，王林慧进入闽东卫校 2017 级护理班学习，她背着妈妈坚持上大学 (专科)。因此，她荣获第三届宁愿市"尊老孝亲美德少年"称号。

2013 年年初以来，福安市关工委以林青主任为代表的"五老"同志们，一如既往关心呵护着王林慧成长，对其家庭进行帮扶。因此，她在坎坷风雨中获得一抹阳光，顺顺利利走上求学路。

2016 年 5 月 29 日，福安市关工委主任林青一行来到闽东卫校慰问王林慧同学，并召开座谈会。会上，当领到 15000 元慰问金时，王林慧同学顿时红了眼眶。她深情地表示："关工委的爷爷们对我像孙女一样，关心我，爱护我，引导我，我一定会将这份沉甸甸的爱铭记在心，不负众望，努力学习，奋发有为，以优异成绩回报关工委，回报社会，回报党和国家。"

一点一滴系关爱，一枝一叶总关情。

在福安市关工委办公室档案柜里，整整齐齐叠放着数千份帮困助学工作档案。档案盒子上年份编号从1999年至2021年，20多年来持之以恒，从未间断。翻开档案盒，莘莘学子及家长们的感谢信数不胜数，有的纸色已经泛黄，信中没有华丽辞藻，却饱含真诚感恩的朴实话语。近30年来，福安市关心下一代基金累计奖励资助大中小学生4856人，金额439万元。这一组组数字凝聚了"五老"们的辛勤付出和拳拳爱心，更是托起了数千个家庭的生活希望。

30周年纪念画册中，每帧照片、每段文字背后都蕴藏着一个感人故事。它们见证了福安市关工委"五老"们倾注于关爱事业的汗水和心血，彰显了初心使命和持之以恒的精神。

二、有一种选择永不言悔

2021年6月15日，在福安实验小学龙江校区，以庆祝建党百年为契机，举行"阳光心灵，健康成长"福安市心理健康周中小学班主任心理健康班会课观摩活动。活动请来心理咨询名师授课，让听者耳目一新，受益多多。

近期，福安市关工委阳光青少年心理咨询服务中心的工作开展得风生水起，富有特色。中心以"儿童之家""家长学校"为载体，真心实意从青少年多发的心理问题着手，重在心理疏导，减少和化解青少年的心理压力和困惑。采取课堂上课讲解，课后面对面、零距离谈心，从交谈中了解实际情况，对症疗诊。6月21日，笔者从"关工群"里的照片上看到阳光青少年心理咨询服务中心的林文光老师与一位青少年促膝谈心。这场面，是对青少年心理把脉的生动写照；这场景，也是关爱帮教、立德树人最为贴切的润物春风之举。

福安市关工委心理咨询这项阳光事业，从爱心出发，以情扬帆，砥砺前行，克服了一个又一个工作困难，创造了一个又一个心理健康咨询上的新奇迹。

实践表明，人的心理变化可以使天堂变成地狱，也可以使地狱变成天堂。名师坐诊心灵，拯救问题青少年于悬崖之险，比起医治人之肉体病痛者，心中自有仁慈真爱，更显妙手回春之神功。

曾记否，2016年5月27日福安市关工委阳光青少年心理咨询服务中心挂牌成立之初，省里老领导寄予厚望，市里领导又予以殷切希望。市关工委投入大量时间精力和财力物力，让大众很快意识到，这是一个大舞台，也是一个精神文明大讲台。人有温度心似炉，众人同唱正气歌。歌者，需要字正腔圆无杂音，更需要仁慈有爱无杂念。选择无私奉献，就要脚踏实地，把立德树人高高举过头顶，造福子孙后代，功德自在人心中。这种无声之功德，常常蕴含于责任担当之中。

三、有一种情怀从不改变

2020 年 11 月 17 日。

林青主任迈着矫健步伐走进金碧辉煌的北京人民大会堂。

纪念中国关心下一代工作委员会成立 30 周年暨全国关心下一代工作表彰大会在此隆重召开。福安市关工委主任林青被授予"全国关心下一代工作先进者"光荣称号，并代表"五老"在大会上作工作经验交流发言。

他是大会上个人先进上台发言之唯一者，他的发言指定为 8 分钟。

8 分钟发言，留在了北京人民大会堂这个无比神圣的地方。

8 分钟声音，把福安市关工委工作成就定格在新时代的历史时空。

8 分钟亮相，象征着林青主任在福安 64 年事业走向人生巅峰！

老骥伏枥志千里，老马识途不停蹄。他退休至今，24 年如一日，为福安关工事业奔走不停，奋斗不止，积极奋进在关心下一代工作征途上。

他来到福安工作至今，64 年如一日。他虽为福清人，但从广义上讲，他是福安人，是福安人民的儿子。他温和且执着，丰富且谦逊，他像大山一样大度宽厚。当生命进入深秋时节，人生自然走向成熟淡然。这种淡然并非无所作为的闲散，而是来自内心敬业精神的驱策，从事业大局出发并提升到更广阔的境界，给人一种深涵温度的真善之美。

他 21 岁踏上福安土地，从农业技术干部做起，到农业局经济作物站站长，再到农业局副局长，再到福安县副县（市）长，直至人大常委会主任。他那行政步履踏遍了福安的山山水水、村村寨寨。农舍、车间、教室、田间地头，都留下了他的身影。

为了关心下一代工作，他既挂帅又亲征，他脸上总是淌着汗珠，脚下总是沾着泥巴。

为了立德树人事业，他常调侃自己是"80 后"，青春驻心间，人如老黄牛，耕耘不息，努力前行。年复一年，日复一日，不知疲劳，春风化雨。他像一泓清泉，滋润人心；他像一道阳光，温暖大地。精神不言老，热爱地生辉。他常与校园里的孩子们手挽手，肩并肩，精神与之融合，产生"光合作用"，换来满园花开，硕果累累！

人生最可贵的，是每天坚守初心，不忘使命，去创造实现自我存在的意义和价值。工作最难得的，是每天都是新的开始，只要用心用情，以爱去召唤心灵，每天都有精彩呈现！

这是福安关工人从不改变的情怀。福安市关工委全体同仁有了林青主任引领，大家矢志不移为关工，乐意工作，干一项成一项，项项抓落实，见成效。大家心从红船出发，同舟共济为关工，当好党和政府参谋助手，立德树人、培养可靠的社会主义接班人的伟大征途上，继续发光发热！

2021 年 6 月 23 日写于建党百年之际

福文化，邀请青少年入座

在全省上下轰轰烈烈开展福文化建设活动的当下，及时有效教育和引导广大青少年认真学习福文化，感知福文化，领悟福文化，以此来增强获得感、自豪感和幸福感，对关工委工作而言，显得十分必要。

从新的一年开始，我们要用心用情去关心和教育广大青少年投身到福文化活动中来，从中领会和践行知福惜福的道理。"知福"就是要知道今天的幸福生活来之不易。"惜福"就是要珍惜当下生活和学习环境以及党和人民及各界人士的关爱之情。明白知福惜福的道理之后，要努力学好本领，不负韶华，励志向上，善思善为，茁壮成长，早日成为国家栋梁之材。在福文化建设中，要充分认识到中国共产党百年奋斗所经历的艰难困苦和所取得的辉煌成就，都是为了全体人民的福祉。

要从小教育青少年深刻认识到，幸福属于全体人民。心里有别人，多为别人着想，其人生格局就会宏阔。福文化建设归根到底是属于人民的福文化。心无杂念，方能远行。那些从小教育不良，以自己为中心、自私自利、无礼骄横的思想和行为，都是与福文化建设格格不入的，均在摒弃之列。广大青少年要读懂福文化的内涵要义，敬畏福文化儒雅高深，投身到福文化建设中来，造福他人，锻炼自身，真正扣好人生第一粒扣子。

要以福文化引领广大青少年增强发愤努力、自强不息的思想意识。福文化包含了许多红色文化因素。要引导青少年唱响红色文化主旋律，编唱一首福文化之歌，情满福安山水。要引导青少年寻访红色足迹，重温红色经典，撰写一本福文化之书，把红色故事和福安文化融为一体。还要从更高层面上，引导青少年讲好福文化故事和红色故事，讲出广大青少年对中国革命和建设、对改革开放，特别是对党的十八大以来的历史成就的认同和共鸣；讲出广大青少年对闽东福安革命先烈、英模人物的崇敬和向往，对自己父母和亲朋好友的感恩和关爱。

要以福文化引导青少年从小培养健康向善的心理素质。仁爱先养心。对广大青少年，要特别注重心理辅导，走进青少年心灵深处，了解和疏导，把脉对症，疏解困惑和不安，引起全社会对青少年心理健康的重视。

　　从现在开始，要以建设福文化为契机，各部门同心协力，努力编织爱心安全网，尽可能做到未成年人零受害、零犯罪。

　　以福文化活动为广阔平台，开展好家教、好家风主题活动，促使福文化进入千家万户。以福文化元素，擦亮家教，树立家训家风，让"十百千万"关爱活动更加深入人心，让青少年身心健康，茁壮成长，早日成才，成为德智体美劳全面发展的社会主义建设者和接班人。

　　中国的福文化历来蕴含了仁爱之心、关爱之情，绘就了广大青少年的人生底色。仁者爱人，知行合一。福文化纵贯中华历史数千年，其文明之风激荡八闽大地，其意境高远。福文化如高峰耸立，一览众山小，可望建设中国现代化强国造福14亿人民之远景。福文化建设，其意味深远，走进福文化宝库，如千里江山图，一山更比一山高，一水更比一水秀。福文化之瑰宝，闪耀着人类智慧光芒。福文化建设其意义深远。福文化家喻户晓，受众极广，人人欣悦，万民喜爱。站在福文化山巅看中国传统文化，可视一马平川，无比辽阔，如锦绣河山，美丽壮观。江山就是人民。江山更属于广大青少年。青春之国家，风华正茂。青少年青春勃发，可期可待，寄托无限希望。

　　在建设现代化强国伟大征途上，无比资深仁厚的"福爷爷"已经向广大青少年伸出了温暖深情之手，真诚邀请青少年们入座。

　　明天，举世瞩目的冬奥会将开幕，冬奥会口号是：一起向未来。一起向未来，未来永远属于青少年。为此，关工人感到格外自豪。一起向未来，福文化伸出手，福安五福齐到，必将化作广大青少年"强国有我，请党放心"的伟大智慧和磅礴的力量。

　　　　　　　　　2022 年 2 月 3 日即农历春节正月初三清晨

关工逐梦

——写在纪念福安市关工委成立30周年暨表彰大会召开之际

一棵棵挺拔成长的树木是沉默且欣喜的
硕大的树冠撑起大地一片清凉
微风翻动着 30 年的壮阔波澜
从赛江两岸到白云山脉
从廉岭南北到天马山下
"五老"们抛下优越与安稳
舍下含饴弄孙的天伦之乐
胸怀 1880 平方公里的辽阔
点一把火炬照亮温暖
举一面旗帜迎风飘扬
逐梦，向梦想生根的地方
10 万青少年的愿望，汇成璀璨星河
照耀福安大地
滚烫的热血，浇灌出希望之花
逐梦，从青丝到白霜
人生易老天难老啊
见证了几代人的青春
从一无所有到桃李花果更温馨
照片泛黄
人面栩栩如生依旧
记录着岁月的沧桑与辉煌
逐梦，用坚守助推时光走进深度
用苍老换来新生
从长满茂盛的思想里

不停地打磨骨子里的火星
以蓬勃的余力
叩响关工事业的黄钟大吕
奉献写在发光的名字背后
把细微服务酿成最美的故事
最初的夙愿藏在内心
生命早已融入时代发展的传奇
五老热情恰逢时代好平台
再一次插上腾飞的翅膀
逐梦，向着关工少年梦，就是中国梦
用崇高的"五老精神"铸就关工事业新的篇章

2020 年 12 月 19 日

整个世界都香

——2021年福安市关工委助学奖学部分剪影随感而作

1

你的关爱行动经历多了
多么厚重而光荣的使命
常常被你轻轻松松举过头顶
你的爱心雨露滋润五福福安、三贤故里
金秋的故事总是带着爱心闪烁
把闽东之光化作孩子们的欢声笑语
携着祖国未来奔走的人
一定能牵动灿烂的明天
扶着小心愿、微服务的摇篮的人
一定能叩响爱心之门，志在千里

2

上海商会老总们回来了
助学红包，带着体温
接着了是浓厚的家乡地气
善慈总会在行动
菩提之树绽放金色花
勉励孩子们努力向善
从小种下慈悲的曙光
城阳，晓阳，苏堤
连同穆阳缪氏宗祠
为莘莘学子拨开愁云
童颜欢喜，家长心中流蜜

枢洋，棠溪，赛岐
红色祝愿，金色的心
把"五老"们及乡贤们的深情厚爱送到了学生心坎里

3

五老好风流啊
在可爱的孩子们面前
一样青春，一样风情

五老好浪漫啊
把滴水之恩化作五湖四海一瓢水
久久沐浴人心

五老好开心啊
看到一朵朵祖国花儿盛开
想到美丽中国
充满成就感，美化心灵

亲爱的孩子们
我们一起去邀请爷爷奶奶们
盛情炒一盘晚霞
煮一席夕阳盛宴
端一盆月色清辉来举杯吧
祝福五老们生活有了光彩
忽然觉得，菜也香
酒也香，心里更芬芳
觉得满屋都香
整个世界都香

2021 年 8 月 28 日于韩城

不屈的蜗牛

——记王林慧背着妈妈上学

先是大风狂吹
接着雨下得好大
这只蜗牛是来求助躲雨的
从很偏僻的山沟旮旯处走出来
缓中有急，茕茕而行
毅然走进校园
身上却不沾半点泥巴

蜗牛身上也有可贵洁癖
浑身上下，整洁干净
好像对突如其来的不幸生活早有准备
时刻编织心中梦想
看上去，蜗牛是背着"家"走动
妈在家就在
蜗牛意志比铁更坚强

那一天
蜗牛有幸遇见好心人
似乎需要帮助什么
只是憨憨厚厚未开口
依然背负沉重而高贵的家往前走
路上大雨滂沱
大风吹得更猛
此时此景

看了让人心里十分难过

……

看这世界

有人生活如此幸福

又安逸轻松

而你却走得那么艰难困苦

一场雨，一阵风

就能改变你的远方理想

你没有低头

你没有被困难吓倒

朝着太阳升起的方向

内心蕴藏不屈的精神

让多少好心人深深感动

所有的关工人都愿意为你躬身服务

替你分担沉重的家

把祖辈们拳拳之心的关爱施惠于你

大家都期待着这位背着母亲上学的"蜗牛美少女"前程如花似锦

在不忘初心的金光大道上

发出心声：

强国有你，我们放心

2021 年 7 月 11 日

福安市甘棠学子王林慧同学带着瘫痪母亲求学，一直得到福安市关工委及社会各界关爱，现已在福建医科大学附属第一医院工作，并获得国家励志奖学金，被评为宁德市道德模范

致敬心理咨询师

2022年国际"六一"儿童节前夕，宁德市关工委主任李过渡一行视察福安市关工委阳光青少年心理咨询服务中心并挂牌成立宁德市关心下一代家庭教育基地随感而作

1

仔细看他
低垂的头
目光在有意逃逸
心灵被囚禁一角
胸腔里发出低低叹息
久旱的心田
长了荒草
从未耕耘
此时，心理咨询师的话语
如一股清流
在渴望之时
觉得新鲜，感受从未有过的甜美

2

走进青少年心灵世界
倾听他们心跳的声音
探知他们的心理奥秘
是你把善良诚实和勇气注入他们的心底
历程总是很慢很慢

心弦拨动琴心之间
如波心，波光如水
水到渠成
滋润万物
春回大地

3

坚冰徐徐融化
一句话，一寸心
每一次相握的手
盈盈热泪如珠掉落
把心草上的晨曦
抚慰得格外晶莹
阳光落满时
心中渐渐退去阴影

4

春风唤醒睡鸟
孤独的山雀初始受伤受惊
是你把脉疗伤般的话语
让他收住了内心的迷茫
心中燃起希望的火焰
从此以后，温暖相伴
心中充满欢笑
扑动重获自由的翅膀
心绪线条被疏导后的信念点亮
时刻准备飞向远方

5

敬爱的心理咨询师
春天给你寄来情书

最是深情告白

一颗颗少年心是多么热爱你

爱你成为孩子们心灵的导师

孩子家长是多么需要你

其情其意都凝聚在一面面锦旗里

爱你为他们抚平创伤

爱你为他们创造岁月平安

爱你为他们找回火热青春

青春绽放光芒

活力展示文明健康

致敬心理咨询师

在关爱祖国下一代的伟大征程上

心灵处处传佳音

校园快乐美丽向善

致敬心理咨询师

是你们时刻守护着

新时代青少年精神生活的健康幸福和安宁

2022 年 6 月 1 日清晨

2022 年 8 月 6 日，福安市关工委家长学校每月一堂的公益课正在举行。图为林娟老师在为家长们授课

仙岩颂

——献给福安民族实验小学师生们

仙岩，是一位浪漫的诗人
在仙岫晴云上写下优美的诗篇
仙岩，是一位伟大的教育开拓者
在这片热土上走出莘莘学子
让人看到绚丽多彩的明天

静静地凝听
那无比亲爱的课语如清泉跳跃在山间
仙岫晴云朵
那时空流云悠悠志在高远传来稚嫩童音

仙岩，是一拨又一拨园丁与朵花的岁月交融
坚守杏坛与高贵精神相连

仙岩，是民族生命在诗意中灵动
具有现代民族共同体的圆融创新

仙岩，仙骨傲然的亲密
源于自然地气民族精神品质的崛起
仙岩，温婉轻柔的安静
来自一颗颗对党的教育事业无比忠诚赤诚初心

仙岩，教育坎坷路上攀登不可比拟的巅峰 [1]

---

① 仙岩村是全国民族教育先进集体。

在美轮美奂中呈现民族花朵是何等绚丽
立在这块热土上
老师写下的是真理
擦去的是功利

仙岩，正以难以诉说的情怀
在振兴人才路上传来慧语洪音
响彻民族教育的一片碧水蓝天

仙岩，是乡村民族教育的摇篮
仙岩，是历史划出一道完美曲线
让世界唱出你的伟大功勋

仙岩，每年的"六一"儿童节
都让人享受童音，让人回到童真，回到童年

2022 年 6 月 3 日清晨

2022 年"六一"儿童
节期间，企业爱心人士与
仙岩民族小学的小朋友一
起活动留影

爱的回应

壬寅年与福安市关工委林先利、汤绍庄、陈康丛、冯克光等参加社口中心小学"喜迎二十大，老少同声颂党恩""六一"国际儿童节活动随感而作

1

茶香氤氲的高声吟唱
紧拥我投入你温暖的胸怀
感触昔日的真情
换来今朝一片爱心
歌颂党恩之歌阵阵涌起
沉浸在童心欢乐的世界里
此时，生命在欢快跃动中充满温暖
关爱让童心散发着红茶故里独特的芳馨

2

你饱含深情柔声细语
孩子们全神贯注一种声音
苍天也在听你的致辞
雨天瞬时转晴
生命是用来创造爱的
我仿佛回到三十年前你的身边
林柄绿竹扶疏夏日凉
龟龄寺院清荷水中央
坦洋茶道诗书满院香

仙溪伏满①如仙今何在

感天动地梦回牛山湾

原来一切都是为了爱

爱洒校园新梦期

举目皆是祖国的花朵

童心向党

江山如画代代红

3

生命是如此珍贵而可爱

我已经听到你的深情诉说

茶山葱郁耸起千峰秀

沙溪流泉谁放舟

吉洋钓起寒窗月

荣岭头校园的铃声早已飘远

留守儿童来自四面八方

孩子们啊

千声万声呼唤你

我又一次回到你们的身旁

让我们相拥在一起

让我们永远不分离

诗书只写茶嫩叶

昨天粗枝休再提

4

今天，学童心情星光灿烂

食的用的还有书画作礼品

孩子们啊

学会感恩一代一代来传递

生命是用来创造爱的

---

① 20世90年代,林伏满任仙溪村支部书记。

我此时此刻仿如沉浸美梦里
本来生命已经渐渐走向衰老
而今天童心又唤起童心未泯
陪伴学童乐欢欣
朵朵花儿向阳开
雨后彩虹染夕阳
感谢校长用心
感谢坚守山里的每一位辛勤园丁

5

乡村校园人头稀
唯有此处书声朗
茶山绿海起波浪
那是美丽的山
那是神奇的山
山是主，人是客
客走情义在
带上满袖茶香走天下
坦洋独秀上云端
童心齐欢唱
高歌党恩与君听
社口啊
新班子，新能量
新担当，新使命
雄心壮志待酬时
明天征程更绚丽
只此校园复兴梦
那是爱的回应

2022 年 6 月 10 日清晨于韩城之北

足球，从校园起航

——记2022年福安市小学生校园足球锦标赛

1

小朋友，你志存高远
把足球当作天上的星星
为之玩耍纵欢
为之嬉戏欢腾
小朋友，你的心真大
提着足球轻松走动者
一定能踢动地球
驾驭脚下足球狂奔者
一定能牵动整个宇宙

2

小朋友，绿茵场上如战场
四天比赛，胜负一瞬间
大雨滂沱几相忘
看龙腾虎跃赛场上
左开弓，右穿杨
运筹帷幄在教官
大脚射，前锋郎
场外加油声声喊破嗓
小朋友，你们个个空悟豪气狂
人人鲤鱼跳龙门
是英雄，是好汉
成功看似遥不可及

却往往近在脚下
为了梦想一脚进门球
爆发心灵闪电
霹雳雷霆势不可挡
拼搏向前冲
成功闪光芒
进球喜悦的欢腾
带来流蜜般的欢笑
汗水雨水泪水湿透衣衫
踢出了惊奇
踢出了风采
踢出了孜孜以求的梦想

3

小朋友，记得教练话
金色语，绽放红色心花
想到世界杯
心头总是火辣辣
那叫一个兴奋
那叫一个过瘾
那叫一个忘乎所以
那叫一个彰显实力
巴西人用脚踢出了世界惊奇
德国人用脚踢出了高贵优雅
阿根廷人用脚踢出了国度威风
意大利人用脚踢出了举世威猛
……
足球，可以让人痴狂
足球，可以让人情迷不眠通宵
足球，可以显示国家实力
带来人类共同渴望胜利的曙光

4

小朋友，请永远记住

少年强则中国强

东亚病夫一去不复返

小朋友，盛世为你们打开振兴足球之门

旭日朝阳为你们打上红红的印章

今日新启程

明天五星红旗必将冉冉升起世界杯赛场

足球，新时代新思想的旗帜卷起壮怀激烈的风暴

必将转化为奇迹般的中国潮

足球，代表体育的实力

代表中国力量

今天从福安小学校园启航

明朝必将驰向最理想的远方

2022 年 6 月 19 日清晨

2020 年福安小学生校园足球锦标赛福安富阳学校夺得冠军

范坑的骄子

自从古盘开天地
新中国成立到如今
范坑高考第一人
他父亲长着冬茅草一样慈悲的脸
脸上布满沧桑
他母亲更是矮小肌瘦
从山泉挤出奶水
喂养了这么一位令人羡煞的北大生

在他眼睛里范坑所有山头都能跨越
唯有勤奋读书才能登顶
他从小就看见人间的高处
心中向往首都北京
农家生活的艰苦和种种迷茫
都挡不住苍鹰张开雄劲的翅膀
立志横穿苍穹
阳光明媚，志气升腾
看似遥远却触手可及
就像梦想可以触摸
今天
圆梦之日寒门热闹了
天未亮，鸟就争鸣
人未进门，声已道喜
鸟的欢歌与蛙的鼓噪遥相呼应

手捧奖学大红包
延宕在人生需要的锅碗里
饱含着政府的盛情
企业家乡贤的爱心
还有邻里乡亲的点点滴滴
在激动泪水与感恩之间
终于驱散了心中孤寂
众人见欢喜
不负苦读初心
明月也多情
心镜如水洗
应是祖上留下美名千年愿

七月的榛树花
似乎为你感到高兴而提早花期
在这七月锄金八月锄银的美妙季节里
大地火热
激情四溢
一股脑释放出山花香气
没有哪一种盛开怒放
如此热烈
如此富丽

关工委送来"金榜题名"金光闪闪的牌匾
让人越看越觉得受人敬重
多么让人羡慕的北大娇子啊
今天,你真帅
今天,你真美
奋斗与未来,向你赋予诗的篇章
新时代,复兴之门向你敞开
为你这个优秀学子纵情歌唱
祖国期待着你贡献智慧和力量

2021 年 7 月 28 日清晨

致敬护学警花

1

清晨
在学校门前车流人流密集地
在红绿灯斑马线上
总会有身着蓝色警服的女交警
打着手势
吹着笛哨
护送上学孩子们安全走过道路
忙碌中
展现青春和热情
绽放美丽警花的真诚和爱心
如天空射下灿烂的阳光
一切都充满温度和生机

2

关爱下一代
应有无数善举
护学牵手特别温馨
玉手牵小手
把安全温暖送到千千万万家庭
玫瑰和微笑
青春和爱心
风采和亮丽
警花不畏风吹雨打

警花不畏霜冻日晒
警花形象英姿飒爽
构成这座城市最温情的风景
事业，因护学警花而更加精彩
青春，因护学警花而更加美丽
关爱，因护学警花而更加勃发生机

3

护学警花像一道绚丽彩虹
为孩子们成长圆梦插上金色翅膀
为孩子们日复一日抵达安全彼岸
多少个清晨，警花与鸟儿一同睡醒
多少个路障，警花将安全留给孩子
将危险全揽在自己的怀里
柔肩扛责任
寸心装孩子
践行着时代最暖心的善举
永不倦怠引领孩子们走向安全正道和光明
护学路上汇聚赤诚初心
这是警花们最豪迈的诗句
传奇不问古今
奋进新征程的美丽诗画记述着一朵朵靓丽警花
她们是薛少平、范秀云、林锦云……

4

这是一个多么暖心而惠及千家万户的关爱岗亭
这是一个多么富有爱心的群体
这是一个多么亮眼的青春明星
我要以关工委普通工作人员的名义
向警花们致敬
致敬平凡而伟大的福安护学女交警

致敬坚守岗位，默默奉献的护学青春女性
致敬朝朝暮暮在人们身边的文明天使
伟大而又平凡的护学警花
你们是所有上学孩子们心中最美最可爱的警察阿姨

2022 年 4 月 1 日清晨

福安市女子护学岗的警花护送孩子们过马路

沁园春·茂春助学赞

城阳学子，福溢心间，喜露俏颜。善心玲珑，华光焕发，尧舜春心，坚守善举。荷洋从发，生涯军旅，坚持助学十八年。心界高，钱包属第二，常耕心田。

武安艰辛不忘，塑金钢开创产业园。幸东来紫气，脉冲时代，乐善好施，种下希望，金秋硕果。造福桑梓，赤诚军心，常嗅家乡草木香。好旗手，领关爱率先，最是华兴 ①。

2022 年 8 月 21 日清晨

---

① 华兴财富集团有限公司。

种德收福

时令初冬，温热如夏，阳光却好。此时，走进福安市老年人活动学习中心大楼慈善总会林庆枝会长办公室，室内一幅书法作品十分醒目：种德收福。

我在此字幅前驻足良久，仔细瞻望。越看越觉得字有生命，有呼吸，有温度。它用最简单的语言，去完成最为深刻的表达。可见，主人立意高远，像一滴喜雨照见天空，让人思之韵味无穷。此字幅揽括了人生求真敬业，关爱无私，行善质朴，审美超然于物外。

尽管与慈善总会一班人都很熟悉了，还是会被他们一次次忘我无私的善举感动着。

说真的，如果要我说，近年来最让我内心有所警醒、有所感悟的书法字幅是什么的话，我会说：种德收福。一个人最大的幸福莫过于在人生途中富有创造的善举，发现自己此生的使命崇高，成为福安慈善事业的标识并为之孜孜奋行。做一个自己想成为的人，活成当初自己想要的样子，一以贯之丝毫不改变本色，那是很难的一件事。从我观察和感悟中，林庆枝先生完全做到了，并且做得十分出色，很值得我赞赏和敬佩。

种德者，在认真做慈善事业，想方设法布施公益。这个世界太大了，需要做的慈善公益也太多了。一枝一叶总关情。一滴水可以反映太阳光辉。《圣经》上说，你播种什么，就收获什么。果真如此吗？此话很值得探究。种德者兼有收福者，在现实社会生活中有时是对等回报的。大德者，诸如专业慈善者，无私无畏，物我两忘，达到我将无我的境界。种德者，把德植入心田后，还需辛勤耕耘。耕耘过程，需要经风历雨，花费时间精力，付出心血和汗水，要面对栽培扶持过程中不可预计的变数和风险。当时就能收到福报的有之，收不到福报的大有人在。福报是一个过程。此过程有酸甜苦辣，有悲欢离合，最能考验人性。此过程有时甚为漫长，这一代人可能看不到，将会惠及下一代，直至子子孙孙，那是一种收福者生命的有限和无限的选择力，别短视，需要一种洞见未来的眼光。佛说，善花结善果，恶花结恶果。农民相信，种瓜得瓜，种豆得豆。上述三种表达，其实是一个意思，都道出了"种德收福"的深刻内涵。

乡愁是永不变的情怀，对于从事慈善者来说，显得更加真实且宽厚。乡愁的天空时常挂着一弯月镰，它使人想到情感痛苦总是如刀割一般。不幸患上大病者找到慈善总会来了，考上大学的贫困学生也来了，乡村振兴路上遇到困难，遭受自然灾害的山寨农民也来了，上门找到林庆枝会长等一班人，慈善者从来没有让这些苦难者空手而归。数不清多少人转忧为喜，感恩戴德。生命和生活回归于平静吉祥，留下了"种德"口碑。

记得福安甘棠有个种德禅寺，寺里有个老和尚对我说：核桃硬硬的壳包裹在肉外面，于是人们敲碎它，吃掉了里面的肉。蜜桃软软的肉在外面，于是人们吃掉了它，留下里面硬硬的核。此核可用，植入土中，生根，开花，结果。福安慈善工作者就在如此循环反复，一年又一年，一代又一代做着种德之伟大事业，让天下桃李像菩提树一样茁壮成长，长到桃李满园硕果累累时，自己却忘记了品尝甜果。

种德收福。福来了，又心甘情愿地不享福，无私奉献着，默默无闻付出着，从而为人类练就一颗仁爱心和慈悲心。

"种德收福"四字看上去简单明浅，却气质浑厚，意味深远。不得不说每字都凝聚着林庆枝会长之良苦用心，彰显福安慈善人忠诚之心、敬业之情。永不褪色的慈悲情怀，所种善根，总是使人心生欢喜。

种德收福，四字闪光，足以让人学悟一生，受用一辈子。

宅里春风暖

——福安市关工委"关爱微心愿"活动侧记

关工委与"关爱微心愿"这五个字放在一起，显得是如此恰如其分，天衣无缝般之完美。关工委最好的活动，就是走进童心童真世界，让孩子们喜悦欢快，得以茁壮成长。

当我们关工委老同志冒着初夏暑气，踏上赛岐宅里小学校时，校园里已是一片热闹景象。校长与我们热情握手，学生们早就准备好了崭新的红领巾给我们一一系在胸前，并给来宾们致以标准的少先队队礼，还有一位女老师腮边别着小话筒，向我们深情款款地介绍宅里校园发展情况。

看这场景，刹那间，我心中充满了无限快意，特别是系上红领巾的那一刻，我的心被激活了，春又来了。真是：宅里春风暖，童心知我心。

一、童心谁最知

为了在国际"六一"儿童节前夕举办这场关爱微心愿活动，宅里小学校王振金校长与校班子成员及全体教职工深入各班认真摸底，了解留守儿童的小心愿并造册登记。有的小朋友想念家人，想为爸爸妈妈爷爷奶奶买件礼物，以报答养育之恩。此愿在孩子们心里存埋许久，今日得以实现，他们由此喜笑颜开。有的小朋友因为一件昂贵的学习用具或者一套心仪的丛书买不起而久久盼望着。今天，当他们从领导嘉宾们手上领到心中的"爱物"，他们是那样高兴，那样激动，清澈的眼睛里闪动着喜悦的光芒。有的小朋友爱好体育运动，但没有自己的乒乓球拍、羽毛球拍、篮球、滑板等等。此时此刻，他们都无比欣悦地走上台前，满意地领回自己的小心愿。比如五年级 2 班的吴沆铠同学，为一支价值 330 元的英语点读笔，不知想了多少个日日夜夜，今日终于如愿以偿。当我俯身问他高不高兴，这位小同学十分满意，频频点头，顿时，我发现他的眼眶里闪动着晶莹泪花。孩子们，你们在想什么，校长老师都知道，你们心中的愿望是什么，关工委"五老"们也都了解。对爱的回应，彼此心心相印。

童心谁最知？唯有关工人。童真谁最爱？有我校园丁。今天在宅里校园，我真真切切感受到了乡村留守儿童这弱势群体，我们党和政府没有忘记他们。昔日，他们身上发生了一些让人悲欣交集、五味杂陈的故事。今天，这些故事如书之册页已然翻篇了。此时我心想，今晚宅里校的孩子们抱着礼物，一定是喜到了梦里。

二、蒙以养正　学以成人

立在宅里校园宽阔的操场上，一眼就能看到五层教学楼正中位置赫然醒目的四个大字——蒙以养正。

这四个字是多么励志，读来更有书香之气。蒙以养正，励志也好，校训也罢，让人印象深刻，过目不忘。

《易经》有言：蒙以养正，薪火传承。学以成人，心慧德正。书者述也，以载道，以亲情，以解惑，以明智。明智者，最重要的是对教育事业一片忠诚。

校长是位中年汉子，脸上总是挂着笑容，一看就知道是一位对教育事业热爱且干练者。他对校情况了然于胸，如数家珍。他说宅里校现有学生1339名，90%的以上学生为外来务工人员随迁子女。学生家庭情况复杂，留守儿童多，单亲家庭也不在少数，学校里的"留守儿童之家"因此应运而生。在校长介绍这些情况时，我仿佛看到一个个孩子的父母去了远方打工，孩子与爸妈平时很少见面，跟随爷爷奶奶或外公外婆等亲戚生活，想爸妈时，举目四望，涕泪涟涟。这些孩子不在父母身边，缺爱少爱，应有人给他们呵护并送上温暖，帮助他们实现心灵深处的小愿望。校长说，今天各位领导及社会爱心人士送来了许多文具、图书、书包、运动服、运动器材，尽可能地满足了同学们的小心愿。这犹如一缕和煦的阳光照亮了孩子的心灵，温暖了孩子的童年。学生代表上台发言，童音清脆："小草，因为阳光的照耀体现出勃勃生机；鲜花，因为水分的滋润显得更为漂亮；大树，因为土壤的供应傲然矗立，我们有一个特别的称呼叫：'留守娃'……"

就是这句"我们有一个特别的称呼叫'留守娃'"，为此，我久久不能平静。这句话语的背后，饱含着多少酸甜苦辣啊！我在台下听着听着，禁不住眼角有点湿润了。好在今天是喜悦气氛占据了主导，我硬是忍住了，没有流下泪水。

此时，孩子们最感兴趣的是各自欣赏自己的礼物。他们轻轻抚摸着自己的心爱之物，交头接耳说着开心话语，脸上洋溢着喜悦的笑容。这是孩子们日夜企盼的美好节日，我们关工委的老者也分享了童心快乐。

蒙以养正，宅里校园弥漫着浩然正气；蒙以养正，宅里这块沃土养育了一代又一代新人；蒙以养正，宅里校园辛勤园丁们，爱生如爱子，不仅传授文化知识，让孩子们学以成人、学以成材，更重要的是每时每刻都激励着孩子们自信、自主和自强，学会感恩，回报社会，让孩子们从内心深处喊出"强国有我，请党放心"的铿锵誓言。

三、播下爱的种子

活动期间，我们"五老"一行走进一个布景十分温馨的乡村留守儿童"守望小屋"，屋里其乐融融。这里有捐赠款物的爱心企业人士，有宅里村委干部，有校长及教师们，有赛岐镇党委书记、宣传委员，有教育局派来的在职领导。市政府陈华容副市长出席本次活动，她很高兴且满怀深情地说："这是一场别开生面的关爱活动，很有意义。看上去是我们帮助这些乡村留守儿童了却小心愿，为孩子送上一些小礼品，政府及社会各界人士之善举如春风送暖、送力量，其实，今天更重要的是，在孩子们心间播下爱的种子。"

一份爱能够持续多久？夫妻之间的爱，那是一生一世的约定，执子之手，与子偕老。朋友之间的爱，是在互相信任和帮衬之中得以延续。然而，我们对孩子们的爱，特别是对这些乡村留守儿童的爱呢？毫无疑问，那是需要一代又一代延续下去，以接力的方式代代传递。今天的收获，不忘昨天的耕耘。收获是幸福的，收获也是辛苦的，它需要付出，它需要奉献，更需要策划者的智慧引领。宅里校"关爱微心愿"活动，并非心血来潮，瞬息而来，瞬息而去，应当持续恒久。今天是关爱事业的新开篇。据悉，市里组织号召市乡干部"领认一亩田"活动，开展得有声有色。值此，我在想，我们何不去组织市乡两级干部都来"领认一个留守儿童"，实行一对一，手牵手，做到"大手牵小手"，在全市校园开展一场"关爱微心愿"活动，使这些着实需要爱心呵护的留守儿童，在他们成长过程中都有个"主"，都有一个"靠山"。市乡两级干部每人认捐300元，上不封顶，为留守儿童分忧，为留守儿童解难，为千千万万留守儿童遮风挡雨，送去温暖和力量。这场"关爱微心愿"活动，我们已经从昨天走到今天，又从今天走向明天，一次次走向规模，走向成熟，走向成功。

关爱正逢时

我们这些老人都是过客，人生匆匆，光阴荏苒，不管你是想走还是想留，最后都将离开这个世界。在离开之前，我们给我们的孩子们留下些什么呢？对此，我的理解是，一个人历尽人世沧桑之后，能够保持忠诚敬业，以乐观的心态，在人生黄昏有限的日子里，把自己所有的智慧、宽容、热情和爱都留给这些孩子们，为他们带来欢乐和幸福，为我们垂老的人生增添一笔精彩，乐而为之，此生足矣！

在宅里校园我们看到了一对联句："爱人者，人恒爱之；敬人者，人恒敬之。"对此，我不敢去注释句子深刻内涵，只是觉得宅里拥有与别的校园不一样的文化品位，慧当内修，一枝独秀。回韩城数日，这种校园文化气氛一直充盈在我的心间，让我久久难以忘怀。

"关爱微心愿"活动毕，那是热闹过后的平静。我站在教学楼五楼举目远眺，晴空万里，天上飘着洁白的云朵，山峦如黛，碧绿清秀，赏心悦目。2023年5月30日，这一天对宅里校的全体师生来说，注定是特别有意义的一天。对我来说，宅里春风暖，我深深感受到了久违的青春滋味。

2023年6月1日清晨

2023年5月30日，福安市关工委在赛岐镇宅里小学举行"关爱微心愿"活动。福安市副市长陈华容（右四），赛岐镇党委书记陈柏崇（右三），以及市关工委、教育局及爱心企业等相关人员出席

第三章
"五老"风采

此为一帧 38 年前旧的照片，是福安县一道十分壮观且珍贵的"五老风景"，让后人深情怀念。第一排从右起依次：郑桂全、田宝盛、魏锦荣、董仕雄、阎兆和、刘永雄、王招录、王泽恭；第二排从右起依次：林贤康、许学文、车贵元、林增声、薛文章、吴奶如、黄进贵、陈鸿颐、吴部长（武装部）

1996 年 5 月，福安市人民法院原院长、市关工委原副主任吴启坤为农村率先劳动致富青年人讲授养蜂技术

2022年"六一"儿童节期间，福建省政协原副主席、省关工委常务副主席陈增光与福安市坂中畲族乡仙岩民族小学小朋友在一起

2022年"六一"儿童节期间，福建省委原副秘书长、办公厅主任李育兴与福安市坂中畲族乡仙岩民族小学小朋友在一起

　　2022年3月12日，福建省政协原副主席、省关工委常务副主任陈增光（左二），福建省统计局原党组书记、局长，省扶贫协会常务副会长龚守栋（右一）莅临福安调研宝城电商企业并前往天马山视察，福安市关工委主任林青（右二），福安市城南办事处党工委书记缪建辉（左一）陪同

　　2022年"六一"儿童节期间，作者与福安市仙岩民族小学小朋友在一起

砚田犁痕

——悼念郑复赠老师

1

这是多雨的四月
树木葱茏，花开鲜艳
您在无比丰厚的砚田里
完成最后一道犁痕
远离他乡认故乡的韩城
86 岁安然离去凤山人
细雨最先淋湿我妻眼角
您凭亲朋们怎么呼唤
执意不回头
走在一条永世没有乡愁的路上

2

被您撇下的所有人
皆在同一座城市沉默哀思
一拨又一拨吊唁者
回首凝望悲恸而泣
都被无情的阴阳之墙阻隔
您再也听不到生者的呼唤
您再也看不到发自内心的忧伤表情
您的学生们再也听不到一撇一捺写人生的谆谆教诲
郑老师啊
您为福安乃至闽东千家万户留下多少墨宝飘香

韩城内外多少亭台楼阁镌刻着您的名字
关工史册上
我读到了《中国火炬》上您的第一篇文章
看到您的书法作品
伸手可以触摸您云朵般的浪漫
想到您的人品精神
思念之间，让人心中升腾起一股透明无私的力量
我与妻一遍遍呼唤您
梦见您的慈祥
祭出泪水滚烫的思念
砚田生长出了桃李满天下
悼念的悲伤揉碎了一地犁痕

3

四月的风吹来，很凉很凉
穿透我的心房
您身怀一颗多么善良的心啊
您是一位德艺双馨的杏坛文艺师者
生命停止在时间的河岸上
我知道，人世间
每个人都会在光阴里终老
尊敬的郑老师啊
您唯一放不下的是师母痴呆如幼童
不能濡沫相伴您先走
为您送行
此时此刻
雨已停歇，凉风已逃
太阳依稀露出一张泣红的脸
生前燃起一团火
身后高悬一盏灯
那教诲，一句句

一声声，如甘霖

有知音

而今

我们对您的怀念永远留在了您的砚田里

留在了您的辛勤犁痕中

无尽的思念

您的砚田

您的犁痕

与大地永恒不朽

2022 年 4 月 9 日写于郑复赠老师逝世三周年

老教师郑复赠（右一）与象环村葡萄协会会长陈玉章（左一）在象环村葡萄园合影

守碑辞

——给闽东革命烈士纪念碑的守碑人

新中国诞生，
他才三岁。
胎毛还没褪净时，
跟随村上一个革命幸存者，
从小知道了，
阮英平、叶飞、曾志等人的感人事迹。

他的奶名叫红仔，
就是身上有红色基因的意思。
福安人和这些革命者，
很亲，有过救命之恩。

清明那天，我与他相遇，
他在扫地，扫得干干净净，
迎接一拨又一拨祭奠者到来。
他头戴草帽，
脸颊挂着汗珠，
鞋底带着土腥味。
看着祭扫队伍中的红领巾们，
幸福，虔诚，肃然，
他鼻子一阵又一阵发酸。
泪，蓄在眼角边，
疼，撞击在心坎上。
他将景仰化作一年四季的风雨坚守，

心里头老想为他们做点事。

他守碑五十年，
扫地五十年，
无儿无女，
孤零零地从黑发到白发，
又从白发到无发。
这耸立的碑，
是他唯一的家底和亲人，
他说年上古稀，
他活着守碑，
死了，也想埋在这里，
给烈士们守门扫地，
一辈子又一辈子。

夕阳下，我看见一只喜鹊，
从纪念碑旁的鸟巢里飞出，
啼叫声很清脆，
像一首歌，
伴着它展翅飞远，
双爪仿佛还留在，
故乡红色历史的风尘里。

2022 年 4 月 5 日清明节

福安闽东革命烈士纪念碑高耸云天，这里是全国爱国主义教育基地（2022 年 8 月 1 日摄）

这是一种什么精神

——给李建力

1

头发黑着黑着就白了

忘了许多事

还记得茶区的茗香

一个退休 26 年的乡镇政府老头

他手上不知写过多少文字

画过多少墙上图

走过多少山间小路

这里常有杂音

也有争议和冲突

他很有城府

选择沉默

他说，当年说错一句话

就像吃错药引发全镇过敏

生怕前程岌岌可危

2

这位乡镇政府办秘书先生

总是出手不凡

把他的人品和才华带到"五老"平台

他爱讲故事

也爱交朋友

现在更爱在记忆里散步

有时还会心血来潮

约我去喝小酒
身体健朗
从来不知什么叫"三高"

3

他依旧自信
一脸专注认真
一丝不苟
仔细看他
我突然想起了伟人说过的
一个人做点好事并不难
难的是一辈子做好事，不做坏事……
这是什么精神
一想到他
血脉就冲动贲涌
我就想问
在乡村基层，有这样一个人
人至耄耋，勤于做事又低调
并且成效卓越
这是一种什么精神

1990 年：开启关工第一扇门

1

那一天，福安市关工协会的牌子在喜庆声中挂了起来
一块厚实基石
奠起了关工大厦
像初升启明星
把关心下一代事业前程照亮
那一天，郑桂全会长穿着整洁中山装
胸前别着一支钢笔
开始抒写福安关工事业第一篇章
一批最早的播种人
点燃火炬
从此，关工事业愈烧愈旺
暖风徐徐吹
春雷似有声

2

"五老"们赤诚的火种
点亮一颗颗热烈奉献的心
他们不是为个人索取财富
而是为下一代茁壮成长默默付出
就在 30 平方米简陋办公室里
"五老"们喝过的茶杯
留下这个组织特有的余温
"五老"们坐过的板凳

供给了一个助推立德树人的团体
首任名字闪耀光辉
王毓荣、郑桂全、林秀明、
林柏善、陈必初、付正刚、陈瑞生
永远镌刻在福安关工史册里

3

对党忠诚
是第一代"五老"们最有力的动员令
福安的山，福安的水
染白了他们的双鬓
也锻造了他们的骨头硬气
迎着艰难困苦往前走
风尘仆仆校园情
系上红巾领的那一刻
满脸春风
热血沸腾暖人心
体温焐热了地气
无私才无畏
只要身板挺直
就是爱的脊梁

4

有时候，只要一脚跨过去
前面便是坦途
助学捐款，从点滴开始
一点一滴汇成河
时间酿造岁月成就
始终锲而不舍
未来并不遥远
问路春天路在脚下

从心出发
奉献写在成绩背后
夙愿留下美好故事
早已融入"五老"精神的传奇

5

用苍老换来新生
举起一面新的旗帜
用不泯的童心
向着梦想生根的地方
添上一把火
滚烫的热血浇灌出青春花朵
从播撒种粒到花开满园
直至桃李果实遍天下
铸就了最初关工人的仁爱情怀

6

好雨知时节
关工诞生正逢时
如同禾苗遇雨露
一路生机勃发
润物细无声
做细做实用真心
让无声关爱
使孩子们在迷茫中看到希望
爱洒天地间
殷殷五老心
情在四季中
一枝一叶总关情
生在自己所在的时代里
为了余光余力,有所作为

为了内心充实，拥有一份意义感
这群首批"五老"们
是如此深爱着下一代
他们是功臣
为福安这块生斯养斯的热土
开启了关工第一扇门

为纪念福安市关工委成立 30 周年而作
2020 年 11 月 8 日清晨

这是一个福的世界

这是一个福的世界
容得我们去爱
值得我们去摘取爱的硕果
硕果甜甜就是你
飘散的香发
赤露双足
跟着我来，拥抱福山福水
抛弃忧愁
用心热爱
隐隐之中雄姿勃发

我拉着你的手
福，跟着我们走
阳光亮心头
星星心坎走
奔向海尽头
变成一只飞海鸥

你跟着我走
我拉着你的手
走出牢笼
来到山野田畴
春风十里春花开
无边自由指向那村寨

关爱正逢时

房前屋后皆风景
家家门前福光照

这是一个福的世界
知福惜福福祉惠万家
福气氤氲
福风浩荡
吹拂我们迷恋着一座岛
那一个福垒起的爱的岛
生活着下一代
欢歌笑语红领巾
围着我们身边绕
幸福到老

2022 年 2 月 3 日立春前夕

2022 年初，福安市副市长蓝和鸣（右六）、市关工委主任林青（右五）与市关工委全体
同志在坂中畲族乡坑下村蔬菜基地调研时合影

五老赞歌
——福安市基层关工委先进人物谱

回望福安市关工委 30 多年来的工作，其功卓著，其绩斐然。功也好，绩也罢，万丈高楼平地起，参天大树根系壮。长期以来，工作紧紧依靠基层"五老"，许许多多先进工作者不忘初心、牢记使命，默默无闻，兢兢业业，发光发热，无私奉献，努力为下一代撑起一片天。他们如群星闪耀时空，他们如春风化雨滋润下一代的心灵，他们之中的典型代表有：甘棠的薛成昌，赛岐的郑允荣，社口的李健力，潭头的李培华，上白石的施锦华，下白石的刘光祥，城北的王团云等等。本人以诗歌形式赞颂他们，是为了浓缩宣传他们的先进事迹，是为了扩大弘扬他们的崇高精神，是为了站在国家百年圆梦的交汇点上，更好地比学赶帮，百尺竿头更进一步，为伟大的关工事业作出更大贡献。

一、薛成昌

令之后裔根扎莲城，关工事业上巅峰，捧起全国先进集体。二十春秋风雨过，温心一片，赤诚大爱溢满四门三塘双江。更有阳光助学，教育基金 200 万，学生午餐饭菜香，情染千家万户。

人勤快，热心肠，抱病奔走，信念在胸，深耕乌克兰，培育新苗壮。举火炬，接力棒，交接好，感动白马港，情同赛江岸。

二、郑允荣

牛城老黄牛，五老唱新歌。盖大楼，勤奔走，深为关工事业鼓与呼。一画册，似窗口，弹指三十年，沧桑且从容。莘莘学子栋梁材，爱心助学风生起。赛江两岸一画卷，卷起来是筚路蓝缕和成就，展开去是未来美宏图。

人肝胆，有脾气，为关工，无我真勇士，有情有爱才是大英雄。三十春秋关工人，孜孜不倦，未敢懈怠，荣誉等身不摆功。老党员，好干部，风雨炼就一颗心，赤诚不变色，敬业见允荣。

三、李建力

云起千山绿，日照茶区红。茶树根深不言老，人至耄耋无"三高"，身体是本钱。甘做人梯默无闻，一手文采字有声。大街小巷留足迹，男女老少知老李。日出常看人来早，更深每见晚归迟，寒星斗移数十载，社口为家。忠心只应霜叶红，素魂唯有雪华知。忙里忙外手艺好，没有一日偷闲。多才从不傲，多艺乐陶陶。泥巴捏出一栋房，居安心，更温馨。

健力行，笔带春风字带情。君行健，踏遍茶山人未老，世间风景唯社口。浑身正气人敬佩，自酿米酒抿一口，活到老，学到老，才艺堪与红茶金奖试比高。

四、李培华

潭川映照老关工，李花怒放且舒眉。今日慰问棠溪百岁老人，明天枢洋南岩爱心助学。做深工作有思路，做细工作有办法。参谋靠智慧，助手更称职，无私开卷字字金，有心才是真五老。发挥优势倾心也倾力。平凡有志不畏苦，卓立关工令人仰。与子衣同衣，携子红领巾，偕老心比心，草木也动情。

李果累累，培华更育栋梁材，白发童真，心如皎日吐丹诚。圆新梦，潭头老李功绩惠及无数人。

五、施锦华

交溪水清，白石洁净，大地温凉有度。看政府二十八台阶向上，华灯初上，万物涂辉，好一派锦绣山河。

热心公益，组织有方，大桥建成立丰碑。回眸八中，不离五老身影。缘幸致公托起，紫气东来，六十载校庆，彩虹似剪。校友遍布九州，唯有一颗爱心，感恩母校永不变。莘莘学子上千，正放青春如燕。倾心帮助办学设施改善。征地，修路，盖学生食堂，报以一腔热血。

回首经年，岁至古稀。记忆稠，但听豪情事，人有限，事业无疆。

六、刘光祥

关爱学子心温良，笑眉依旧带慈祥。

白马港，正新装，海风吹过两鬓霜。可敬，心中装满下一代。走渔村，爬山岗，从来不说苦和累，心间永驻情与爱。

入户，家中炉暖恰如春。窗外，汗水湿衣裳。海边风光，应许关工阳光亮堂堂。潋滟波光，看那海上天边红霞轻缀，多少夕阳故事，每每感人泪沾襟。

七、黄团云

一团红云化作一团火，温暖童心四起。爱心更具细心和耐心，春风徐徐拂过，铁树也开花。

走社区，抓典型，关工一面旗。进学校，施爱心，老师欣喜学生欢。锦阳传捷报，富春奏新曲。从不言苦千滴汗，雨中白昼尽沾衣，越干越欢人细腻，原来信仰在胸中。牵手百姓话不完，携来学子沐春风。心头总装红领巾。

红云彩霞映照时，志愿者，防疫情，红马甲，大喇叭，传声音，学教居民看抖音。双手巧，又细心，脚步铿锵，好一朵关工玫瑰是团云。

2022 年元月 22 日清晨

海上关工一团火

——致福安下白石镇宁海村党支部书记龚仙亮

1

在海上，海浪奔腾花万朵
为关工，热心奔走一团火

海面阔，几经艰难开拓海上养殖业
龙须菜，托起渔民小康你像一团火

2

你是最基层支部党员信仰的火
二十年来脸上风吹浪打呈古铜色
岁月淬炼了你的胆略
引进资金
跑来项目
文化宣扬
把昔日贫穷畬斗坑
蝶变成为今日海上富翁

3

你是一团富有特色大爱的火
慰问"五老"冷暖
关心帮助一批又一批学子走进大学学府
你说考上大学孩子越多你越高兴
你说你最爱往大学生家里走动

俯下身子接才气
为宁海村未来注入新希望

4

你是一团孜孜不倦奋斗的火
早出晚归，把海上渔排亲手抚摸
脚踩海浪，足迹踏遍海边每个角落
大片大片海变成仙境
龚仙亮，你为孩子们读书报效祖国倾心注力
你为"五老"们过上小康生活积极奋进
你是海上最美奋斗者
呕心沥血奉献赤子情怀
你不愧是按照建党精神建立起了名副其实的村级党支部

5

在海浪拍打的呼啸中
你是一团正在熊熊燃烧的火
此火无比温暖
此火照亮前程
孩子们的笑声在茫茫海涛中阵阵回响
老人们的喜悦延绵着宁海幸福的波浪
龚仙亮，多么响亮的名字
穿越宁海村昨天的筚路蓝缕
今天的幸福安宁和明天的前途无量
龚仙亮，你是照亮宁海村的一团火
为新时代关工事业追梦人增添无穷的光和热

2022 年元月 10 日于韩城之北

美德传唱

——怀念蔡坚基老师

这是六月，明亮的阳光
照亮了宁静的校园
照亮了早已斑驳的木门
照亮了窗口内空旷的教室
清晨，国旗依旧在杆子上飘扬
一个老师，十七名学生
摆设仪式仍然是原先那般隆重

此时，四下环顾
几只小鸟恰好在我眼前飞过
没入了不远处的李树林里
正如从这里走出的学生
早已生长出硬朗的翅膀
大多出没于城市的丛林里

他，五十开外
跟我说话时
手不由自主颤抖
说是心脑血管微微塞梗
说话也不够利索
我深知，他再也回不到滔滔不绝的当年

一个提前头发花白的人
一个曾经的民办老师

他向我讲述这所学校的沧桑历史和荣耀

锦桌头，一个听起来无比清脆悦耳的名字
蔡坚基，一位让人不能不肃然起敬的山村女教师
我禁不住含泪，想起了那场无私奉献的美德传唱……

2021 年 6 月 12 日于韩城

葡萄大师 ①

我曾一次又一次写诗赞美
你领爱一生栽种甜蜜的使命
因日晒而呈古铜色的脸颊布满青果的吻痕
如今，你已走完一生
还有一位大师在卧床呻吟
我没有哭泣，也从未发过半句诗音
如兄如父的人啊
福安果农特别感谢你
感谢你用毕生的悯农情怀深爱一穗果
让无数乡村充满丰收的喜庆
此时此刻，我心悲伤
埋怨上苍为何不善待你
一生辛苦
给人甜蜜
乡村振兴路上不能没有你
那愚昧以为无师自通的时代早已过去
我知道葡萄和世间万物一样
需要敬业热情
技术创新
每一穗葡萄果子都知道如何美满的真谛

2022 年 8 月 19 日写于第八届中国福安葡萄文化节之际

---

① 指已故全国葡萄协会会长修德仁先生，以及患病卧床的全国葡萄协会原会长晁无疾先生。

林青主任（右二）与全国葡萄协会会长晁无疾先生（右三）等葡萄专家在一起

这里出了个全国优秀医师

曹洋郑氏宗祠里
高高悬挂一块红褐色牌匾
上书"全国优秀医师郑阿奇"
那年，阿奇进京时
与国家卫生部副部长尹力座谈并合影
如今尹力书记主政八闽
阿奇慢慢老了
坚守乡村卫医岗位五十年

十里八村
村村寨寨无人不知阿奇
他医术好，人热心
为乡村群众解除病痛
总是忙不停
他用两脚丈量出诊长征路
他用两片微启的嘴唇念着医经
他用一颗仁爱丹心
温暖着千千万万村民
农家院落留下他颀长的身影
从青春少年到年上花甲
不知不觉白发爬上双鬓
一位村医就是一部村庄史
酸甜苦辣全记清
翻阅阿奇人生书

一页页，一行行
字里行间洒汗水
一桩桩，一件件
村民深深铭心里
村民主任有业绩
建设曹洋幸福园
他与乡贤引来民政厅
浩然正气存于胸
为民办实事
光明磊落传知音
阿奇很平凡
一点儿都不奇
他仅仅一个优秀村医

亲朋好友跟他说
你可以去找尹力书记
带上合影和事迹
并建议乡村卫生事业如何振兴
阿奇总是红着脸
羞涩像村姑
其实，阿奇也很奇
曹洋奇峰雄起一面旗
阿奇不仅是曹洋的
也是福安的，闽东的，福建的
更是全国的郑阿奇

2022 年 3 月 11 日清晨

诗画坦洋村

辛丑年仲冬时节，我与福安市关工委老钟、老陈、小钟及社口镇老李、小胡来到了坦洋村。

坦洋似一幅山水画卷，美丽动感，让你看也看不完。

坦洋如一首芬芳诗歌，韵味无穷，让你读也读不完。

刚进村，周边环山拥抱，远处峰峦叠嶂云雾缥缈，近处层层叠叠的茶岭绿丛青翠。首先映入眼帘的是学校新楼。楼大空着。本想带着调研课题，了解山村留守儿童生活学习状况，看来此事不能如愿。好在镇里分管教育的宣传委员小胡说，每到假期，城里孩子到此地体验生活，学校可以平添一点生气。

我心想，如今坦洋面貌焕然一新，经济也发展了，怎么学校就留不住学生呢？现在这些学生像小鸟般飞栖别树枝头，他们的学习怎么样？他们的生活又如何呢？论农村教育，坦洋不得不成了一首叩问诗，其实也是一曲咏叹调。坦洋学校是自家温暖鸟巢，这些散栖异乡的可爱小鸟们，何时可归巢啊！

来到坦洋茶舍。此舍刚开张，由福安农垦集团公司投资，集茶企经营、茶文化传承于一体，看上去十分壮观，引人驻足。

问茶道，我们走进了坦洋茶舍。

茶舍主人小林热情好客，茶叶、茶具、茶水在他腕指之间蹁跹灵动，我们很快品饮了一剂深橙色的茶汤。一品，再品，味道确是不同凡响。小林说，同样的茶叶可以泡出不同的味道，浓淡、色泽、口感相异，茶客可以自主选择，口味因人而异。从饮茶口味中可以看出客人的心性和爱好，可谓是眼亮心明见性，此为喝茶的一门学问，也是传统茶道传承。品茶如品人，说的就是这个道理。

张炯先生巨笔下的《坦洋赋》被刻在村口的巨石上。

我立在《坦洋赋》前，凝视良久，舍不得离去。恍惚之间，从赋中，仿佛走出了坦洋武魁施光凌先贤。在坦洋这块红茶发祥地上，他亲手建起智慧横楼，其楼与坦洋工夫同庚，获得巴拿马太平洋万国博览会金奖，他立下汗马功劳。从赋中，似乎走出了胡福四先生。他首创试制红茶成功，红茶经广州运往西欧，名播海外。时至今日，恰逢170周年之庆。从赋中，仿佛走出了坦洋村老支书刘少如。他开创福安第一家"福安县坦洋村茶叶公司"，他无比自信的身影，在那一帧珍贵的合影中光彩照人。他瘦小身躯紧挨时任宁德地委书记习近平身边，是那么意气风发，斗志昂扬。他虽然文化水平不高，但为坦洋村写下一首让人永远读不够的壮丽史诗；他虽然工作欠缺某种艺术感，但为坦洋描绘出一幅让人永生怀念的茶村富民图。这诗，这画，真真切切，可触可见，让全体坦洋人一往情深浸润于茶叶带来的幸福美好之中。

刘少如君，今若健在，95岁矣。5年后，他的百年诞辰，理应为之纪念。

一朝重扬先辈志，香飘万里天下知。

云烟成雨，溪水涓涓，好景千山绿。

碧树娉婷，南风馥馥，山村春来早。

是时，我又走进坦洋农家，看到茶农庭院中茶叶产品包装精美，品种多样。他们视我为老朋友，与我聊茶叶销路，谈市场价格，讲采茶技术和制茶工艺。他们边说边手不停顿地整理着明年采茶、揉茶、焙茶的工具，显然，冬时未雨绸缪，以备春季茶活繁忙早到。看到茶农与我谈笑随意，喜乐在心，我好像看到了山上茶园里的茶树正萌新吐芽，坦洋一派勃勃生机。

2021年12月30日清晨

牵手未来

——为《关工之路》画册感赋

一本福安市关工委成立 30 周年纪念画册，从一帧帧照片中读出人物活灵活现，氤氲着某种乾坤清气，浩然正气。

记得小时候读《卖火柴的小女孩》《少年维特之烦恼》。小女孩渴望温暖的眼神，是那样的凄美，直扎人心。少年维特之烦恼，那孤独，那寂寥，有谁懂他心思？谁来解除他心中的无限忧伤？

再看新时代的青少年，面对百年未有之大变局的历史挑战，他们又在想什么？心中愿望是什么？谁能真正懂得这些祖国未来之栋梁他们心里都装着什么呢？

细看《关工之路》，画册中有一帧照片，背景是"尊师重教"之下溪潭兰田小学春蕾班。图片上福安关工委原主任郑桂全先生和现任主任林青先生，为三位满脸稚气的青少年颁发学习用品。此时此刻，两位老人可亲可爱，三位小女孩美丽端庄。毫无疑问，她们远比卖火柴的小女孩幸运多了。

这三位青少年如今何在，有谁了解探究？她们有幸成为千千万万受助学者的一个缩影。历史的机缘，时代的幸运儿。多好啊，世间最好的东西都应该这样小众，如此稀罕。

再品读《关工之路》画册，"福安市 2010 年度新春回访帮教活动"照片跳入眼帘：台上是关工委、公检法等各部门领导，台下人员穿着未管所里服刑的衣服，所有人差不多都光着头，一个无形的罪字，压得他们似乎直不起身躯，昂不起头颅。仔细看看，认真想想，教人直想哭啊！

世间风雨无情，杜鹃啼血，失足失爱摧残人心。风声断，雨声乱，枯枝满地，七零八落，一失足成千古恨。生死枯萎之后，春又来了，枯木逢春。

这些青少年看似默默无语，波澜不惊，其实他们内心已翻江倒海。可以试想，有谁愿意走上这条路呢？正当他们孤苦无援，苦苦挣扎在狱中之时，一双双温暖的手向他们伸过来了，他们感慨，他们激动，他们忏悔，他们甚至落泪了。

一个人心里温暖，才能唤起对生活的热爱，才能坚定信心去拥抱世界！

"十三五"圆满收官，"十四五"开局起步，2035年远景擘画指方向。5年后的青少年将成长为热血青年，15年后的青少年必然是人到中年。他们的未来代表着国家和民族的未来。关工委是牵手这个未来大棋盘上的一粒棋子，其作用是"帅"之"相"即是参谋和助手，旨在勤于思考，提供建议良策供"帅"者参考。其次当好过河老"卒"子，力所能及调研新时期青少年的心里都想些什么、他们的心愿是什么。关工委为什么要探知他们心灵深处隐形的欲望？他们的喜悦，他们的悲伤，他们对爱情之朦胧，对崇拜之盲目，直至对人生信仰之迂回不确定。他们在追求心中梦想过程中，心灵深处常常涌动存在感，积极向上的觉悟和时时刻刻都有获得感的强烈期待！

这些年来，从物质上给钱给物虽为微薄资助，但年年岁岁持续不断，一钱一物总关情。情深深，意切切，雨蒙蒙，春风化雨30载。扶贫攻坚取得全面胜利后，帮困帮学应当渐渐改变为奖学。这不仅仅是方法上改变，更多的是关工委事业上的创新！

所有这些，可否有效培植一颗颗感恩之心？感党之恩，感企业乡贤之恩，感父母之恩等等。看到现实中某些缺失感恩者，让人担忧。看来多么需要在大范围内，在广大青少年当中，以党之领引和召唤，让全社会觉醒感恩之心，使感恩重归正道！

从精神上，党史教育，红色基因传承，以此来塑造青少年的品行。"德"之大树立起来了，根深叶茂，就不怕地上杂草丛生。"品"字大写正直了，不愁人生不精彩。其实，精神状态好，内心强大，比什么都强！

从心理咨询上看，当下社会诚信缺失对青少年影响颇大。诚实做人、诚信做事者要给青少年一帖预防良药。心理脆弱，经不起艰难困苦和生活挫折。在校园学习生活中，偶有不顺心事就垂头丧气，或者悲观失望，极端者动起轻生念头，服毒的，跳楼的，偶有发生，骇人听闻啊！青春易损，未来堪忧啊！

关工之路走过30年。在一万多天青春与白发交集的美好日子里，人情万物，亦风亦雨，关工大地上百花齐放，百家献智，仁者见仁，智者见智。30年，豪情满怀，一路放歌。总算有个册页可记可念，总是有一双双布满岁月风霜的大手牵起一双双青葱稚嫩的小手，心间总有一批又一批茁壮成长起来的青少年可关心可关爱。

爱是不能忘记的。此生足矣！

2021 年 3 月 20 日于韩城之北

耄耋人生也精彩

社口有座关工楼，崭新的。在楼里办公的老李说，此楼建于 2017 年。

走进楼里，大厅正面墙壁上有"观世界风云，看精彩人生"10 个字特别显眼，气势不凡。老李说，他为这十个字想了很久，觉得满意后才布置上墙。

昨日一说去社口，我首先想到的是老李。在我印象中，他就像社口大地上辛勤耕耘的老黄牛，默默无闻，孜孜不倦，耕出了社口一片春光（他爱人叫春光）。我对老李心怀歉意，竟然把他的年龄也忘记了。我以为他 70 多岁吧，想不到他今年 83 岁了，达到了耄耋之年。

从老李办公室牌子上得知，他是镇里关工委主任，同时身兼老体协主席和退管办主任。大楼里从上到下都是他一手布置，墙上所有文字，图片都是他亲手制作。一走进楼里，让人舒心爽快，工作气氛浓厚。他不仅把墙上布置得井井有条，还把室内档案整理得清清楚楚，一目了然。我们一行看了高兴，听了舒心，充分肯定他工作一丝不苟，认真负责。同时，我们也想找一些他工作上的纰漏，可任凭你怎么寻找也找不出。老李也健谈，他侃侃而谈工作，建议镇党委、政府成立"社口教育基金会"，其设想和计划都得到镇党委书记林雄弟重视和采纳。

30 年前，我三十出头，老李已经是年上半百。我初任镇长，工作经验几乎是零。其时，老李是政府办公室主任。他文字功底好，写材料出手快、效率高，让我在台上作报告说话有底气。老李给我工作增添力量。老李对镇里情况十分熟悉，他像社口的一部《辞海》，取之不尽，用之不竭。老李带我下乡，走了一村又一村，一寨又一寨，了解镇情，认识人头。比如跋山涉水两个多小时去牛山湾村，认识全国人大代表钟祖妃。她带领村民自力更生，艰苦奋斗，立志修水利，修出"红旗渠"的故事，感人至深，让我永生永世铭记心中。

从 1990 年开始，我倾心倾力配合时任镇党委书记、时年 28 岁的蔡寿飞同志，筹划准备撤乡建镇，积极举办福安社口国际茶文化节及造桥修路建电站等工作。老李在此期间，数不清熬过多少不眠之夜，又给我提供许许多多宝贵工作建议和意见，拓我眼界，壮我胆识，让我果敢而行⋯⋯

我与老李情同手足，相交甚久甚欢。他在我心目中如师如父，让我平生受益，对他敬佩有加。而今，他人老年迈，依然耕耘不息，工作不止。习近平总书记说"五老"是党和国家的宝贵财富，老李就是特别宝贵，是社口镇稀有的财富。他也多么需要党和政府去保护，去关心，去厚爱。

写老李，我忘不了他的才艺。他的豪放，忍辱负重、顾全大局和健劲旷达以及看淡个人名利的精神，让我学了再学，受益匪浅。

老李悠闲时，喜欢讲笑话，讲时他不苟言笑，却总是让别人开开心心，享受欢乐。

而今，老李老了。岁月无情给他身上留下抹不去的痕迹，当我仔细看老李时，怎么也掩不住他的一脸沧桑。

老李真的有点老了，让我思之心疼。我是多么希望他老得慢一点，再慢一点，最好能够重回昔日可爱的老顽童。

老李，你我任社口政府写过无数文字，我仅仅以此只言片语回报，请别嫌我吝啬。

老李，耄耋之年，人生精彩。

老李，愿你健朗，幸福安康。

老李，名健力，你不愧是"五老"的榜样。

2021 年 12 月 31 日清晨

2021 年冬，作者与福安社口镇关工委主任李建力（左一）在坦洋村

无欲则安的力量

在福安市关工委老领导名单上有一个名字叫王毓荣。这位老先生是关工委原顾问，是原宁德地委组织部部长。他退休后，安居福安，虽年至耄耋，但精神矍铄，率真存厚。

春节将临，福安市关工委主任林青等前往看望王老部长。王老居家简朴，给人印象深刻的是住家厅堂墙上挂着一条字幅：无欲则安。

中国文字很神奇，似乎无所不能。这四字的意境象征和含义，正好是王老的人生写照。观字如人，人者淡定。昔日地委组织部部长阅人无数，看淡世尘风云，他特意请李安宝老师写了这四个字，寓意深刻。无欲则安，安而乐，乐而廉，廉而寿。这些看上去很直白的字眼，细品却十分深刻，不是随便就能做到。然而，王老做到了。把人生追求意境浓缩于此四字中，活出真诚和精彩，向着完美人生靠近，抵达党员干部应有的精神高度。

无欲则安，安而乐。安静且平安的人生，是一种淡定和从容，也是一种心灵的自觉和感悟。悟心者自省。让人的精神走向成熟，趋向一种真挚热爱和美好。

无欲则安，安乐而廉。廉洁是人生内心干净的需求。在当今中国，反腐倡廉征途上有一句话说得特别好：不想腐。想者在心。读此话，就是在读一个人的心灵世界。人，之所以为人，是因为人内心世界无比广阔而敞亮且充满阳光。廉者在于心，心者在于修炼。修养好一颗心，最终可以做到规避许多诱惑和风险，从而到达人生平安、生活至佳的彼岸。

无欲则安，安乐而廉。廉而寿。廉者心中无杂念，不染尘，人通透，如阳光充盈心身，在蓝天碧水之中，对人坦然正直，对事担当责任，干脆爽朗，心无负担，轻装奋行，有利健康奔走，也成了他长年坚毅，抵抗身体疾病的一帖良药。

我党百年历史经验表明，党员干部没有哪种选择会两全其美。要当官，就别想发财。无论是谁，岁月给予的机会与挑战并存，我们都是普通人，展望未来，在每一个看似普通平凡的选择面前，坚持真理，敢于斗争，贵在拥有无欲则安的力量支撑，那是一种无言的忠诚。

年届95岁高龄的王老，他的长寿秘诀可能隐存于他的"无欲则安"之中。这种崇高精神，给了后辈内心的启明和榜样。无欲则安，打开了人们特别是为官者心灵深处的无限空间，唤起了社会和人心的高贵言说，具有直达心灵的伟大力量。

2022 年元月 27 日

2022 年春节期间，林青主任（左一）慰问原宁德地委组织部部长、福安市关工委名誉主任王毓荣（右一）

世间最可爱的人

郑其弟、郑六全、郑朝庆、郑吉波，四人都是当年被国民党派壮丁去了部队。解放战争时期，四人投诚参加中国人民解放军，1950 年 10 月至 1951 年初先后响应党中央、毛主席的号召，奔赴朝鲜战场，抗击以美国为首的"联合国军"。

复员回乡后，他们听从组织安排，积极工作，又埋头务农，默默无闻，淡泊名利。如今，四人都已离世，没有留下文字资料，凭借他们亲人的零碎记忆，无法完整再现他们的军旅生涯。好在逝者遗留了一些服役期间的立功奖牌、复员证书、安置证件等，从中可追寻一些昔日片段。

一、九死一生——郑其弟

郑其弟，1919 年生，1951 年 4 月入党，生前党龄 48 年。抗日战争期间，参加过著名的"百团战役"。在东北，参加过辽沈战役，在部队先后当任炊事员、通讯兵、战斗员。

17 岁派壮丁服役国民党部队，1949 年 10 月随起义部队投诚加入中国人民解放军。在部队服役 19 年，1999 年 2 月，因病去世，享年 80 岁。

1950 年 10 月奔赴朝鲜战场，参加上甘岭战役。据他家人回忆，他生前多次讲述过，上甘岭战斗打得异常惨烈，他所在的连队里，全体战士打到最后只留下 7 个人，他是其中幸存者之一。有一次，他差点丧命了。当时，我方兵力少，部队打散了，敌人追来，机枪猛射，他凭借丰富的战场经验，趴下后，急中生智，迅速脱下棉衣甩动，7 颗子弹从棉衣穿过，其中一颗子弹打到他的右手臂上。负伤后，他用尸体掩护自己，随后追找到部队，才躲过一劫。他当通讯兵时，送信到一个连队里，将信件送到连部后，刚走不远，回头一看，一颗颗重型炮弹从天而降，战地上尘土飞扬，爆炸声震耳欲聋，转眼间，全连官兵全部牺牲，他又一次得以幸存。此后，他经常做噩梦。据儿孙们回忆说，他在病重弥留之际，不停挥舞手臂，高声呼喊："炮弹炸来了，子弹打来了，快躲啊！快跑啊！"仿佛心身仍然沉浸在炮火纷飞的朝鲜战场。他耳朵一边听不见，是炮弹震聋的，此疾伴随他一生。

他在部队立三等功1次，大功2次，小功1次。他在部队里一贯吃苦耐劳，埋头苦干，就是在炊事班做炊事员，饭菜煮得也特别好吃，深受官兵们的喜爱。

他所在部队是113师337团。1955年1月复退回乡，复员证上盖有"中华人民共和国国防部"印章，证号是19769。他在部队里最高职务是班长。在他的立功证明书上明确写着，他可享受功臣的一切优待与荣誉。证书上盖有"中国人民志愿军司令部、政治部"印章。

复员回地方后，组织上安排他去修建钦州铁路，干了5年，投身国家百废待兴之建设事业。1960年安排他去三明钢铁厂，他只恐没文化，工作干不好，自己放弃。后来回到乡里，当任潭头公社武装部部长，干了三个月，又让贤于别人。在村里，他长期当任村党支部支委，在村茶场劳动，与知青回乡青年、村老农们在一起同甘共苦，以老党员身份处处以身作则，起到了老党员的表率作用。

闲暇时，他常给村里人讲述他的革命故事，为村里后生留下了富贵的精神遗产。

二、侠肝义胆——郑六全

他原是国民党部队的步兵，1948年9月投诚加入中国人民解放军。1950年10月奔赴朝鲜战场，是为中国人民志愿军赴朝首发部队，1950年8月入党。

他光荣地参加了上甘岭战役，也不知立过多少次军功（所有证件遗失）。对于朝鲜战场上的事迹，他回村后，闭口不谈。有一天，村操场在放映电影《上甘岭》，他与郑其弟坐在一起观看，看着看着，情不自禁地高声喊道："这是我们战斗过的地方呀！"他的这一声高呼，犹如喊大山，引来众人注意，从此以后，全村人都知道了他曾经拥有如此惊险的军旅生涯。

他回到乡村，足有15个年头。开始，政府把他安排在福安一中食堂工作，干了大约两年后，转到福安农校食堂当炊事员。据说他的厨艺不错，大家都争着要他。因为他曾在部队炊事班干过炊事员工作。

后来随着年龄增长，炊事员工作太累太苦，他就放弃工作，回到村里，成为普通农民。他终生未娶，不知何因，无缘探究。单身男人，岁数徒增，又无收入来源，生活拮据时又嗜酒如命，时有赊酒喝。在村街角落里常常能看到他一个人似醉非醉地发呆。晚年生活有点潦倒。

他为人忠厚，正直肝胆。在村期间，与当时公社党委书记林进加交情甚好。"文革"期间，林进加同志被红卫兵脖悬牌子批斗，他挺身而出，不让批斗，并以死相拼，震慑了红卫兵，从而保护了公社领导干部人身安全。生命有情，爱就长久。从此之后，书记对他更厚爱一层。这些故事至今在村里街头巷尾仍然传为美谈。

他生前曾经说过，在朝鲜战场上，两次救过战友，其中一次是在著名的葛岘岭阻击战中，子弹飞来，他扑身摁下身边战友，子弹打飞他的帽子。他说他身子矮小，打掉的是帽子，换成那位身躯略显高大的战友脑壳就开花了。

他的侠肝义胆，他的英勇事迹，让人永记心间。

郑六全，于1985年10月因病去世，享年65岁。

三、见过军长——郑朝庆

郑朝庆，1947年7月始服役于国民党部队，1949年7月随起义部队投诚中国人民解放军，1950年10月入党。1951年初，奔赴朝鲜战场。

曾经参加收复平壤战斗。

1952年转业回乡。在朝鲜战场上他很荣幸地见到过大名鼎鼎的38军军长梁初兴。这些情况是他生前与郑其弟等人谈及，后由其弟的儿子们讲述的。

抗美援朝战争打响后，我部队官兵英勇善战，中国人民志愿军第38军战绩尤其突出，特别是在德川一带歼敌6600多人，缴获了大量重型先进武器。当时，彭德怀总司令非常兴奋地喊出："38军万岁！中国人民志愿军万岁！"从此，38军成了人人皆知的"万岁军"，是一支铁军。

郑朝庆，曾立下三等功。在朝鲜战场上，他与美国兵拼刺刀，胸部受伤，此伤后遗症伴随他终身。

郑朝庆于1952年复员回乡，当时，政府安排他在宁德师专学校做财务工作。他大约小学文化程度，边干边学，工作胜任，闲暇时，还帮助学校抄写过墙报。在棠溪村四位抗美援朝军人中，数他学历最高。

1966年，"文化大革命"开始，造反派冲击师专校园，疯狂夺权，学校一度瘫痪。随后，郑朝庆就回到村里，务农23年。在村里他积极参加第四生产队农业劳动。在此期间，他起早贪黑，风雨无阻，以身作则，苦活重活干在前头。他的农活手艺特别精湛，犁田、割稻、插秧样样精通，后来，他当上了生产队队长，不负众望，连续干了9个年头。他当队长处处出于公心，为人正直，全队收入全村最高，受到社员拥护爱戴。

郑朝庆1990年因病去世，享年66岁。

四、军心不改——郑吉波

郑吉波原名郑樟木，生于1925年4月，卒于1970年10月，享年45岁。

1940年，郑樟木被派壮丁入伍国民党部队，1948年在山东随起义部队投诚加入中国人民解放军，后来改名郑吉波，参加了举世闻名的淮海战役。

郑吉波1950年12月入党，1951年初奉命奔赴朝鲜战场，抗击以美帝国主义为首的"联合国军"。

他在部队工作积极，作战英勇，屡次获得嘉奖，可见到的军功章和纪念章4枚，其中渡江战役纪念章1枚，抗美援朝纪念章1枚，"五一"英雄章1枚，还有2枚奖章遗失，不知为何遗失，他家人四处寻找无果。

复员证记录，他最高职务是班长。

复员回乡后，郑吉波当过两任棠溪村大队长（相当于现在的村民主任），当过民兵队长、公社委员（农民身份）等职务。

20世纪五六十年代，台湾海峡局势异常紧张，福建作为前线，对台湾国民党蒋介石叫嚣反攻大陆，准备战争任务特别繁重，工作十分艰巨。郑吉波担任村主干期间，积极组织村里民兵参加反特、反偷盗等各项工作，并且带头跨乡巡逻，舍身忘我抢险救灾。他参加过多次山林灭火、防洪抗台。有一次，他上山扑救森林火灾，不慎烧灼了脸部，治疗了三个月，之后又投身工作，再苦再累，毫无怨言。

郑吉波在部队屡立军功，回到村里军心不改，展现做人做事应有素养，彰显了中国革命军人的高贵风范和品格。

郑吉波于1970年因病去世，享年45岁。

抗美援朝战争，棠溪村出征四人，全部平安归来。村里人说，郑其弟、郑六全、郑朝庆、郑吉波四个人命大，命大福大，福气绵长。他们虽然不是黄继光、邱少云式的大英雄，但是，他们四个人在家乡人心目中就是英雄壮士的真实写照。

　　说实话，这些年来，我写过不少关于家乡的文字，从来没有像今天写这四位军人那样被吸引、被感动。他们身上所蕴含的爱国爱乡的全部人生道理，比家乡山水更深厚，比农家米酒更浓烈。他们就像一份厚礼，这礼物比金银珠宝更珍贵，更有价值。他们的善良，他们的忠诚，他们的英勇，他们的坎坷，他们的淡泊，他们的潇洒和气度，就是家乡的阳光，照亮棠溪村未来之路。

　　四军人之英魂与天地长存，四军人武魄为棠溪大地增色！

2020 年元月初

（讲述者：郑石宝、郑石谦、郑宝铃、郑盛钟）

郑其弟等人的荣誉勋章及相关证件

聆听历史的回音

一转眼间，伯父走了4年了，享年96岁。他若健在，刚好与党同龄。

伯父是黄烽的学生，他记性好，生前对我讲述了许多关于黄烽将军在家乡杏坛执教的故事。

那时候人穷，上学供不起，校里学生不多，教学工作比较轻松。黄烽初来我家乡时，是走山路，手提一个藤箱子来的，与叶萌章校长相见恨晚，俩人关系特好，在一起总有说不完的话。君子以教学道志，以志趣相投乐心。白天常见他们散步于溪畔榕树下，夜里点上煤油灯照明，有的时候通宵亮着。起先村里人根本不知道他们在忙什么，后来才知道他们是共产党人，秘密地进行党的地下活动。

叶萌章校长是福安临时工委委员之一，黄烽经人引荐来到我的家乡教书。他的进步思想正好与叶萌章校长不谋而合，进而成立学校临时党小组，按照上级党组织要求，宣传抗日主张，发动群众，组织训练群众骨干参加救亡运动。

家乡学校设在妈祖庙里，此建筑虽古老破旧，但不失古朴肃穆。村私塾学堂早年在阮厝，后来学生多了坐不下，就迁至妈祖庙。村里父老乡亲同意将其地盘腾出来做学校使用，可见民心民意是何等重视教育兴村。妈祖庙虽是普通的庙宇，但在村民心中就是一座巍峨大厦。从这"大厦"走出来的人才何其多啊，如星闪耀，数也数不尽！

黄烽将军住在二楼左侧小房间里，居室低矮，楼梯木板制成，脚踩上去可闻吱吱响声。他上课教室就在下楼最近处，亦显得十分逼仄。由于此庙年久失修，室内漏雨，下雨天可听教室角落滴答声音。好在学校门都向青山而开，空气清新，视野开阔。学校门前，一条清澈见底的小溪蜿蜒而过。这条溪叫武陵溪，是家乡的母亲河，一泓溪水清洁无染，村里老小都是饮用这一溪清水长大。毫无疑问，黄烽也在此饮用一年之久，享受了这一方天然恩赐。

心中有爱，万物芬芳。

在我伯父印象中，黄烽身穿长衫，文质彬彬，和蔼可亲，他给学生传授国学课，特别是讲解唐诗宋词，学生们格外认真聆听。在教学过程中，有的老师斥责或打骂学生，他从来没有。他爱校爱学生，与同事相处融洽，和村里群众关系也好。有的时候他也家访到村民家中，了解学生在家庭里的表现情况，同时借此机会访贫问苦，与家乡人民结下深厚情谊。有一次，他到我伯父家，临走时，我爷爷送他一小包茶叶，他也欣然收下，让人觉得善解人意，通达人情，更显师者的可亲可敬。

时至1938年初夏，风云突变，时局逆转，学校里发生一件大事——

当时，以学校为中心的抗日救亡运动开展得如火如荼，县城里国民党当局知情后，县长专程赶到学校来，把叶荫章校长、黄烽老师等人层层围住，一口咬定有赤化宣传，并有非法组织，不许黄烽、叶荫章发动组织宣传抗日道理。黄烽、叶荫章及全体教师据理力争，当场辩论，县长一伙辩不过他们，恼羞成怒，暴跳如雷，当即命令随行的警备队把叶荫章校长抓起来，并送到县城关押。

此事件，极大激怒了全体教师，随后黄烽与老师们举行罢教斗争，强烈要求国民党县政府释放叶荫章校长。可是，掌握枪杆子的反动当局不顾黄烽和老师们以及家乡父老乡亲强烈抗议，还是把手无寸铁的叶荫章校长关在监狱中。

此时，日军占我中华领土，北平被占领，上海、南京已沦陷，半壁江山已破碎。"校长关押事件"深深击痛了黄烽的心灵，他从中领悟到：干革命光靠笔杆子不行，革命必须拿起枪杆子！

这一年，黄烽从棠溪学校回到县城，他首先找到最信任且思想先进的三姐。三姐黄双惠德艺双馨，富有见识，她长期做地下党工作，认识不少地下党的上层人物。黄烽把自己的心愿和盘托出，告诉三姐要求参军上前线抗日。三姐马上把黄烽的想法向县委书记郭文焕同志作了汇报。郭文焕之前就认识黄烽，听黄双惠一说，立即提笔写介绍信，让黄双惠转交给黄烽。黄烽凭借此信，赶上了刚刚出发的抗日队伍，从此走上北上抗日漫漫征程……

前两年，我出差到江苏常熟，参观沙家浜革命历史纪念馆。馆内展示抗战时期在沙家浜一带坚持抗日的英雄事迹。墙上一块醒目的展板上公布当年在沙家浜养伤的36位伤病员名单，上面写着：连长夏光，副连长黄烽，还有闽东籍指战员，黄烽事迹还作了专版介绍。在馆里，黄烽现实事迹和舞台上的郭建光英雄形象糅合在一起，如此完美。还听着《沙家浜》京剧唱段，节奏优美，激昂雄壮。那气场，那亢奋，那雄浑之余音，至今仍然在我脑海荡漾。

据《棠溪记忆》一书记载：时隔46年之后，黄烽将军第三次重返桑梓，第一次回到我的家乡学校看望师生并了解教育发展情况，为学校建设发展办了实事好事，家乡父老乡亲对此有口皆碑。

这也是他最后一次回家乡，家乡人民对将军是多么依依不舍啊！

2001年9月1日，将军走了，享年85岁。家乡人民深深怀念这位文武兼备的开国空军少将。

我始终认为我的家乡很普通，跟千千万万的村庄一样平平凡凡。有所不同的是，黄烽将军这位开国儒将在我家乡执教一个春秋，让我家乡美名远扬。

由此，我想传递一种历史回音，哪怕是匆忙间只听得一缕余音，可以让心灵受到一次震撼，接受一番洗礼，让自己余生更深刻些、睿智些，做人做事更谦逊些，更有敬畏感些。

今天，黄烽将军在九泉之下，也许已经听到了祖国繁荣昌盛及我家乡的美好回音。这种回音不是文字垒叠起来的符号，而是历史前行脚步的铿锵，是谁也抹不去的历史辉煌！

历史从来不会开玩笑。历史这面老镜子，它能够照见过去的立体像，还能照见今天甚至明天的光彩，让人时刻去聆听历史老人内心深处的回音，如同时下振兴乡村召唤所有游子回归的声音。

2021年3月15日

富春公园：传颂着关爱文化

我每每路过富春公园时，总是在大门口久久深情凝望。门前正中前面是项南题签：富春公园，后面是王卉题写：秀色天然。

项南，原名项崇德，项公也。福建省委原书记，连城人，中国改革开放先驱者之一。王卉，字劲草，号藤翁，浙江平阳人，与福安文化及文化人深结情谊。

看上去，此两人是不同"道"者，一位是人民公仆的光辉榜样，一位是德艺双馨的文化人楷模。历史就是如此巧妙地把他们联系在一起，一座公园让福安人对他们敬爱有加。

我与项公、藤翁未曾谋面，然而，却怎么也抑制不住心中的敬仰之情，总想为他们写点文字，以作为一种不能忘却的纪念。

一、藤公王卉先生

《天趣园诗词》丛书是我唯一了解王卉先生的资料：王卉10余岁即随其父举办书画展于温州。及于上海美专、杭州国立艺术院深造，复承山水宗匠黄宾虹，艺术大师刘海粟，书画巨匠潘天寿和当代词宗夏承焘指授，深得精髓，博采众长，故其艺术素养根深叶茂，人品高雅，才调不凡。此番话，是全国政协原副主席苏步青对王卉先生的评价。

我读王卉先生作品，第一感觉就是，诗词书画俱佳，他是个全才。学其人，艺术素养像座宝藏，让人取之不尽，用之不竭。他为人低调，技艺高超。我的亲家韩永琦先生与王卉素有交往，王卉有书画赠送他。书是："渔女梳妆波作镜，书生耕种砚为田。"悬挂于客厅中央，细看真如藤劲之笔，秀雅清新，苍茂浑厚。想想富春公园"天然秀色"四字，仿如王卉先生人生写照，情趣盎然，壮气凌霄，抒发灵性，与富春公园花草树木浑然一体，笔酣情畅，永载韩城，闪耀光辉。

1976年盛夏，王卉先生听说福安湖口村有一棵合抱之粗的巨藤缠绕在一棵直径两米粗的老樟树上。他不畏酷暑，从福州赶到湖口村拜谒这棵古藤。藤翁见此巨藤，如痴如醉，爱不忍离去，诗情奔放如潮似涌，即赋长诗《山藤古风歌》一首。诗中一句曰："数百年来林泉老，如此藤翁难常有。"既吟赞古藤，也是对自己的人生写照。

读王卉先生诗词，有一首《题蕉阴小鸡》，我愈读愈有味，深念在怀："蕉心舒卷东风暖，皱影玲珑毛色新，不学机谋争势利，但知浪漫写天真。"

新加坡总理李光耀偕夫人柯玉芝访问中国，王卉先生在上海写了一副藏名联赠给他们。上联曰："李太白诗仙水光耀"，下联曰："柯九思画士玉添芝"。此联应用了两位诗画家的典故，巧妙地把李光耀及夫人的名字藏在联内。联书皆妙，很受称颂。

王卉先生是福安老一辈文化人的良师益友，福安人一谈起王卉先生，无不肃然起敬。先生是福安人的老朋友，又是师长，许多人受其教诲，终生不忘。

福安人历来崇儒，书骨藏诗魂，热爱尊重文化人。先生之墨宝，在福安大地上，不管是居家室厅，还是公共窗口门楣，此宝无人不叫好，此人无人不称赞。

王卉先生不愧是典型的"五老"标杆，福安人民永远忘不了可爱可敬的王卉先生！

二、项南：人民公仆的光辉榜样

项南是福建连城人。在连城县朋口镇文坊村，有一座有 700 多年历史的宗祠，宗祠曾被当作小学校使用。项南就任福建省委书记后，第一次回文坊村，来到儿时就读的这所小学校时，他没有看到墙上原有的"忠孝廉节"四个字。他说："我读小学时天天见到的呀，现在到哪儿去了？"项南找了老半天，才发现那些字在修缮宗祠时被粉刷了覆盖。他立即让村支部书记叫了几个村干部，把白石灰刮去。看见"忠孝廉节"四个字重现出来，项南总算舒了一口气，意味深长地对众人说："那可是咱们的传家宝啊！"可见，项南书记时时刻刻都心系着下一代健康成长。

项南书记经常身着一身布衣，脚蹬一双布鞋。他家里和办公室的桌椅都十分陈旧，有的还是修修补补过多次，将就着使用。有一次，原周总理办公室主任童小鹏来福建，到项南家里做客，不巧坐在了一张坏了的沙发上，差点受伤。此情此景，让人不胜唏嘘。

据史料记载，项南父亲项与年是闽西最早的中共党员之一，母亲曾为革命坐牢，叔叔在白色恐怖中壮烈牺牲。革命家庭，满门忠烈。项南12岁当上红色少先队员，21岁入党，参加了抗日战争和解放战争，新中国成立后担任团中央书记处书记，福建省委书记和中国扶贫基金会会长等职。

1997年11月10日，项南因病逝世，享年79岁。

项南的一生是革命的一生，战斗的一生，光辉的一生，他忠诚党的事业，忠于人民。他顾全大局，矢志不移。他一生坚持真理，锐意改革，勤政廉政，亲民爱民，始终保持着人民公仆本色，处处表现出一名共产党员的高风亮节，值得大家学习，值得广大"五老"学习和尊敬！

中国改革开放40周年，也是项南同志诞辰100周年。

平潭是全国第五大岛，福建第一大岛，距台湾68海里，是全国沿海距离台湾最近的县。项南主政福建时，非常重视平潭的改革开放和经济建设。他是早期规划平潭开放的总设计师，也是福建改革开放乃至中国改革的先驱者。

福安富春公园有幸得到项南亲笔题签，留下人间墨宝，每一笔都是五福新城文化自信的骄傲。

盛夏清晨，公园随着鸟啼声渐渐热闹起来。广场上音乐响起，舞步悠悠，还有打球健身，对弈娱乐。这里又是国防教育主题公园，法治文化公园。公园对面是久负盛名的宁德市民族中学，这所学校是福安乃至闽东民族人才的摇篮。更为显目的是，全国敬老文明单位、全国"三八红旗集体"即女子护学岗也在此办公。每天这些穿戴整肃的警花们耐心而细致地依序护送上学的孩子们安全走过马路，她们呵护着祖国的未来，换来千家万户的安宁和温馨。

富春公园深藏着关工文化，从中深知，关心下一代从来都需要爱心和文化支撑。

人已千古，风范长存。富春公园留存的墨宝，成为福安美丽的文化符号。此符号化作五福新城的一股英风豪气，永久让人景仰，让人心旷神怡。

2022年7月14日清晨

纪念陈玉章

陈玉章的这穗葡萄，终于被时间采摘了。我深情地弯下腰，在他劳作过的果园里，久久凝视遗落在架上的几串葡萄果子，它们伤心地告诉我，他忽然间去了天堂。

——题记

一

曾经零零碎碎为陈玉章写过一些文字，大多与葡萄有关。这里，我要为他添补上迟到的送行，迟到的祭礼和祝福。是的，祝福，让他的生命尽显圆满一些，让他的灵魂在远方天国里欢快一些，幸福一些。

陈玉章一生辛苦，却给人甜蜜。

陈玉章与村里那些目不识丁的同辈人相比，略懂文化，算得上一个知书达理的人了。他好像从来没有想过死亡会降临身上，天天在葡萄园里劳动。他患高血压，得了脑血栓。其实，这种病，对至古稀之年的人来说，是很危险的，他好像不知道。妻子常常提醒他吃降压药，他不是忘了，就是不想吃，嫌麻烦。一般一天一片药，他有时候一个星期还未吃上一片，且天天忙碌。他喜抽烟，嗜饮酒，说想戒烟酒，试戒几回，又捡了回来。特别是抽烟者经过这么来来回回一折腾，抽得更厉害了，最终还是戒不掉。

这些情况，是我近日在象环村了解到的，事实也是如此。当时，我坐在陈玉章家里，他妻子对着我边抹眼泪边感叹，流露出无限悲伤。她说他不该走得这么匆忙，这么突然，让人接受不了。他享年77岁，生前身体硬朗，看上去健健康康，去世之前没有一点征兆。那天就是因脑血栓，心血管病暴发，抢救无效，生命走到了终点。

一个人看去身体完整无缺，突然间被暴病夺走生命，就像阴沉的天地间突然来了一股狂飙，一道闪电，一眨眼工夫人就没了，最是痛锥人心。

二

陈玉章一生骨血里都流淌着葡萄的汁液。年轻时，他喜欢走南门闯北，性生好奇，对新生事物特别感兴趣。

20 世纪 80 年代初，陈玉章风华正茂，意气风发。其时村里人常常被贫困生活压得喘不过气来，整天为摆脱苦日子思索着，绞尽脑汁，陈玉章总是一副忧心忡忡的样子。实际上，他在动脑筋，如何使象环这块沃土活起来。就像冬天里的残雪压不住泥土下面的新芽，春来必将破土而出，陈玉章坚毅的性格，他勇敢顶掉生活重压的硬壳，张扬一下他骨子里的天性。

难忘 1984 年春季，他与村里三位农民毅然来到福建省农科院，把巨峰葡萄苗引回象环村种植。这个葡萄新品种先是从日本漂洋过海来到福建省农科院果树研究所，试验苗圃时，就被陈玉章他们发现，经过几番协商，征得同意后，引回村里，巨峰葡萄破天荒地在象环村土地上扎下根。

谁也想不到，巨峰葡萄在象环安家落户，成为这里农业经济开天辟地的大事件。

然而，种植巨峰葡萄并非一帆风顺，而是经历了一波三折。当时，改革开放之风刚刚起动，不少地方留存"以粮为纲，全面砍光"的遗风，所有的经济作物是不可以种在粮田上的，否则，冒犯政治必犯错误，重者要治罪。另外，我国南方东南沿海一带如赛岐象环这地方全年雨季集中，不适宜栽培葡萄，一旦葡萄病害暴发，一发不可收拾。这些都是国家顶级葡萄专家所断言的，已成了金科玉律，从来无人敢破规。但是，陈玉章等人凭着他们的毅力和勇气，毅然决然把巨峰葡萄苗悄悄种在了粮田上，并且一举获得巨大成功。

巨大成功是，巨峰葡萄在这里成为一条产业链，20 万农民因直接种植而致富，40 万农民间接受益从中品味甜蜜。经过 36 年坚实奋进，发展壮大，在这个仅有 60 多万人口的县级市，巨峰葡萄产业撑起了精准脱贫致富的半壁江山。

从此以后，陈玉章无愧地成为象环引种巨峰葡萄第一人，闻名八闽大地，乃至在全国同行中略有名气。巨峰葡萄鲜果连续五次获得全国金奖，象环被誉为"南国葡萄之乡"。

三

一位农业风云人物，走时却是静悄悄，甚至有些不该有的清冷。

前来吊唁的人不多，除了他四个儿女守灵外，几乎没有见别人来吊唁。下葬那天，送殡者三三两两，也没有唢呐声、鼓号队，显得过于简单。但是，不管人多人少，有声无声，陈玉章已经听不到了。我心里只默默祈祷，他那没有走远的灵魂能够安息，在快乐的天国里拥有一块巨峰葡萄园地，把象环的甜蜜引到天堂。

陈玉章走时是在2017年春季，在这春暖花开的季节里，我无缘见他一面，也没有前往象环送他最后一程，我的内心是何等的愧疚啊！我曾在葡萄协会工作十年之久，他是村里葡萄协会会长，我与他接触较多，已经记不清去陈玉章的葡萄园多少回，无形之间，我与陈玉章结下深厚情谊。

这次，我是在退休三年后，去象环村文艺采风时才知道陈玉章去世的消息。当时，听到这消息，我简直不敢相信这是真的，一时之间，一阵悲伤失语。从模糊且微茫的意识里，慢慢想起陈玉章来，渐渐地感到心痛起来，想问其原因，顿时，喉头已哽咽，鼻酸之时，不知不觉眼眶已潮湿，眼泪不听使唤地流了下来。

我清楚记得，自己为非亲非故的老农民流过泪的只有两人：一位是墩头村的郑红和，另一位就是陈玉章。

陈玉章在我的印象中，是一位古铜色脸庞的标准式的老农，是一位敢想敢闯的庄稼汉子，也是一位有文化有见识的新型农村科技人才。陈玉章去世，是福安农业农村特别是葡萄产业战线上的一大损失。

说到这里，我不禁想起四年前在他葡萄园最后见面的情景。我怎么也想不到那次与陈玉章话别竟成了诀别。当时，我见他的时候，他躬着身在为葡萄疏花疏果，与我谈到如何使用专业套袋，修剪枝条，下肥管水，还谈到葡萄保鲜及冷链物流等等。他滔滔不绝，如数家珍，讲得那么认真，说得又是那么动情，汗水不停从他黝黑脸颊流下来，也不顾抹去……

陈玉章差不多种了一辈子葡萄。他热爱葡萄，对葡萄一往情深，从引种至他逝世，长达35年之久，一刻也未停顿，一天也未懈怠。他生前多次跟我透露过一个心愿：要让象环葡萄更值钱，让象环人生活更幸福更甜蜜。这是一位老农民内心深处的强烈愿望。

此时，我站在象环村村口，这里耸立一座崭新的"南国葡萄博物馆"，馆内还没有布置完整。我想这馆可能会给人们讲述葡萄发展的历史，记述葡萄人艰辛创业的历程。发展史也好，创业史也罢，陈玉章的事迹必然融入其中。我很想对主政者建议，在南国葡萄博物馆前树立四位引种巨峰葡萄农民的塑像，镌刻他们的名字，分别是：陈玉章、陈盛发、陈位现、陈绍奇，以示纪念，励志后人。

　　　　　　　　　　　　　　　　　　2019 年 8 月 26 日于韩城北

谁立花丛最风流

初夏福安，草木葳蕤，鲜花明丽。这一天，天空晴朗，阳光恰好，我陪同省市关工委老同志来到慕名已久的天马山植物园。

这里是植物园九个植物专类区之一的月季花园。此时，山风轻拂，空气清新，月季正盛，正是赏花好时节。我环视四周，这里是占地147公顷的新建植物园核心区，月季花品种丰富，一片月季花怒放的海洋，花香袭人。当白发苍苍的关工委"五老"们走进这花海之中，每个人眼睛都不够用，看了这朵比那朵，一朵更比一朵艳丽，心眼皆盯着花儿，如痴如醉。行走间入园渐深，各种色泽的月季花随脚步延展开去，人在花丛中，是何等幸福和畅快。仔细观察，每株月季都长得硕实苗壮，茎呈深绿色，枝条挺拔，枝头花朵花瓣厚实而富有层次感。有的盛大绽放，有的含苞待放，有的小巧玲珑，有的婀娜多姿，风骚鲜亮，散发清香，吸引着蜜蜂和蝴蝶疯狂吮吸采蜜。此时此刻，我心想，人也像蜂蝶吗？赏花也爱花，千万别太痴狂。

从花的颜色看，月季花园绚烂多彩，粉红的、深红的、纯白的、橘黄的、浅紫的，每朵花瓣细腻柔软，花心迷人，花蕊妩媚。"五老"们似乎都想用手轻抚花朵，但又舍不得触碰，生怕轻轻一触，伤了花之娇贵和自然之身姿。怜花之情告诉人们，花到美时，只可眼看，不可触摸，好好用心去感悟，才是赏花的真道理。天马山植物园管理员小王告诉我，就这个月季园而言，尚有月季品种60多种，就全世界来说，拥有月季品种1100多种。月季之所以深受人们喜爱，是因为此花不仅是友谊和平的象征，更是人类爱情的代表物。花似伊，柳似伊，花柳青春人正痴。此时，人在花丛中，大家都变成小孩子。"五老"们沐浴芳丛之中，忘了时间，忘了年龄，忘了忧愁，更忘了自身。月季花的美好充满心间，每个人都激动、兴奋，甚至亢奋，脸上露出孩子般的笑容，说话声、笑声在花园上空回响。我们一行十几个人不约而同举起手机，还有随行专业摄影师身上背着相机，拍照再拍照，对着每丛花朵一走三回头，连续拍摄不停。拍了个人照，又拍集体照，还是久久相依恋在花丛中，身影定格在这个梦幻般的瞬间。

闲来我把这些照片发送朋友圈，许多人纷纷点赞，也有朋友感慨万千，回言调侃：月季花下死，做鬼亦风流。

今年花似去年红，可望明年花更好，知与谁同，游遍芳丛，此爱无穷。

谁立花丛最风流？

福安天马山素有"福安绿肺"之美誉，建设植物园，栽种奇花异木，其中许多花草树木都是首次引种福安这块乐土，长势茂盛，四季常青，更是为福安市民绿色低碳生活开辟了一个绝好憩息处。这时，随着城南街道党工委书记缪建辉指引，我们走进了"林业生态馆"，从工作人员介绍中得知，这里又是广大青少年开展自然研学的实践基地，说是福安植物园，其实也是福安广大少年儿童课外体验的"智慧园"。每当节假日或学校课外活动，孩子们特别喜欢来到这里，在这里，他们可以做到闻所未闻，见所未见，深入探索大自然奥秘。

从天马山植物园回来数日，我脑海里依然浮动着那些月季香甜的倩影，感觉花儿在夜梦里吻着我的脸，听到花儿的美好祝福。

今日花朵，祖国未来。我联想到了广大青少年事关"国之大者"，祈愿江山代代红，人在芳丛中，新时代，新征程，人人展风采，个个都风流。此刻，我立在天马山植物园前远眺，眼前山河壮丽，一览无遗，山风徐徐吹拂，好像深情告诉我：数风流者人物，还看今朝少年儿童。

2023 年 5 月 12 日清晨

十联颂"五老"

——为2022年春节而作

沧桑总是记忆稠
精神从来不言老
正气长存担使命
关爱后代践初心
普天同庆颂五老
辉煌成就传九州
朵朵红花笑开颜
熊熊火炬暖人间
虎年纳福万家福
盛世福祉福如画
忠诚始系情与爱
真心喷薄光和热
五彩华灯添明景
万家额手颂昇平
老骥伏枥志千里
辉煌岁月百年功
祖国繁荣群策力
关工事业前程美
昔日请缨志能酬
而今奉献报感恩

沁园春·党生日

　　我党何来？举拳宣誓，志愿付出。问广垠大地，谁主沉浮？今日世界，人间正声。春光灿烂，江山热血，吾生此刻见丹诚。老渐老，看繁华无数，爱不忘记。

　　富春云水应期，想红船初心谁相忘？耳边叮咛语，入脑入心，享受奉献，身瘦如梅。我爱何证？童心印记，举党旗飘扬正圆梦，铸魂最难，任重道远！

2022 年 7 月 1 日清晨

《中国火炬》：良师益友

——写于《中国火炬》创刊25周年之际

手捧火炬沐春风，
心润甘霖梦几重。
短赋长吟"五老"志，
曲唱歌颂童心红。

这一声声良师语，
那一句句如知音。
如期刊物满室香，
品同美酒醉诗中。

2020 年 12 月 22 日清晨

夕阳红　关工美

　　赛岐镇关工委主任郑允荣是我的老同学 (宁德干校)，早日约我为画册写点文字，于我来说，真是盛情难却，只好欣然命笔。

　　我和大家一样，热爱老龄委老人事业，也热爱关工委工作。画册取名"夕阳红·关工美"，真好。说实话，编一本画册是不容易的，编一本时间跨度 30 年的画册更是难能可贵。因为，它是赛岐镇 30 年老年人各项事业的心血和汗水的结晶。我知道，编纂一本好画册，就像立一个丰碑。这丰碑不仅仅是平凡的工作丰碑，更是赛岐镇立德树人。老有所为的心灵丰碑。

　　据统计，30 年来，赛岐镇老年人事业卓有建树，成绩斐然，荣获各级先进集体称号共有 43 项，2005 年喜获全国体育总会授予先进集体称号。郑允荣主任共获得 10 多项各级（省地县）先进个人称号。因此，我深情地对赛岐镇关工工作及涉老各项事业作出无私奉献的"五老"们，人人致力有功，个个功不可没而喝彩和点赞！

　　《夕阳红·关工美》画册真有韵味，其韵美好。致力民族复兴，需要赓续红色血脉，需要传承红色基因，需要讲好红色故事。一个"红"字，看似夕阳红，其实是展示了赛江两岸一片艳阳天。

　　世界是美好的，人生是美好的，"五老"们的心灵是美好的。一个"美"字，把我们"五老"们的情怀带到了至高的境界。其实，赛岐镇"五老"们都是以强烈责任感，把这些美好带给广大青少年，让一代又一代青少年去追求这种美好，去感受这种美好，去创造这种美好，去讴歌这种美好，争当新时代美好的接班人。

　　老骥伏枥，志在千里。我历来以为，从事老年人事业，是一种生活态度，一种思想追求，一种美好体验，一种道德修养，更是一种精神境界。说到境界，我想起了晚清王国维先生集古代三位名人词句指出，一个人要想成就事业，就必须经历三种境界，那就是："昨夜西风凋碧树，独上高楼，望尽天涯路。衣带渐宽终不悔，为伊消得人憔悴。众里寻他千百度，蓦然回首，那人却在灯火阑珊处。"我想，赛岐镇 30 年来的老年人事业也是如此境界，在漫漫长路追求中，栉风沐雨一路走来，正是这三种境界的真实写照。

我非常愿意为赛岐镇《夕阳红·关工美》30 年纪念画册写下这些文字，这也是我的一次难得的学习好机会。值此，我衷心祝愿赛岐镇老年人各项事业蒸蒸日上，前程如花似锦。

2021 年 9 月 2 日

赠书法情谊赞

——宁德市原副市长薛成康先生赠林青主任书法作品有感

为兑一诺①回家乡，手携墨香，心连气和，高情激薄九重天。福满华堂，三福居主②，交相辉映赋新篇。

林老一笑，关工群贤齐欣悦。甘棠会面，正谊弥坚。春暖夏热，秋凉冬寒，总是念诺意翩翩。

今日面聚，君在沪，我在韩，君我不辞路三千。宝墨入梦，抱书入怀，情义无价，精神让我返少年。

欢会苦短，情谊永续。万般思念皆缘起。想往事，记忆稠，最难忘记是友情。从此后，入室时常赏佳品，出门衣袖一片香。写满诗，翰墨香，为此欣然度年华。

2023 年 6 月 7 日清晨

---

① 之前在甘棠，薛副市长承诺为林青主任写一幅书法作品。

② 林青主任是福清人，林太太是福州人，皆居福安。故其宅院称之为"三福居"。

九家保凭吊

2022 年 8 月 3 日，福安关工委老党员在松罗乡南溪村九家保开展"追寻红色记忆，迎接二十大胜利召开"主题党日活动有感。

闽东深处小山村，血染山河九家保。
脓禄娇躯撑起天，南溪依稀渗血痕。

数劫苦难烽火远，重寻故事泪光喷。
日月春秋仰忠骨，每约斜阳吊英魂。

满江红·学中办国办文件感赋

宏伟文旨，熟酿了，横空出世。群情昂，浪花千叠，领悟深深。白云山下五老歌，富春溪畔情犹切。全国先进晋京荣誉，业冲天。

拂苗圃，硕果甜。筋骨壮，汗千滴。映照红领巾，情暖童心。铸魂慧语洪音在，思想根基扎福地。更携手一起向未来，江山碧。

2022 年 12 月 17 日清晨于韩城之北

与孩子们说（外一首）

与孩子们说，
你们真的很幸运。
五六十年前，
你们的爷爷奶奶上学经常饿肚皮，
你们的爸爸妈妈也没有这种待遇。
这顿香喷喷的盘中餐，
为你健健康康成长送上营养动力，
为你们开开心心上学成了一个壮举。

与孩子们说，
你们真的很幸福。
这世界上，
还有许多苦难孩子为吃饭唉声叹气，
这些孩子没有摆脱饥饿和歧视，
一直在苦斗中挣扎运命。
我们快乐的孩子们，
千万要懂得这美味饭菜来之不易。

与孩子们说，
你们真的要努力，
这是你们的莲城内外乡贤的奉献，
盛满许多好心叔叔阿姨的爱心。
大手牵小手，
托起你们的生命起航，

助学励志，
铸起国家栋梁之材又是未来感恩人。
可爱的孩子们，

今日盘中餐，
粒粒皆情义。
你们要努力再努力，
面对这餐饭，
一定要珍惜复珍惜。

第四章

赞美青春

2022年夏，福安市组织部常务副部长施卫秋上任伊始来到市关工委与林青主任等交流工作

2022年8月26日，福安市关工委主任林青（右三），福安市教育局局长林成增（右一），福安市溪尾镇党委书记毛乃松（左一）一行，看望慰问在抗疫期间因公殉职的溪尾镇政府干部雷木成的女儿雷涵谚（右一），并勉励她在校（福建农林大学）努力学习，早日成才，报效国家

2021年夏，林青主任在福安赛岐象环村接受记者采访，谈葡萄产业发展情况

20世纪90年代初，林青主任（时任副县长）带领福安乡镇长考察参观苏浙鲁农业综合开发，在苏州合影

以崇实为旗帜

一、未到甘棠先受感动

今天下乡甘棠，早上大约 6 点，我试着给镇党委刘星贵书记打个招呼，想不到刘书记很快回话并发送《爱我甘棠，美化莲城》周年记给我。我心想，刘书记真是勤政"早朝"，此时，天刚蒙蒙亮。

我一口气读完此篇大作，几处细节不禁让我胸腔急剧起伏，继而鼻腔发酸，眼角湿润，怎么也按捺不住一行热泪夺眶而出。

刘书记谦虚地说，此文是一周年工作记述，似流水账。我想，流水者，有静静细水，润物无声；流水者，有浪花奔涌，朵朵绚丽，也有惊涛拍岸，震撼着四门三塘双江。

一年仅是 365 天，甘棠天天有变化，旧貌换新颜；一年仅是 12 个月，甘棠月月有政绩入账。抓教育，重人才培养，感召乡贤共襄善举，慷慨解囊，让教师、让孩子们备感温暖，让甘棠未来充满希望。当我读到刘星贵书记2020 年 6 月 23 日上任时，家什用皮卡车运至政府门口，遇上摆摊阻道停顿良久，此"下马威"促使他下定了治理整顿莲城"脏、乱、差"的初始决心。当我读到他与镇长共植"兄弟树"，此树又是福安市花茶花树，两棵树，赤诚心，意寓齐心合力。当我读到他在百忙之中读书学习，耗时两个月背诵老子五千言《道德经》时，深深感到一种乡镇干部罕有的勤奋求知精神，让我感奋不已。当我读到"余痛风发作，痛不欲生，无法着地，只得由食堂送饭。幸有宗亲送来良药，调养两日后康复，然后几日走路仍不自然，只能坐着摩托车带队巡逻"时，着实让我人未到甘棠，心先被感动了。

二、一展莲城宏图

在福安 1888.1 平方公里大地上，可称城者，有两个地方，一个是韩城，一个是莲城。

甘棠史称"官塘",另称"莲城",1961年改称"甘棠"。东临赛江,西倚莲峰,北接廉溪,南通黄崎,四门三塘双江,一片沃壤。《爱我甘棠,美化莲城——致全镇人民倡议书》。从刘星贵书记上任伊始发出,时至今日一年有余。此倡议书虽为简短一张粉纸,但铿锵有力,掷地有声,声声入耳入心。书中有言:"甘棠乃是福安南大门一颗璀璨明珠,赛江西岸浑金璞玉,怎能让这颗明珠、这块璞玉因'脏乱差'现象蒙尘?怎能让这座拥有深厚文化底蕴的美丽城池蓬头垢面,坏了形象?"

莲城何日重塑形象,喜笑颜开,神采飞扬?

甘棠人民久久期盼!

莲城形象急待重塑!

2021年12月22日,为了目睹今日莲城芳容,我与福安市关工委老领导们于上午9时抵达甘棠。

书记办公室墙壁正中挂着牌匾,匾上"实事求是"四个字特别显眼。我心眼一触到这四个字,镇党委刘星贵书记的形象好像就从中走出来一样,令人肃然起敬,从精神层面上已经让我的心灵有所触动。

正因为从刘书记《爱我甘棠,美化莲城》周年记中已经初步了解工作情况,乘着他还在向市里来的各位老领导汇报之时,我从办公室走出来,在镇政府里走了一走,看了一看,遇见好几位熟悉的镇干部,他们都异口同声告诉我一个好消息,日前中央电视台宣传报道了甘棠事迹,他们说时一种喜悦和自豪之情溢于言表,恰如自家喜事一样高兴得抑不住内心的欢喜。

上午10点许,刘书记带我们去现场看他的"政绩"。我坐在书记车上静静地听他讲述治理莲城的故事。他健谈,也许是我当年在甘棠做过镇长的缘故,也许是我们都从乡镇干出来有共同语言感同身受之原因。刘书记说的一件件一桩桩,有拆迁,有新建,有治水,有植树,有铺路,有造桥,有盖楼,有建停车场,有安排教师宿舍,有建学生食堂,有题楹联,有建公厕,等等。街上整整齐齐买卖摊位,白线划定统一停放车位,门前"三包"包得如此到位,房前屋后不乱堆不乱放,卫生扫除如此清洁干净。镇里还评比"卫生文明之星",一颗颗新星在莲城时空闪烁光芒。

治理有成效,深得民心,是刘星贵书记的第一政绩,我认为。我用有限的时间,抓紧访问了十几位甘棠老党员老干部和素不相识的镇里普通干部,他们都说,刘书记真能干,是好书记,一心扑在工作上,都是为了甘棠人。

习近平总书记说，江山就是人民，人民就是江山。刘星贵书记深得甘棠民心。民心所向，一往无前，他正带领干群描绘着一幅壮美的莲城宏图。

三、去看孩子们吃饭

我们在刘星贵书记陪同下，11点许走进了学校。此时，正是孩子们吃午饭的时间。在教室里，那些可爱孩子们很惊奇地看着我们这些不速之客，饭菜摆在课桌上，冒着热气，香喷喷的，他们没有一个先动筷子吃起来。文明的老师，礼貌的学生，特别是当我看到那一双双明亮的眼睛都在看我们时，我真不忍心打扰他们太久。这时，我躬下身说："孩子们可以吃饭了。"并向身边一位个子比较小的孩子问："好吃吗？""好吃。"他回话并点头。我再问："你是哪个村的？""大车村。"大车村离甘棠镇区足有20多里路，并且我从老师那里了解到这孩子的父亲在浙江打工，母亲在宁德，孩子在家靠奶奶照顾。我又问："想爸爸妈妈吗？"孩子不停地向我点头，想念之情挂在稚嫩的脸庞上。

刘星贵书记说，孩子们仅交8元钱就可以享受这份午餐，困难户由村委开证明可以减半，低保户、五保户全免费。

刘星贵书记又说，抓教育工作，不需要太多纲领和口头承诺，而是需要实实在在的行动。

刘星贵这个行动，引来了"金凤凰栖梧桐"，甘棠乡贤刘春华等爱心人士捐资200万元，成立"福安市莲城教育基金会"。此基金会旨在奖励教师、奖励优秀学生，同时，也帮助家庭困难的孩子上学。我们此行，正是应邀来参加福安市莲城教育基金会成立大会的。

作为乡镇书记，抓教育抓出了如此感动人心的业绩，刘星贵是我遇见的第一人。

都说再苦不能苦孩子，再穷不能穷教育，十年树木，百年树人。从甘棠党委书记刘星贵抓教育远见方略和务实举措中，各级为政官员，特别是主官们，值得反思，值得借鉴，值得学习，值得探索一种既有远见卓识又有脚踏实地的精神，并从此精神中悟出当下基层工作最需要的精神内核。

四、兄弟树

中国人历来爱树，将之视为家园建设的基础之一。一提到种树，人们自然能想到孔子的杏坛及后来象征戏曲艺术的梨园。一提到种树，人们就能想到被称为"五柳先生"的陶渊明，门前五棵柳树，名垂千古。同时也自然想到晋代阮籍的诗句："嘉树下成蹊，东园桃与李"，后来被喻为教书育人，桃李满天下。

甘棠镇党委书记刘星贵与镇长郑信禄亲手植树，在甘棠西门种下两棵茶花树，名曰"兄弟树"，我想也可称之为"同心树"。

党政主官同心才能形成合力，有团结合力，才能感召力、战斗力。一乡一镇是这样，一家一国亦如此。

我查阅资料，方知福安市花是茶花。这两棵书记、镇长亲手种下的茶花树，立在西门即政府属地广场上。此时，我完全出于好奇和景仰之情，走到这两棵树旁，仔细观察这两棵"兄弟树"。树与树之间大小相同，枝与枝交错相连，树枝头上已经结出结实花蕾，蕾蕾紧紧相抱，在等待新春的到来。说实话，我对茶花树特感兴趣，我家门口有小花圃，花圃茶花居多，花开美丽，任你怎么赞美都不为过。

据我所知，此为福安乡镇从来没有过的新生事物，人们无论怎么去理解它，都会感到"兄弟树"很有寓意，很有审美价值。

五、在实事求是的旗帜下

众所周知，实事求是之所以成为中国共产党的思想路线，正因为是我党百年来实践反复证明，只要坚持实事求是，想问题，干工作，办事情，中国特色社会主义事业必将无往不胜。

荷尔德林（德国）说：思想最深刻者，热爱生机盎然。

在与刘星贵接触近一天时间里，他对甘棠工作侃侃而谈，对民情、民生、民之所盼能够了然于胸，如数家珍。我想，一镇也好，一国也罢，所有决策出台之前，对情况了解、对镇情民心所向，把住此脉，对症下药，必能药到病除。此为实事求是的基本功。我又想，多多思考，果敢而行，此为实事求是的一种必备能力。我再想，刘星贵书记在一年多时间里，工作争分夺秒，只争朝夕，精工细作，特别是做群众思想工作，早出成效，此为实事求是高效本领。我反复想，刘星贵书记在任甘棠期间拆除违章搭盖一千多处，倾心大抓一些大项目落地，顶住各方面压力，特别是来自上头的压力，力排非议，无私才能无畏，此为实事求是的人格力量和担当勇气。

"两会"期间，甘棠镇零上访。一个"零"字饱含了刘星贵书记带领干群所花费的心血和流下的汗水。甘棠群众说："刘书记真是一位好书记！"这个

"真"和"好",胜过考核干部笔录的千言万语,也是一份"赶考"答卷的最佳评卷成绩。古人云:口碑胜封侯,说的就是这个理。甘棠事,天下理。若是刨根问底,还是甘棠镇党委、镇政府把实事求是这条红色思想路线贯彻到底。

刘星贵书记办公室正中间位置有"实事求是",他的微信头像也是"实事求是",言谈举止更离不开"实事求是"之内核,他把这无比崇高的思想渗透骨髓,融入血液。在日常工作中喜乐同在,永不偏离,闪烁着时代的光芒。

我在想,每个乡镇干部工作生活内心都要有心灵内核,这种"核"是最本质的、最真实的、最深情的广阔世界,其工作展示平台不可估量。作为一名基层党的干部,他的内核思想和行为无疑是"实事求是"的化身,以此去践行责任担当,方可树立形象。

甘棠之行,笔止而意犹未尽。尤其回韩后读了刘星贵书记的《一个乡镇干部对当前若干问题的建议》,共24条,条条见解独到,我读之感同身受。本人20世纪90年代担任乡镇党委书记6年有余,"英雄所见略同"。想来只是我不及刘星贵见识和才干,读之不禁觉得昔日为民办事太少。

2021 年 12 月 23 日

2021年,福安市甘棠镇教育基金会给困难学生颁发助学金,党委书记刘星贵(二排右二)出席

蓝海红韵新家园

——宁海村印象

新年伊始，带着关工委岁末年初的工作，在福安市关工委主任林青带领下，我们一行来到了下白石镇宁海村，并坐船抵达党建联盟"海上社区"。

举目望大海，海面浩渺，我们心胸开阔。

立在观景台，豁然开朗，我们在这里看到了许多新鲜事物。

宁海村，原名畚斗坑。畚斗者，是打扫垃圾的工具，隐喻着落后破烂之意。

今日宁海村，面貌焕然一新。全村都盖新房，房子整洁，临海而居，错落有致。所有房屋从外墙到屋顶粉刷一新，颜色以粉红为主，色调清新。村子面向大海，底色为蓝，房色为粉红，故而称之为"蓝海红韵"，深含文化韵味。

镇里干部告诉我们，前天中央电视总台和福建省委宣传部门来这里为《东西南北中贺新春》取景，拍下了许多精彩镜头，春节时在全国播放。想想当年的小渔村，现在成为明星村，聚焦全国乃至世界的目光。说这些新鲜事时，我们都从镇村干部喜悦的脸上看出骄傲和自豪。

村支部书记龚仙亮对我们说，他从2013年开始当村干部，至今近20年。他对宁海村过去现在的情况，对村里人的生活了如指掌。他说，村里群众经济收入主打产业是养殖龙须菜。此菜市场好，销路旺，成为千家万户餐桌上的美味佳肴。龙须菜可以为主菜，也可以做佐料食材，香滑嫩口，迎合大众口味。宁海村家家户户都辛勤摸着这"龙须"过日子，不少人发财了，多者年收入百来万元，少的也有二三十万元，购房、买车、娶媳妇都靠龙须菜的收入。

让海上渔民"搬上来，住下来，富起来"是时任宁德地委书记习近平的英明举措和殷切期望。

一业兴，百姓富。建立党建工作机制在海上，"海上关工"，富有独一无二的工作特色。

龚仙亮书记说，村支部有 42 名党员，全村人口 1351 人。他对全村人生活生产情况了然于胸，说出字字句句，各组数字，真实可靠。他现在是党政一肩挑，担起了书记兼主任之重任。我与他细聊时，他很高兴告诉我，工资待遇也不错，每月薪酬 4000 多元。他细声细语靠近我说，相当于副科级干部。他说时，眼睛里闪动着一种难以掩饰的自豪之光芒。

万丈高楼平地起。基础在农村，村干部优工薪，是一切工作基础之基础。基础厚实，乃是百年大党之大幸。

龚仙亮书记说，全村现有 8 户低保，每户都有党员村干部挂钩帮扶；村里学子考上大学或高中，每年都有奖励金。他说 2021 年考上大学 5 人，每人给予奖励 2000 元。他还说，奖励学生上大学越多越好，说明村里出"进士"，出"状元"多，宁海村包括当村干部脸上有光。

兴村靠人才，人才是万事之本。

现在宁海村资产总量积累达到 4000 多万元，村财收入也是逐年增长，已经有 110 万元。特别是群众经济收入增加，让龚仙亮更有成就感。村里人腰包鼓起来了，他们不仅投入再生产，而且大胆走出去打拼创业，在湾坞工贸区，在蕉城，在东侨都有宁海人，他们打工在外，发家致富，还在那里买了房子，安居乐业，真正以自己双手勤奋劳动，融入环三都澳建设换来的幸福生活之中。

从宁海村回到镇政府时，华灯初上。古镇黄崎，滨海新镇，在灯光照耀下，显得更有青春颜值，格外亮丽。

新任镇党委书记陈亮锋的办公室里，灯光明亮，在光照之下，这位中年汉子精神奋发，正在与我们一行侃侃而谈关心下一代工作。

我们非常高兴地从与他交谈中得知，镇政府正在新建一座幼儿园，园址在斗门头村。为切实关爱下白石的孩子们，镇里明智之举伸展到了教育事业最末梢，如此宏大而精微，此为关工委工作又一亮点。

镇里分管关工委工作的陈兴同志说，陈亮锋书记在当镇长期间，一以贯之重视和支持关工委及相关涉老部门工作，把这些工作一项项，一件件，一桩桩摆上议事日程，要人员有人员，要经费有经费，并且时常给我们"五老"慰问表彰鼓劲，使得工作顺风顺水，年年有成效。

镇关工委主任刘光祥同志说，他现在虽然年近古稀，但是看到书记、镇长这么重视关工委工作，使他有使不完的劲，用不完的力。

海场牧歌起蓝海，千帆竞进白马港。

今日下白石，面对这片蔚蓝的海，一座座多彩渔村，一片片海上田园，在明媚阳光下，蓝海红韵家园更加绚丽多彩。

2022 年 12 月 6 日清晨

下白石宁海村的渔民在收获龙须菜（摄于 2016 年秋季）

闽东有个大合唱的关工委

——给福安市关工委

未听弹奏先动听
那是高山流水遇知音
集体之声的感染力
以仁者的胸怀
所有的关工人
在铸魂育人的旗帜下
秉承初心
聚集再聚集
一拨又一拨
一批又一批
走在一起
仿若一个温馨大家庭

所有乡村情怀卷入智库的衣袖中
走在振兴路上的温凉地脉上
看过苍老农民都被置放在同一根古弦上
呼吸着同一生命的呼吸
说不清是孤独
还是令人难耐的寂静
唯有"五老"们的脚步依然孜孜不倦
踏着夕阳余晖
显得那么铿锵有力

坚定的脚步和情怀

见证了过洋村的日出日落
把爱，深置葡萄园里
胜过爱情，超过爱自己
所有的农民朋友都是亲戚
辛苦踩脚下
汗水可洗心
不问收获，只问耕耘
把自己怀抱当作了大地
葡萄甜，天下知
吃苦耐劳的柔情
内心深处自生风云
与大地合唱
心牵春夏秋冬四季
青山不老，绿水长流
山水情太深
一首诗，难以表达
一部书，也写不尽

青少年的心总是起伏不定
变化万千而万变不离一颗心
多么高明的心理弹琴师
在心理咨询这根弦子上不息弹奏
奏响一曲高山流水新时代的伯牙和子期
用心去爱每一个青春生命
呼啸而来的是希望气息
充满了热，充满了光
充满了勃勃生机
由此，催生了一粒粒生命种子在召唤明天
借助太阳的光辉孕育了果实
合唱一曲为党育人、为国育才的动人歌曲

关爱正逢时

没有你的，没有我的
没有东西，没有南北
不分先后，不分左右
只有初心和孜孜不倦的大怀柔
柔进了青山绿水
柔进了蓝天白云
忘了岁月惆怅与沧桑
带来一片姹紫嫣红
缔造了一个新时代五老智库联合体
一举手，一投足
眉宇间总是透出抖擞斗志
好像三千年不衰
五千年不老
以千古不变的执着和热情
指挥合唱新歌曲
挥手描绘新时代乡村新风景

2022 年 4 月 26 日清晨

让我们心想家乡

昨日回到村里
我就这么静静地看着棠溪
妇人们勤劳依旧
那手中的一朵朵艺术花茶
在我心头绽放新奇
现时城市有些清冷
让我感悟到文化与产业赋能乡村振兴的温热
清明雨敲打着窗外的树叶
溪岸边一棵巨榕深藏着棠溪许多故事
开国将军黄烽执教后北上抗日
革命烈士阮伯淇留下红色基因
九阶巷武都慰提刀闪光成了一道靓景
……

春风拂面而来
清水里映照着李白千年月光
武陵溪揭开桃花源的神秘
那似是陶渊明先生从南山下携来李花满山遍野怒放
普惠这方圆上千里的山川和百姓
收成时摸一摸钱包
市场总是孕育不足
分娩后给广大果农留下一道伤口
变异出新时期的《卖炭翁》
我好像看清了杜甫脸上为何布满了秋霜和忧虑

长满胡子的乡村故事
庄子似乎逍遥于棠溪九巷头
昔日王勃诗人迎着太阳
想摘星星和月亮
映照秋水共长天一色的长溪美景
老子怀揣《道德经》来到了井里潭
谆谆教诲北宋游子兴奋摩崖题字
在这风水宝地
论道自然与生命
漫步登烛桥
蒙承红茶先贤指点
品味坦洋工夫的永恒芬芳
资助白花花的银圆造桥
传颂至今

我真切地看到神宫庙观香火氤氲
犹如雅典女神呼出的灵气
又像观音菩萨手指间的仙脂露
蕴孕千年古村的人杰地灵
美化了生态文化的村庄
新街上空跳动寒星
在日渐苍老的村民们注目中升起
老屋宅院用沧桑双手抚摸后留下大片的苔藓转绿
鸟语花香蛙鸣吐纳生机
终究是一种割舍不下的乡音
禁不住让人泪湿衣襟
我们应当在苏轼天生快乐的天空下
惯看城市喧嚣、自私、不安和疫情
乡愁永远是千千万万游子心灵的一剂良药
我们根在棠溪

棠溪，我们共同的家乡

棠溪，可忆可爱更可期

棠溪，每一寸土地都闪动着向善的光芒

不分姓氏宗族

不分贫困富贵

不分男女老少

家乡是一种爱的契约

青春留在这里

快乐留在这里

爱情留在这里

苦难也留在里

身份永不变

举目皆亲情

我曾为父母泪流满面

我曾为兄弟姐妹热血沸腾

村里父老们的殷切希冀

在外乡贤们的深情厚谊

每一滴汗水

每一朵花

每一段回忆

每一声问候

每一次心跳和呼吸

都充满无穷的诗意

在乡村振兴路上

让我们心想我们的家乡——棠溪

如今，正肩负使命

背负青天

手举一个新的接力棒

努力开创文化产业赋能的新奇迹

读《国家六部委印发推动文化产业赋能乡村振兴的意见》有感而作

2022 年 4 月 29 日清晨

白云山

20 世纪 80 年代
我在这里种田
推广杂交水稻
坐着，躺着，摸着古经石头
表情丰富，修炼成动物、植物和人形百兽
注定是前世福报

亿万年不算长
恰好让一堆石头成精
变成有血有肉
变成畲家的方言、服饰、爱情和图腾
后来变成欢送农业科技专家下山胜利归来的神铳和鞭炮

曾几何时
石头迸出花朵
让世界放下身段
河流在石涧行走
上帝的手指向那里
石块显形，灵魂永远不会老

不管何时
晓阳日出不用呼唤，红遍山河
社口红茶不品自香
氤氲硬气

自成品格

心灵深处自有一块神圣石头

刻着这里人的日月生辰

山色深处

几户人家白云飘过

山静风轻

从来不贪不争

存善美好

壬寅年夏日晓阳南溪村归来有感

2022 年 6 月 27 日清晨

2022 年春，林青主任夫妇与福安市关工委相关同志在周宁县玛坑乡首章村合影

只此青绿想到根

1

几声鸟叫

它们是来闹枝头的精灵

枝上青果累累，它们来报喜

生命开始走向甜蜜

从树苗植土想到根

2

校园，也是给绿盛装的

绿得有序

绿得舒畅

连空气都灌了绿

向善，奔跑，美丽

从绿油油的叶想到根

3

门前，浩荡的绿已成型[①]

分娩新绿芽的枝头

绿色的诗已经写好

应该思考绿的本身价值

等待她来深情朗诵

与春天握手，拥抱绿的人

---

① 门前杧果树由农业农村局老专家、高级农艺师李华先生引苗种植。

可以找到绿的词根

4

年轮，对话时间
圈圈丰满
绿纹只是微笑
你不言，我不语
都是从培苗浇水开始
生长新叶，绽放青春
情愿用生命的轮回
赶赴一场铸魂育人的夕阳红盛会

5

抚摸绿色玉体
生长枝叶的爱，青涩果子的情
日出日落，花开满心
多少繁华流年
凝聚一瞬间
绿意中
那是五老的胸怀和气度
也是人类与植物对话的记录
由绿想到根
由根想到祖国大地
由此更加感恩种树人
为人间圆了一场绿色梦

2022 年 6 月

2021 年福安潭头镇棠溪村芙蓉李展销形象代言人

水调歌头·感赋乡村振兴

　　春回万物绿，岁月几轮回？刚启新程，何以如此念成绩？约定茶山果园，邀请乡贤秀才，论振兴方略。我欲挥毫落，数点农家题。

　　擎旗手，方向明，思路清。脱贫圆梦，多少豪杰留芳名。远黛云霞飞渡，东风劲吹万里，不必问东西。谨进肺腑言，夕阳听惊雷。

为福安市乡村振兴五老智库委撰写调研报告有感而作

2022 年 3 月 19 日清晨

访曹洋茶园

万亩春茶引君来，满怀壮志回家乡。
在外闯荡根在此，勾起乡愁更倾怀。

云深雾霭好茶园，高朋满座杯底香。
山峦奇秀逢好时，振兴路上步铿锵。

观赏曹洋茶园有感而作
2022 年 3 月 9 日

第一书记

辛丑年仲夏，与友人不老之行。目睹不老村旧貌换新颜，耳听村支部书记郭清平先生一席言。顿时，心生敬意，有感而发。谨以此诗献给不老村，也献给当下中国乡村千千万万的驻村第一书记。

祖国辽阔的版图上
闽东山区有一个村
叫不老
还有一个响亮名字叫——
第一书记

第一书记听从一枚党徽的召唤
走进不老的山水
在精心研读一本从未读过的书
他翻开了中华伟业最动人的篇章
他正在完成一道时代最有意义的命题
——乡村振兴

在他的记忆里，不老村昔日九名党员八颗牙齿
而今党支部青春焕发，党徽熠熠
在他的记忆里，不老村过去只有半个初中生
因此，你盖学校
又回村教书
美丽校园留下领袖足迹
为培养不老人才

架起一道彩虹
为梦想插上了腾飞翅膀
创造奇迹
如今，不老大学生、硕士生、博士生如雨后春笋节节起
他们笑容灿烂
眼神充满自信
兴村先兴才
这是他给不老村留下的莫大功绩

为追梦，筑梦，圆梦
他用汗水和心血浇灌绿色油库
山坡田野一派葱葱郁郁
他默默仰望星空，又俯瞰这片土地
他深情打开一页页山水皱褶，开始阅读
他致力攻坚油茶生产盲点
不倦探寻脱贫奔小康的密码
以担当神圣使命的雄姿
引领山川河流和特色产业，精准扶贫
让千家万户过上小康生活
不老乡亲们得到了从来没有的幸福欢欣

他以共产党员的名义
为不老村携风带水
现代风水学在不屈不挠的信仰中又有新的含义
他引导传统、风俗与民情
风是凭借时代东风
水如细雨润物
召唤不老乡贤精英
扛着责任在肩
握着龙脉在手
把不老村的传人

从心骨里的人性和血性
引向正道和光明

多少个夜晚，他与月亮一同失眠
多少个节日，他放弃了亲情相聚
又有多少次，他在寂寞而简陋的村委小屋里深深思考
自己是不是已回到初心
脚步坚定无比

青春，因付出而更美丽
村寨，因坚守而更精彩
未来，因理想和信念不改而更光明

啊，中国乡村第一书记
为了明天
你依然志高万丈
远望千里
你为城乡之间架起了桥梁
你为城市与乡村完美融为一体
你的汗水，你的心血，你的感人事迹
我很想写下装订成一本书
再三捧读
学悟你的沧桑岁月，春秋激情
描绘你的心身如不老山水入画中
献上你一生最豪迈的诗句
唱响中华大地上最美的第一书记

2021 年 7 月 18 日于韩城

希望的化身

1

那一天，低保户的母亲带着考上复旦的儿子走进我办公室
大暑天 41 摄氏度
他们脸颊上挂着大粒汗珠
我清晰看到了两对渴望帮助的眼睛

2

林柄村，福安社口镇偏远山村
破天荒走出一位复旦生
林柄村，只因朱熹在此留下足迹
儒雅文化在此浸染山水心身
天也蓝，山也绿
可闻茶韵芬芳流溢
朱子笔下问渠清水源头
犹如梦想时光倒流
唤醒穷则思变的书生

3

林柄山太多，也生水
水不足，难养一方人
就像母亲奶水喂不饱这贫困状元
此时此景
我心似闻撞击声
心中涌出酸咸味

热血在沸腾

我立刻打电话

给团委，给工商联

给教育局和慈善总会

我有意提高嗓音：

林柄村—复旦大学—法医专业—五年学制

需要学费、住宿费、杂费

让这位坎坷不屈的育才母亲

让这位青春茂盛的林柄状元

默默期待助学的喜讯

4

母亲吃苦，把时间熬成岁月

儿子是鹰，必将翱翔时代天空

今天，朱熹离开这里 800 多年了

留下一座文化教育丰碑

林柄人内心刻下：

只要有书声琅琅

必有人才一代又一代

而今开启 800 多年后文化新程征

值此

让我们赞扬这位复旦学子的苦读精神

读书没有秘籍

唯有下苦功夫

昂起头颅

挺起脊梁

走出林柄

这就是母亲的风采

老师的教功

更是中国农民希望的化身

2022 年 7 月 28 日清晨

金山着意化为桥

1

舍下价值连城的翡翠生意
扛起了沉甸甸的金山责任
26 岁的村支部书记
早已在内心刻下：
翡翠有价
信仰无价
嫩肩挑起重担
党员群众的信任
有如真理的力量
可以穿越金山峡谷的时空

2

在金山，37 名党员的心
就像横跨峡谷的玻璃一样透明敞亮
他们最喜欢年轻有为具有奉献精神的带头人
深山峡谷，流水无痕
使命在肩，敢于自己骨头上打铁
叮当有声
从自己身上掏出银行卡
为村事业先垫底
每一笔都像清泉石上清澈见底的诗
源于无私
才能无畏

引来了金山人的折服和肃然起敬

3

在金山，一桥跨过，就是坦途
桥上每根钢绳
每块玻璃
都凝聚金山人的汗水和心血
全民皆股份
独特又新奇
所有游客脚下都闪动翡翠的光芒
全村近 400 人闯荡世界
一块翠玉握在手心
仿佛握着一个天
玉如人
锲不舍
玉石诚恳不负有心人
黄金有价玉无价
飘花，冰种，满绿
琳琅满目
色彩托起精美底气
爱村亲民的情怀才是昂首挺胸的本钱
手描蓝图
胸装金山
真正支撑起了乡村振兴的希望

4

用苍老换来新生
让坚守增加时光的深度
游走在峡谷处深栈道上
千千万万游客脚步踏响金山
刘伏友——

关爱正逢时

新任党支部书记
奉献写在一个普通名字的背后
把奋斗酿成乡村振兴最美的故事
最初的夙愿藏在内心
历史选择了年轻的村书记
其智慧，其理想，其作为
擦亮着今天的金字招牌
在金山
领略和见证了青春的力量
金山书记
最富有的村干部
新时代的强音
党的二十大的前奏乐章
正在为村书记们增添无穷的力量

2022 年 8 月 4 日清晨

2022 年 8 月 3 日，福安市乡村振兴五老智库委林青主任（前排右二）带领市里相关"五老"人员在松罗乡金山村调研，乡党委书记钟文（右三）、村支部书记刘伏友（右一）陪同

献上最美的祝福

——第三十八个教师节有感

1

向老师问个好

老师，你好

每一朵花，每一寸心

老师，辛苦了

你的汗水，你的心血

培育了无数的人生精彩

浇灌了无比辽阔的校园风景

让千千万万祖国花朵

做着同一个中国梦

感恩常思常新意

师生之情无人不回眸

英雄功绩师为本

多少风流逐逝川

酒余温

热心头

千言万语并一句

敬向老师问个好

2

给老师鞠个躬

再高贵的身段和身份

都是柔软的个体生命

求知立体

躬下身来

不仅是对知识的崇拜

更多是闪烁生命的光芒

我用人间最美的词语

赞颂老师

语言不如亲身躬行

给老师鞠个躬

是崇敬这个世界的灵魂

敬爱这颗高尚的心灵

给老师鞠个躬

人类生命随你肃然起敬

3

为老师唱一首歌

今天

连小鸟心中也充满欢畅

在美丽的校园

扑动翅膀，飞向远方

每个人都提高了美的声音

于是欢乐降临

集体之声的生动感恩力

泪水撼动我的心

时光如风扬笙箫

有你，有我，有心

歌声不停

留下盛世之音

4

给老师写封信

老师，你好

这是秋天寄给你的

第三十八封情书

最深情的告白

我真心爱你

爱你是我心灵导师

真爱没商量

我爱你，老师

不仅在校园，一枝一叶

不仅在课堂，一点一滴

亲爱的老师

你讲台授课时

真美

爱你三十八个春秋月岁

生命枝头硕果累累

春风化雨

姹紫嫣红

桃李不言

芬芳满天下

5

祝福送进老师的心坎

露重秋林醉

艰辛，耕耘，淡淡好滋味

风清草叶飞

心期，人累，正送雁南归

冷语暗春光

道义铁肩扛

心若累，人若老

学生爱你不会老

天若黑，夜若凉

许下诺言永不变

深记初心那场约定
坚守诲人不倦的期许
所有人一刻都不能没有你
使命在召唤
相逢已成歌
乘着秋风的翅膀
把人世间最美好的祝福
送进老师的心坎

2022 年 9 月 8 日清晨

第五章
爱在草木间

　　2021年12月9日，福安市乡村振兴五老智库委在福州闽武长城有限公司会议室召开座谈会，邀请福建省政协原副主席陈荣春（左二）、陈增光（右二），福建省委原副秘书长、办公厅主任、福安县委原书记李育兴（左一），福安市委原书记、福建省政协学习委原主任陈必滔（右一）出席，并为福安建设和发展献计献策，提出宝贵意见和建议，福安市副市长蓝和鸣，老领导林青、林庆枝、林平等参加

　　2022年8月18日，福安市关工委主任林青（右三）与宁德市政协原主席姚智梅（左三）、郑民生（左二），宁德市人大常委会原副主任、现宁德市关工委主任李过渡（右二）及宁德政协副秘书长陈永清（右一），宁德市关工委副主任、老干局副局长张小良（左一）在一起鉴品葡萄果，林青主任介绍了福安甘棠过洋葡萄示范基地情况，与大家分享丰收的喜悦

2022年8月7日，福安潭头镇举办芙蓉李采摘文化节暨年度"李子王"评选颁奖典礼。潭头村果农郑胜枝喜获"李子状元"，宁德市体育局党组书记、局长刘东（右一）颁奖

2021年夏季，福安市委原书记徐桂春（左一）与宁德市政协主席兰斯琦（右一）在赛岐镇象环葡萄产区会面合影

　　2020年8月，福安市关工委"种子工程"葡萄示范基地举办鲜果开采仪式，关工委主任林青（左三）、副主任黄滔（左二）、张如荣（左四）等相关同志参加活动

大爱葡萄美

八月初秋，太阳像大火球挂在头顶，秋老虎的威力不容小觑，地面就像煎锅，热得叫人有点喘不过气来。热能养热情，大热催大熟，福安葡萄熟了。这里的果农因有一串串葡萄果，脸上绽放着笑容，享受到了庆祝丰收的喜悦。

2022年中国·福安葡萄文化节在松罗乡举行。应邀出席的嘉宾有：福建省政协原副主席陈增光，全国农学会葡萄分会会长刘俊，福建省政协原文教卫体委主任林景华、原文化文史和学习委陈必滔，宁德市委副书记杨方、副市长叶其发，福安市委书记周祥祺、市长黄其山，以及福建省农业农村厅巡视员林景元等。

节日活动期间，举行了葡萄优质果品评选结果颁奖仪式，果品商标和地理标志使用授权证书颁发，表彰并授牌于优质果获得者和本次葡萄评选获得全国金奖得主。

文化节活动之前，在福安甘棠过洋习近平总书记留下足迹的葡萄园举办葡萄鲜果展示会，揭开全国文化节之序幕。接着又召开福安市"十四五"葡萄产业高质量发展规划评审会。8月20日下午，举行葡萄产业发展高峰论坛。会上，葡萄专家们饱含深情赞美福安葡萄，同时又提出许多良好建议和宝贵意见，富有真知灼见。那一声声，那一句句，似甘霖，在这大暑天，为福安送来"及时雨"。

面对此情此景，《福安葡萄产业发展30年文集》中一副对联映入我的眼帘：

八万亩葡萄惠及果农，熟时紫玉满架，穗穗比玛瑙。
三十八春秋普降甘霖，来日闺秀如云，年年领风骚。
横批：大美葡萄

关爱正逢时

福安葡萄的发展历程，从无到有，从零到亿，从提篮小卖到进入电商冷链物流，挺进大型超市，走进寻常百姓家。从种果到卖果，从露天栽培到建设避雨棚架及果穗套袋。在蝶变中，福安葡萄产业经历了一次又一次大变革，每一次革命的直接受益者首先是广大果农。具有创新精神的福安农民，他们身上蕴藏着智慧和力量，必将是葡萄产业蓬勃发展的生力军。在今天，我们可以很欣慰地说：今天吃象环的"珍珠"，明天尝松罗的"闺秀"，后天品晓阳的"紫玉"。从平原到半山区，从半山区到高山葡萄，呈现海拔垂直分布，以低碳纯真绿色为理念，有效延长葡萄生长期，让人们尝到最迟熟的甜美葡萄果。

福安巨峰葡萄引种至今，已有38年。到2024年是为40周年。正值壮年，这是一个十分壮美的黄金时期，充满无限生机和活力。我们仔细观察，从海拔高山区到平原沿海的葡萄园，福安葡萄的根系发达，它们似乎都生长在果农的心田深处。农果们用心血和汗水浇灌葡萄园，他们全身心投入对葡萄精心栽培，与葡萄结下深厚情感，他们爱葡萄爱得格外辛苦，但又显得特别甜蜜欢乐。他们又像葡萄，把根之辛苦埋在地里，把果之甜蜜挂在枝上，那一穗穗给人送去甜蜜。这就是"葡萄精神"。

福安果农一生辛苦，给人甜蜜。从"福安葡萄精神"中，展现一种人间大爱。

我经常在葡萄园里，看到葡萄藤蔓上所有的机理都呈现科学有序分工：

葡萄根就像果农，恋土厚道，默默耕耘，一心沿走科技，伸向小康富裕。葡萄叶好比人民政府，为葡萄产业提供政策上的营养保障，促使产业成长壮大。葡萄藤犹如广大科技工作者，以其实用技术，秉承如钢似铁藤蔓执着伸长，无私奉献，为葡萄提供技术力量支撑。果农、政府、科技三者合一，三驾马车，和谐同步，奋蹄前行，才能使福安葡萄产业走向美好的远方。

大美福安葡萄，最美还是美在：广大果农因有了葡萄，盖了新房，娶了媳妇。福安果农因有了葡萄，培养孩子上了大学，当了博士或教授，或是当上企业老总及政府官员。福安果农因有了葡萄，在城里买了房子，买了小车，还开了公司，小康日子过好了，家庭幸福，带来笑声朗朗，农家酒杯里溢出欢乐。阵阵笑声传出，笑得白云山上天棚挂珍珠，笑得赛江两岸满架落紫玉。那果粉浓厚，那果粒饱满，那的风韵，那果的造型，精致且丰满，剔透又玲珑，清鲜又甜美，让人未尝果子，心已陶醉。

行文至此，中国·福安葡萄文化节刚落下帷幕，出席这次盛大活动的领导们、专家们，来自全国各地的葡萄顶级大师们，福安有福，五福临门，群贤毕至。他们都是爱的使者。这些使者们冒着史上罕见的大暑天，踏上福安这块火炉式的热土，来到生长甜蜜的三贤故里，他们的爱农之心，他们的爱果之情，他们可贵的悯农之情怀，这种大爱精神将永远留在福安大地上，长久铭刻在福安葡萄果农的心间。

2022 年 8 月 21 日清晨

福安市关工委林青主任慰问并鼓励松罗乡郑柯发做好葡萄产业"种子户"

福地流金岁岁甜

第一章

田淑芬说，今年她是在疫情防控期间第一次下基层，首站就来到福安。她从天津来。

田淑芬何许人也？中国农业大学果树专业获硕士学位，南开大学植物学专业博士学位，天津市林业果树研究所副所长，设施农业研究所所长、书记，全国"优秀科技工作者""全国巾帼建功标兵"，天津市委政策咨询委特约专家，2015年获中华人民共和国国务院政府特殊津贴。她是全国葡萄协会原秘书长，现为全国葡萄协会常务副会长。在来到福安之前，她应邀受聘于阿里巴巴集团公司首席专家顾问。

为了葡萄鲜果电商物流畅通，她首先想到了福安。按她的话说，她与福安葡萄产区特有缘分，全国六次葡萄会议在福安举行，她都前来参加。同时，她与福安葡萄人结下深厚情谊，并且福安葡萄人在全国协会上占了一定席位，其位是福安人担任常务理事、理事及会员，林青主任还是全国果品流通协会副会长。在长期工作交往中，只因葡萄的缘分，他们成为事业上的知心朋友。

2020年5月31日，这一天对福安葡萄产业来说，将是具有划时代的意义。对福安葡萄人来说，田淑芬送来"及时雨"。田副会长说，她要努力荐举福安葡萄走进阿里巴巴物流体系。福安8万亩种植面积，12万吨鲜果，对阿里巴巴集团来说仅是九牛一毛，区区小流量而已。那么，对福安果农果商而言，是千载难逢的好机遇，也是福安葡萄发展史上破天荒的大事件。

田淑芬在象环村，走进果园，与果农亲切交谈。她中等身材，年近半百，肤色黑里透红，就像经常在田野干活的农妇。她十分健朗又健谈，话语平缓，如涓涓细流，偶尔讲到重要性的时候，语气加重，似有泉水叮咚之声，格外悦耳。当她看到果园地上都是疏果疏剪下来的青绿色葡萄穗时，问果农："这一亩大概疏剪去多少劣果？"果农答道："每亩六七百斤。"又问："感到可惜吗?"果农说:"不可惜,果穗留太多,果质反而不好。"田淑芬听了,连连称赞:"这好,这好!"言外之意,她想到的,福安果农已经做到了。

"每亩控果 2000 斤,必是优良果,加上精心小包装,不愁葡萄鲜果卖不出去,也会让阿里巴巴喜欢你。"田淑芬副会长与果农们说笑着。在全国,她可以看透葡萄果品通体葱茏,葡萄机理情况了如指掌,她可以把握每个时期葡萄产业发展与时代脉搏一起跳动。这时,她在象环葡萄园里用双手小心捧起架下葡萄果穗,仔细看了又看,似乎从中透视福安葡萄果质内涵,看到了福安葡萄产业发展的远大愿景。

第二章

我们一起走进了南国葡萄博物馆。博物馆是新布置的,主要由图片构成,还有些简要文字说明,反映福安葡萄 30 多年来的发展历程。赛岐镇党委书记蔡龙玉陪同,边走边介绍,他对葡萄产业发展情况了然于胸,如数家珍。这位工作经验颇为丰富的党委书记时而还会露一手他的打油诗:"苦累埋地下,甜蜜挂枝头,鲜花入凡眼,硕果满人间。""南国葡萄之乡,万亩环绕赛江,政府引导发展,巨峰品牌飘香。"这些顺口溜,给前来参观的人增添不少乐趣,引发笑声不断。

当人们走到陈玉章图像面前,笑声立即消失,表情显得格外凝重起来。

陈玉章去世前,是赛岐镇象环葡萄协会会长。1984—1985 年冬春之际,他毅然带领三户农民到福建省农科院果树研究所引回巨峰葡萄苗,大胆地种植在粮田上。当时,"文革"遗风尚存,割资本主义尾巴政治之风没有完全散去,"以粮为纲,全面砍光",农村经济几乎处于一种停滞状态。因此,将外地引进的葡萄苗种在粮田上,是要冒政治风险的,即犯错误乃至进学习班或挨批斗,让你及家人都抬不起头来。其次,福安沿海赛岐一带雨水集中,种植葡萄最容易诱发霜霉病等,一旦发病蔓延开来,一发不可收拾。因此,早年间果树专家们就断言,此地不宜大面积种葡萄。然而,陈玉章等四人偏偏顶风冒犯不理这些,暗暗地把巨峰葡萄种了下去。经过精心培育,长势良好,喜获巨大成功。

从此,福安葡萄产业有一个全新开端。

这一成功,带动了周边"久旱逢甘霖"的广大农民,大伙几乎是爆发式从事葡萄种植。一时间,葡萄种植风生水起,面积呈直线上升,每年均以数千亩速度向田地、山边溪谷山坡拓展。直到 2006 年全国葡萄学术大会在福安召开后，以此为契机，相继在赛岐、松罗、晓阳等葡萄产区大面积推广钢管水泥设施棚架，福安葡萄产业发展迎来一个新的转折点，从此昂首迈进一个新时代。

写到这里，人们更加怀念陈玉章。我曾在福安葡萄协会工作 12 年，跟随林青会长到过象环村不知多少回，与陈玉章等果农结下深厚情谊。陈玉章在我印象中，是一位古铜脸庞的标准式的老农，是一位敢想敢闯的庄稼汉子，是一位有文化有见识的新型农村科技带头人。陈玉章的逝世，是福安农业农村工作一大损失，特别是葡萄产业战线上失去一位勇士，让人十分惋惜。

陈玉章一生辛苦，却给人甜蜜。他的血骨流淌着葡萄的汁液。他生前好像从来没有想过死亡会降临身上，天天在葡萄园里劳动。他患高血压，得了脑血栓。其实，这种病对年上古稀的人来说，是很危险的，他好像不当回事。他妻子常常提醒他吃降压药，他不是忘了，就是嫌麻烦不想吃。医生说要做到一天一片，他却一个星期未吃一粒，并且天天在田间忙碌。这些情况，是我在象环村农果那里了解到的，事实也是如此。他享年77岁，生前身体硬朗，看上去健健康康，去世前没有一点征兆。那天，不慎跌倒在葡萄园路旁，因脑血栓，血管爆裂，抢救无效，生命走到了终点。

纪念这位葡萄老人的最好方式，就是按照此次田淑芬副会长说的，8 万亩 12 万吨以高品质的果品推向市场，走进阿里巴巴，占领其电商流量份额，为福安果农，为一批又一批敢闯敢干的葡萄流通果商，增加真金白银，从而为福安葡萄产业振兴闯出一条新路子。

第三章

从南国葡萄博物馆里出来，有一帧照片，特别给人留下深刻印象。时光已流逝，30 多年过去了，这张照片就像一幅永远读不完的名画，让人格外亲切，品味无穷。那就是习近平总书记在宁德地区当任地委书记时，在福安县委书记李育兴陪同下，视察福安葡萄园，与乡村干部群众商谈葡萄产业发展的情景。此情此景，虽然时过 30 多年了，但是在福安甘棠过洋畲村群众中，依然记忆犹新，传为佳话。

甘棠镇过洋畲村和观里村老区基点村，是一块用烈士鲜血换来的土地，这里的人民群众当年为革命、为党的事业、为人民幸福流过血，作出过牺牲。

过洋畲村早在 1985 年改革开放初期，从象环引种巨峰葡萄成功，也是福安葡萄产业先行一步的领头羊。根据过洋畲村原支部书记钟应祥回忆说，1988 年 7 月习近平书记第一次来到过洋时，正值酷暑季节，习近平风尘仆仆，头额上冒着汗珠，身穿白色短袖衬衣，脚穿一双旧式凉鞋，鞋头鞋跟都粘着泥巴。他没有去村里，直接去田间，走过窄小田埂，来到了葡萄园。当时，正好是葡萄成熟季节，果农们正在摘采葡萄。习近平进园后首先问道："这葡萄一亩可收入多少钱？"果农没有立刻回答，而是陪同他身边的村干部回答：大约每亩 1—1.2 万元。习近平又问道："每斤市场售价多少？"果农立刻回答："好的 3 元，差的 2.8 元。"习近平脸带微笑，连连称好。习近平还问道："鲜果都销往什么地方？"果农答道："福安、宁德。""也有果商来村里收购。"当时，在与果农问答互动中，过洋村农民不知道他是谁，后来从村干部嘴里得知，他是地委书记习近平。

习近平书记在过洋畲村葡萄园与果农零距离对话交流，对果农收入询问很仔细，一言一语、一举一动，过洋畲村群众念念不忘，铭记在怀。如今，过洋畲村葡萄种植跃上新台阶，成为福安市关工委农村致富青年"种子工程"葡萄高标准栽培示范基地。葡萄及茶苗收入鼓起了农民的腰包，生活改善了，不少农户盖了新房子，买了新车子，孩子们上了大学，找到了工作，娶了媳妇，日子一天天好起来了。感谢党，感谢习近平总书记对农民生活特别关心。因此，村里干部、大学生们把这种对福安葡萄产业的关心，对葡萄果农的关怀，称之为"总书记的葡萄情怀"。

一晃 30 多年过去，弹指一挥间。

第四章

但愿苍生俱温饱。温与饱，人类两个最基本的生存条件，福安人民乃至闽东人民为之奋斗不息。

近日读《习近平在宁德》一书，深深感到福安葡萄产业一路走来，是完全践行了"滴水穿石"的执政理念。"滴水穿石"视为一种精神，那是给葡萄果农以动力，"滴水穿石"视为一种闽东时代特质，那是一种内涵，这种伟大的精神内涵与闽东人民同呼吸共命运，时刻催生福安葡萄人锲而不舍，自强不息，奋力拼搏，感恩前行。

谈到"滴水穿石"精神，说到福安葡萄产业发展历程，福安市葡萄协会

关爱正逢时

原会长林青先生回忆到，1996 年福安市委、市政府出台扶持政策，那才是最为精彩之手笔。此为徐桂春书记任上政事佳话。其时，财政拿出 60 万元补贴，开启福安政府投入葡萄产业之先河。林青主任一提起此事，脸上总是洋溢喜悦，深深沉浸在美好记忆之中。

写这篇文稿之前，林青主任总是叮嘱我，千万不要写他。可是，我写着写着，写福安葡萄，无法做到绕过他。我觉得，没有他，葡萄也没有那么甜了。其实，这是一种人的心灵觉悟和感情自然流露，由此，总是让人放不下笔，笔不听使唤，真是没有办法的事。

林青主任在福安 60 多年如一日，为福安三农事业奔走，为葡萄产业发展，年上 80 之后，依然辛勤耕耘不止。口碑胜封侯。他自称"老农友"，他经常说他长期恩受福安土地和人民滋养，对福安有太深太多的热爱和眷恋，对事业有着太重太厚的使命和责任。为了葡萄丰收，为了农民欢笑，为了福安葡萄产业这艘航空母舰乘风破浪，扬帆远行，他抱病带领福安葡萄人千里迢迢拓视野，风尘仆仆取真经，上海的马陆，江苏的句容，湖南的澧县，陕西的渭南，湖北的公安，全国顶级葡萄专家学者都成为他的事业朋友。精诚所至，金石为开，朋友的情谊，感情置换而来，甜蜜的事业，葡萄产业春天频频眷顾福安。

他对福安葡萄产业倾注了厚爱，广大果农对他感恩敬重，福安人尊称他为"葡萄之父"，他总是摆摆手，谦和地说道："功劳归于大家。"

行文至此，我想起一个鲜为人知的故事。

那是 2011 年 9 月 13 日上午，我与高级农艺师施金全同志带着林青会长的叮嘱，沿着福安至松罗的山间小路颠簸（在修路）来到了松罗，根据乡政府安排，该乡分管领导陪同我们来到郑柯发的葡萄园。此时，我们看到郑柯发满脸丰收喜气，听说要摘取他园中葡萄鲜果拿去参加全国评选，他更是喜上眉梢，黝黑色的脸庞兴奋得好似晚霞染红。我们走进他果园认真观察，好中选优，优中选美，选中了二十穗精品，每穗葡萄果用红绳编好记号。选好果品后，约定郑柯发于 9 月 15 日上午 9 点务必将这些鲜果送达高速路湾坞口，以便按照大会规定时间即当日下午 6 点半抵达西安渭南参加评比。

郑柯发按照安排，一切都做到了。

但由于飞机迟迟未能起飞，渭南评选大会已经开始了，福安参会评选人还在长乐机场。

我们心急如焚。

正在大家犯愁之际，林青主任拨通全国葡萄协会会长修德仁先生电话，说明原委，得到同意，表示可以接纳我们迟到的葡萄样品，参加大会评选。此时此刻，我们全体参会人员才松了一口气。

功夫不负有心人，后来者居上。福安巨峰葡萄通过全国一流专家们公平、公正、严格评选，喜获金奖。

专家对福安巨峰果评语是：穗形美，果粒饱，转色好，甜度适中，外形与肉质堪称巨峰系列"天之娇子"。

9月17日，大会宣布福安巨峰葡萄获金奖，同仁道贺，同事相庆。一时之间，喜讯在福安政府、福安果农之中传播，皆大欢喜。

林青主任心系葡萄产业的故事实在太多了，难以全貌加以记述。他虽是福清人，但从广义上来说，他是福安人民的儿子，又是真正意义上的"农民官"。他温和且执着，渊博且谦逊，他像山一样大度宽厚，似水一样谦卑仁慈。看到福安无山不青，人们说他在无私奉献；吃到福安水果，人们念他情深义厚。值此，我突然想起一条毛主席语录：一个人做点好事并不难，难的是一辈子做好事，不做坏事。一贯的有益于广大群众，一贯的有益于青年，一贯的有益于革命，艰苦奋斗几十年如一日。这才是最难最难的啊。

第五章

山重水复疑无路，柳暗花明又一村。福安葡萄产业从无到有，从小到大，从弱到强，经过一个又一个蝶变过程。

从赛江两岸率先起航，象环村农民内心犹如金马达，发动起来后，带动全市发展。如今，市委市政府提出"2+N"发展模式，犹如一面旗帜，又似农业号角吹响，唱响时代最强音。

时代之音在农民思想观念中也有碰撞摩擦，这种摩擦经常发生在农民父辈与子辈之间，对葡萄产业发展持有不同理解和认同。

2019年秋，一场福安葡萄文学艺术采风活动分别在赛岐象环村、松罗尤沃村举行，我们走农户，进果园，采访了不少果农果商们，他们对葡萄产业发展各个环节均有许多良好建议和意见，发展中存在的问题和短板，他们都一针见血提了出来。其中有一个故事，我至今难以忘怀。

他叫郑乃生，松罗乡尤沃人，年近花甲，有一儿一女，女儿已出嫁，儿子叫郑新丰，大学毕业回村创业，成立了新丰农业合作社。父子分工，父亲负责种植葡萄，儿子主管销售葡萄，主要是从事网络电商卖葡萄。儿子全年卖出去葡萄数量达到 12 万盒，在当地成了销售大户。但这 12 万盒葡萄却没有一穗葡萄是他父亲果园里的葡萄果。父亲很生气，先是指责，后是骂儿子"吃里扒外"。儿子耐心跟父亲说，网购要精品，父亲种的葡萄不合格。父亲不理解。儿子又跟父亲说，创新转型驱动高质量发展是出路，如同对牛弹琴。某日，儿子好心好意对父亲说，您年迈了，退休吧，种植、销售全由儿子包下，父亲又觉得不放心。父亲种果质量差的主要原因是，他急功近利，不适时不适量喷了膨大剂，导致葡萄果质量下降，时有裂果掉果现象发生。

优与劣，成与败，要立起质量标杆。

优与劣对比，新与旧碰撞，就是对农村职业农民新典范的生动阐释。福安葡萄产业并非优势永占优先，而是要乘势而上。就全国葡萄发展形势而言，前面有标兵，后面有追兵，福安葡萄务必在此夹缝中再度崛起，赢得先机，求得高质量发展，真正成为名副其实的"南国葡萄之乡"。

第六章

许多人问，福安葡萄为什么这样甜？引发了许多甜蜜思考。

"北有吐鲁番，南有闽福安"，这是著名歌唱家关牧村品尝了福安葡萄鲜果后，为福安葡萄唱出了心曲。

一穗葡萄，让滴水穿石成功，让弱鸟丰满羽翼腾飞。

福安农民因有了葡萄，盖了新房，娶了媳妇，办了经济实体。福安农民因有了葡萄，培养了孩子上大学，有的当上了博士、教授，有的做了企业老板，购买了小轿车，一派风光。福安农民因有了葡萄，发家致富，日子好过了，他们经常开心地饮着农家酒，酒杯溢满欢乐，笑声朗朗。

金谷源生夏，明珠绿影圆。
歌同京客醉，十里笑声甜。

此诗是郭泽英老师作品，由郑复赠老师（已故）书写，印在《福安葡萄发展 30 年文集》首页上，字里行间充盈着福安葡萄的甜美味道，福安葡萄文化人又把福安葡萄的甜蜜价值推上了一个新的文化境界。

186

走出南国葡萄博物馆，离开赛岐镇象环村时，党委书记蔡龙玦说，日前，福建省委书记于伟国亲临象环村视察葡萄园，对现代农业发展寄予厚望。林青主任一路陪同田淑芬副会长，此时，林青主任很认真地对田副会长说，福安葡萄产业有着习近平总书记葡萄情怀之缘由，五级书记一同齐抓，这些富有特色的葡萄故事，曾在全国葡萄大会上传为佳话，广为宣扬。

当我还没有写完这篇文稿的时候，喜讯传来：坂中长汀村"藤语葡萄庄园"无核"夏黑"已经抢"鲜"上市，每市斤售价达 20 元。广州、厦门、温州、福州等地客户对此"东方黑珍珠"赞美有加。

福安葡萄甜究竟缘于何故？

一是福安土好水好。从畲乡溪塔剌葡萄沟的清澈水质到白云山晓阳富硒壤土，从赛江河畔丰润的土地到松罗山区梯田波涧水土原生态的纯净。

二是福安果园科学施肥。福安葡萄果农一贯钟情于农家肥，特别是进入电商网络时代，消费者看产品，比质量，有机肥料诸如鸡粪、牛粪、鸭粪、鸽子粪等，都成为农民的宝物。况且对施用农家肥政府实行补贴政策，果农锦上添花，乐在心头。如今果农特别相信科学测土、配方用肥，把葡萄生理机能调理得平平衡衡、熨熨帖帖，养成了果穗美观、果粒硕大、果粉浓厚、甜度适宜的金奖葡萄果。

三是福安果园搭棚果穗套袋。为规避福安经常"七月暴雨，八月大风"，搭建钢筋水泥柱、钢管棚架，每亩 2 万元。目前正向每亩 4 万元高质量棚架逐步示范推广。葡萄搭架比温床，果穗套袋如宠儿，使得葡萄果皆有"温馨之家"，所以福安葡萄甜。

每当我们走进葡萄园，仔细观察，葡萄藤蔓上所有的机理都呈现了科学有序分工：根是农民，恋土厚道；叶如政府，为葡萄产业输送营养；藤是科技工作者，默默为广大果农提供技术支撑。实践表明，政府、农民、科技三者融合到位，葡萄产业可以做到恰好，还原葡萄低碳原生态，果品别样地道甜美。

一穗葡萄，改变福安农村贫穷面貌，为乡村振兴注入鲜活的发展动力。

福安葡萄为何甜？党心民心紧相连。党政初心永不变，酿造福安葡萄甜。

葡萄文艺采风文友有诗曰：

　　值此，我们十分欣喜看到，

葡萄种植地平线上，
又呈现新一轮红日升起。
让我们以生机勃勃的葡萄名义，
感谢福安果农的伟大创举，
感谢福安成千上万葡萄人，
把葡萄产业当作一生使命，
让福安大地生长甜蜜。

2020 年 6 月 16 日

过洋葡萄别样香

2022年8月14日，福安市关工委、五老智库委在甘棠过洋村举行示范基地葡萄展示会。

展示会之前，与会人员参观葡萄园，体验摘采葡萄鲜果的乐趣。大家边采果边品果，深感种果人的辛苦，给人带来了甜蜜。

过洋葡萄展示会，展示的不仅仅是葡萄果品，也是展示一种精神即"五老"精神，更是展示乡村红色记忆和红色农业基因——这里是习近平总书记担任宁德地委书记期间走过的葡萄园，留下了总书记的足迹。

《摆脱贫困》首篇文章《弱鸟如何先飞——闽东九县调查随感》，写到了过洋葡萄致富农民的故事。其时，过洋村果农因种植葡萄人均纯收入达到800元，率先脱贫致富。

葡萄产业发展被写入大国袖领的著作中，这是葡萄产业别具价值意义，是福安农业人的骄傲和荣光，更是策动地方高质量发展的精神动力。

福安被称为"南国葡萄之乡"，现有葡萄种植面积8万亩，年产葡萄鲜果12万吨，果销神州大地，五湖四海。葡萄形成产业链，串起20万农民的幸福生活链。盖房做墓娶媳妇、买小车、送子女上大学都靠葡萄收入来开支，葡萄撑起了福安农业产业发展半边天。

实践证明，福安农民脱贫靠茶叶，致富靠葡萄，市委提出乡村振兴产业"2+N"发展模式，为福安农业发展找到了一条有效路径。

如今，甘棠过洋葡萄园挂果累累，初见成效。从中可以看出以林青主任为代表的福安"五老"们执着的敬业精神，他们心系农业，情怀农民，关心葡萄产业高质量发展。

从福安葡萄发展现状看，存在果品质量问题、避雨栽培设施老化问题。同时，还存在盲目乐观思想，见果不见叶，一叶障目；见叶不见树，树盖遮住天，站不高，看不远；见树不知根，看问题肤浅，抓不住问题本质等等。

福安葡萄产业并非势不可挡，而是要乘势而上。闯市场，闯出金贵价格；重科技，让实用技术真正扎根农民心田里；借旅游，让葡萄文化锦上添花；抓品牌，树立起南国葡萄应有的气质和风范。

2022年8月14日，福安市关工委、乡村振兴五老智库委以"甜歌颂党恩，喜迎二十大"为主题，在甘棠镇过洋畲族村举行示范基地葡萄展示会。会议期间，关工委、智库委主任林青（右一），宁德市关工委副主任张小良（右三），甘棠镇党委书记刘星贵（左二），福安市委组织部常务副部长施卫秋（左一）、宣传部常务副部长刘道光（右二）在葡萄园体验丰收喜悦

重读《静夜思》

一

幼儿园围墙外的三角梅，热热烈烈地开放着，一蓬蓬，一簇簇，花儿像一群群叽叽喳喳的小姑娘，把她们清脆密集的欢声笑语小瀑布似的泼溅在校园里。

我拉着龙龙的手走在幼儿园墙外红砖铺成的小路上，龙龙像从笼子里放飞的小鸟雀，叽叽喳喳向我炫耀刚刚会背的诗歌《静夜思》："唐，李白。床前明月光，疑是地上霜。举头望明月，低头思故乡。"

我说："龙龙真棒，背得真好。"

龙龙说："外公，霜是什么？"

我说："就是冬天的晚上，天空偷偷撒在地上的一层凉凉的，白白的，像白糖一样的东西。"

龙龙说："外公，为什么要偷偷撒呢，我怎么没有见过霜？"

我说："因为霜很珍贵，所以要偷偷撒。等天亮时，太阳公公就把霜收回去了。"

龙龙又问："外公，那故乡是什么？"

我说："故乡就是你出生的地方，是你住了好长时间的地方。"

龙龙说："那我的故乡就是龙锦的小区楼喽。"

二

周末，我带龙龙出去踏青，来到离城里十来公里的一个村庄，那是我的故乡。

这古老的村庄叫棠村，据说因很久以前最先迁居此地者种了一株海棠树而得名，现在这树已经找不到了。村还是叫棠村，和其他村庄名字相比，棠村温文尔雅，就像人群里站着一个亭亭玉立的淑女。所以，我历来以为故乡村名无比珍重。

在果园里，我教龙龙辨认李树枝上的青果。今天枝头青青果，明天成熟了，泛红生"浦"，所以，这果俗称"浦李"。吃浦李果，必然勾起我记忆中最为甘甜而苦难的片段。在物资十分匮乏的年代，嘴馋时常要付出代价的。偷摘李果摔伤身体不要紧，可是受到园主威胁惊吓，在父母的眼里，丢了魂比伤了身体更为可怕。身子受点小伤害可以治疗，但魂一经丢掉，人与一根木桩无异。

龙龙对我说的这些不感兴趣，他也不知道我在想些什么，只顾低头寻找地上的蜗牛。他把蜗牛壳也拾起来，用一只小木棍拨拉着，很喜欢蜗牛伸出一双柔软的触角。我说："蜗牛是这个世界的流浪者，走到哪里都把房子背在身上。四海为家的人其实是没有家，背在身上的房子也给不了它安全感，它总是在一个陌生的世界里探头探脑，觉得孤单可怜。"

我的话龙龙听不懂，也不理睬。他玩他的蜗牛，我想我的心事。忽然间，我若有所失又若有所得。还好小孩子听不懂大人的话，不然，他问到房子，现实中的房子，人何尝不像蜗牛又不如蜗牛呢。蜗牛背的是一个壳，并不觉得沉重，而人呢？面对房子，尤其是大城市的房价，就像背着一座座大山，让人天天不息为之奔波！

三

《静夜思》虽然是李白年轻时旅居扬州客舍写的，可诗里的月光一定是故乡的，让他夜半恍惚的不又是床前的月色如霜，而是此时此地恍如故乡。可惜龙龙没有见过霜，不知冬天的早上，草叶上那一层亮若冰晶的薄霜有多美。

我带龙龙在山坡的小竹林里讨笋。这小笋随处可见，有的时候成片长出来，大拇指粗细，赶上小笋旺年，阵势很壮观，让我心中充满一种势不可挡的磅礴力量。

看着小竹笋，让人几乎怀疑是谁家有意种植的，其实不是。摘笋后，龙龙喜欢剥笋，他稚嫩的小手剥出那白白的、嫩鲜的笋肉，每剥出一根，他都要欢叫自己劳动的成就感。把这笋切好，放在油锅里轻轻翻炒，伴点佐料，放点酸菜，一焖，一股诱人香味立刻在锅铲起落间升腾。煮熟的笋片鹅黄，鲜嫩，龙龙吃了又吃，不停说着"好好吃"。

时令已经过了立夏，田野寂静，山上采茶正忙。正是："乡村四月闲人少，采了蚕桑又插田。"全村人能走动的差不多都上山去了，如今种田人不多了，男女老少齐上阵，要把茶叶采回来，当天销售出去。茶叶采回来，还要拣茶心即一叶一心或两叶一心，精拣下来制作成工艺花茶。这茶价钱好，外地老板来收购，村里妇女从中赚些工钱，成为女人们积攒私房钱的主要经济来源。

四

此时，阳光正好，风忽儿热，忽儿凉，像交缠着一条软丝绸的正反面。平坦的水泥路上走来一个人，他背着双手，勾着头雄赳赳往前走。原来是村里的长禄伯，他年轻时走路威武有力，现在依然如此，不过头顶已略秃，两鬓全白，已是老人模样。我教龙龙管他叫爷爷，龙龙怯生生地叫一声"爷爷好"，声音低低的，有如黄鹂叫。长禄伯听到有人叫他爷爷，十分开心，哈哈笑起来，笑声在田野里回响。

这时，长禄伯看了半天，才磕磕绊绊地叫出我的名字。面对满脸沧桑的长禄伯，我此刻心情真是五味杂陈啊！

我拉着龙龙，好像人在迷途中，迎着初夏的微微凉风，漫无目的寻找。龙龙不知道要找什么，手里拿着小罐子，罐里装着小蜗牛，懵懵懂懂跟着我走。我心里很清楚自己要找什么，却已找不到了，也不知道心里此如珍贵的东西丢失在哪？我在想，一个人离开一个地方太久了，会变成陌生的客人，居住一个地方久了，却未必变成主人。人在路上，身不由己，心也飘摇。好在大地母亲的怀抱可以接纳每一个爱她的子孙。

五

车已启动，我一走两回头。回望棠村，阳光下的村庄只是一片新旧不一、高高低低的房子，空寂若茧，屋内苔藓杂草。棠村，海棠已失，换来榕树繁茂。远看一棵棵榕树，婉约如女，风情万种。因此我在奢想，棠村，我的故乡，什么时候能够再嫁一回，成为我心中的新娘呢？

我低下头，深情地对龙龙说："你再给外公背一遍《静夜思》吧！"

2021 年 5 月 8 日

稻花飘香在心间

一提到福安白云山，很多人都以为是游览胜地。对我来说，那是难以忘怀的工作起步的地方。

20世纪80年代初期，为了大面积推广杂交水稻，福安县农业局在晓阳镇南溪村设立中低产田协作技术攻关点，我在此点此村驻扎了两年时间。

由于初次种植优良品种杂交水稻，全村农民意外从中获得大丰收。农民欢喜，我也激动。那天晚上我在南溪村委小楼里，欣然推窗吹笛子，歌曲是《扬鞭催马运粮忙》。眺望一片片金黄色稻田，忽然来了灵感，聊发诗兴，写了一首五绝小诗《丰收歌》：

> 春沐秧苗壮，秋来稻花香。
> 家家谷满仓，户户庆有余。

这首小诗是近日我整理诗作时，忽然出现在我面前的。因了这诗，我想起了近40年前南溪村里的稻田蛙声、农民话语，以及驻点村委小楼里的许多工作生活细节。比如白天下田观察水稻生长发育情况，晚上在楼里喜乐聊天。南溪村的干部热情待人，时常赠我家园青菜及自酿米酒。

稻子收割完了，谷子归仓了。我们驻点协作技术攻关全体工作人员将要离开南溪村的那天晚上，村干部热情设宴，其情其景，至今历历在目。

说是盛宴，其实都是一些农家菜肴，酒是农家自酿米酒。人到高兴时，大碗喝酒。那村支书、村主任、村会计，那示范户阿铃、阿生、阿义，那临时村农技员、病虫测报员，还有喝了酒脸颊如桃花的村姑们，似乎人人都是好酒量。酒是香甜好入喉，话是依依惜别情悠悠。是欢乐，又伤感。我忽然感到人生就是如此奇妙。说实话，驻村卷着裤管下田，禾苗剑叶割红皮肤，风里来雨里去脚沾泥巴是如此辛苦。工作之余，打牌，唱歌，吹笛，又是多么欢乐。因此，临别之际，我又写了一首小诗《别南溪》：

三月携春到南溪，两载风雨历春秋。

情到深处才有泪，稻花飘香在心间。

正因为有了这首诗，我忘不了在南溪村口送别的那一幕：村干部握手又握手，手手连心，叮咛复叮咛，情谊绵长。村姑们流泪了，泪眼拭之又拭之，深情目送我们离去。村农技员、测报员，他们和前来送别的村民们话别，有些人的眼角也湿润了。鞭炮齐鸣，锣鼓声声，还有那神铳声带来南溪人欢送客人的最高礼仪。可以想象，这是南溪村民用何等心情，何等礼节，对待我们这些农业科技干部！

多年之后我深情回忆，那段与农民朝夕相处的风雨岁月和青春绽放，犹如稻花一样，吟笔有值，芬芳馥郁，醉了心间。

2021 年 8 月 30 日于韩城

1985 年，福安农业局驻点晓阳镇南溪村开展中低产田协作攻关，作者（左一）与农艺师李华（右二）下田归来在村旁小河边洗泥腿

赏故乡李花

沿着长溪两岸走
我，只是跋山涉水的过客
沿途李花烂漫，一夜凋零
花期短促
觉醒无数惜春情怀

沿着时光走
李花枝头太旺
叶子不敢出
李果太低廉
游者寻乐
市场多病，汗水贬值
堪问一朵花艰难轨迹
谁与评说

沿着记忆隧道走
故乡，山田沃土
果农燃沸一腔热血
月光如水
目光呆滞如泣
李花惊了谁
父老乡亲无奈望着天
喊着要砍李树
乡贤心疼

赏故乡李花
心事滚滚如交溪东逝水
抚遍山坡田畴所有李树枝头
不知哪朵李花是我
李花谢了，来年再开
可是我，一无所有

2020 年 3 月 28 日清晨

水蜜桃，小康的味道

在虎头
果园路边可闻桃味道
树枝挂玉果
果面如桃花
果皮似纸薄
桃可香天下
美梦走进桃花源
人们争鲜品仙桃

田畴上
人在流汗，天在燃烧
伏魔携热风拂过桃树
桃子已熟透
宛如谁家还未出阁之女
千娇百媚靓枝头

这是天赐神奇物种予虎头
气候适宜，土壤肥沃
天时地利人勤劳
让虎头人积蓄一生的甜蜜
一颦一笑都是幸福的犒劳

立村头
展眼望千亩

又是一年品桃时
当你手托一颗水蜜桃
轻剥桃皮，果肉莹白如雪
咂一口，浆液甘如冬蜜
口齿留香，润泽五脏六腑
如春风沁人心脾的温柔
方知世间有好桃
好桃在虎头
年年过着小康生活好味道
我有幸
在这中国最美村庄里
体验和见证人间第一桃

2021 年 7 月 13 日清晨

与葡萄美人的恋爱

——2021年全国葡萄果品流通大会福安高峰论坛举行有感

与葡萄美人旷日持久谈一场恋爱，
我觉得心身充满甜蜜，
真是一生的幸运。
从藤叶到果穗，
常从春天里先闻青涩的味道。

盛夏的枝头挂满了紫玉，
快递已成为新时代的红娘，
把枝头与舌尖的千里姻缘一线牵，
牵起了城市和农村，
牵动了乡村振兴。

在家门口，在榕树下，
农果们分拣是测量形体，
入仓是盖上面纱，
葡萄的脸蛋也曾大红大紫，
让人格外心仪。
那是令大江南北心动的姑娘，
当她们离开南国葡萄之乡的枝丫，
就要睡进保鲜箱，
被你品尝之前，
要做一路冷美人。

快递小哥不敢动她半根指头，

用心呵护着，
风一般地奔跑颠簸，
也没能将她们唤醒。
你千万不要以为，
这爱情来得不够热烈，
当你掀起盖头，
你会沉浸于长久甜蜜，
永远尝不够她的迷人甜蜜。

2021 年 7 月 20 日于韩城

果业之父

你教人种果，已经教了半个多世纪
你的心身弥漫着果味温馨
我坐在葡萄棚架下
读一本《果业大观》，怎么也读不尽你那颗赤诚之心
你的慈祥，你的执着
你的辛勤
感动着的花果也兴奋跳动音律
让生命显得格外可爱可亲
所有果园里的果仔们
都情不自禁地称呼你是父亲
葡萄好像是你的长子
一贯对它偏爱偏心
蜜桃、杨梅、脐橙、龙眼
草莓、百香果、红美人、芙蓉李
你总是日不相忘
鲜花依红，叶脉依绿
花果飘香
为了大地丰收
你做梦也甜蜜

生活在新时代
你说这里的一草一木
都对你百般宠爱
用青春双脚踩出人生壮丽

我仔细端详你的长相

心境步履，眉宇岁月

意志坚如钢钎

科学种果，鲜果销路

果品加工

你了如指掌

时常为果农指点迷津

你常用军人般的风范调研奔忙

顾不得给自己擦去汗滴

又是一年果丰收

总给千千万万果农带来欣喜

从"种子工程"走出来的致富青年们

你如爱自己的儿孙

一年四季，不畏风雨

进果园，走田地

老骥奋进不停蹄

六十载月岁如一日

吃过的苦，流过的汗

获得的喜

多少人生坎坷和荣誉在你谈笑之间

如清风飘过记忆

你仿佛在给孩子读一首美妙的诗歌

如珠一串串

读出鲜果甜甜蜜蜜

你的内心早就刻下：

只要农民笑了

孩子们向善成长了

你慈祥的笑容

总是绽放在果树枝头

笑如花，花硕果

心果丰收人欢喜
源于深爱这块五福之地

2011年夏，作者与福安果业协会原会长林青在下白石晚熟龙眼示范基地

中国农民的盛大节日

——祝贺2021年中国农民丰收节活动在福安穆云畲族乡举行

一

秋风送爽谷金黄，丰年时稔果飘香。
农家处处迎佳节，户户小康人欢畅。

二

秋风习习颗粒满，硕果累累乐心怀。
瓜待熟时蒂自落，情到深处万物昌。

三

秋风过耳暖心房，温饱才是真小康。
餐桌丰盛万民乐，振兴路上足铿锵。

四

秋风送桂满庭芳，果花堪比稻花香。
葡萄有幸比紫玉，蜜桃无言名四方。

五

千年农耕今最盛，吃了茶果饭更香。
白云俯首迎远客，穆水热情共笑谈。

六

佳节欢庆终不忘，强国必先强农桑。
喜看国家爱农民，神州遍地桂花香。

2021 年 9 月 3 日于韩城

一穗葡萄的启迪

——写在福安举办全国葡萄产业融合发展战略高峰论坛之际

公元 1984 年，巨峰葡萄悄然根植象环之际
一桩宏大叙事从此撞击我如潮的思绪
偏远贫困的闽东山区
经济作物突然通体霞光熠熠
一个巨大农业产业如一轮新日冉冉升起
一穗葡萄
由象环四户农民率先引种
这是弱鸟先飞的葱茏诗意
更是滴水穿石的无穷感召力
饱含着乡村农民穷则思变的决心、洞见和勇气
一穗葡萄，立刻拨动我的心弦
喜悦油然而生
豪情陡然洋溢
一穗葡萄，顿时让我触达一个时代命题
这是农业思想，拓展一块新垦地
这是农民观念创新的曙光
这是陈玉章等四位泥腿汉
为福安乃至闽东巨峰葡萄划时代第一犁
奏响了乡村脱贫致富新序曲

在那个时代新节点
象环人以金秋的硕果
回应了千千万万农民的期许
开创巨峰葡萄新天地

构建了农业产业新高度新价值

顷刻间赢得普遍认同、广泛赞誉

这一青翠农业思想

一时间成为广大农民脱贫的新工具

这一青翠葡萄引种思想

如一把开启农业经作时代金钥匙

洞开大门，让农民作为，万众欢喜

这一青翠泥土芬芳思想

如一部发动农人内心的金马达

赛江两岸，得到最新指南最及时最实惠科技指引

一穗葡萄

如一面旗帜

而今赛岐再度高举

成为光辉范例

一穗葡萄

似号角吹响

嘹亮之声打动千村万寨农人心弦

一穗葡萄

就是永恒初心，心中金句

为农村农业经济社会发展唱响时代最强音

我以一个农民的心情

年年品味新的甜蜜

弱鸟需要丰满羽翼

是谁解除农民的迷惘和焦虑

是习总书记给下党农民回信如及时雨

雨润万顷葡萄园地，句句暖语石破天惊，别有天地

追寻当年地委书记走进葡萄园留下的足迹

如今大国领袖的葡萄情怀成为强大精神动力

我以一个农艺师的知性

透视一穗葡萄

是科技力量撑起了果农辛勤劳动的红利
探索和憧憬
磨砺和奋进
锻冶成一句精辟短语
科技力量无穷无尽
第一犁铧的粗泥土
需要再度作细耕精
方有葡萄不负春秋飘香万里
我以一个写葡萄人的深情
真心赞美这一穗葡萄的美丽
对葡萄美好未来一直深信不疑
我相信葡萄致富农民
更多的是农民甜蜜幸福生活让我激动不已
陈玉章、陈绍奇、陈盛发、陈位现四位已然成为昔日勇士
引种故事精彩传奇
我深深向他们表示致敬
如今，葡萄产业面临历史转折
总要有探索前方的先驱
我们倾注满腔热忱
不能停留在沙盘设计
需要葡萄产业发展想象力创造力意志力合成的春雷
更需要新时代理性智识和撸起袖子干的春风化雨
创新，转型，驱动，高质
以正确理念融合发展，共同践行
好让葡萄穗穗如珠似玉

葡萄地理标志是一种新的思想表达
是果品质量洗礼后的新福音
松罗园地的拜耳，赛岐无害示范区
还有晓阳迟熟果，应然有着更优的隐喻
金奖已然过去，历史与前瞻

都期待着葡萄产业走进新天地

我坚信，有葡萄引种人的新序言，必有葡萄巨著新融合新内容新旋律

我更坚信，有了第一棵落根沉实的土地

有感恩，有辛勤

更多的是收获金秋果实

唯有时代春风吹拂葡萄经济增长极

划时代的葡萄红利犹如赛江水，滚滚而来，农民脸上溢满笑意

新时期的葡萄分水岭巍巍隆起

仿如白云山巨峰高高耸立

劣与优　败与成

立起标杆示范

框定标准遵循

必然带来葡萄产业金色花季

我十分欣喜看到

葡萄种植地平线上

已经呈现旭日东升祥和景

值此

我要以生机勃勃的葡萄名义

感谢象环农民的伟大实验巨大成功

感谢千千万万葡萄人

把葡萄产业当作一生的使命

让中华大地生长甜蜜

祝福葡萄，祝福果农

祝福全体参加高峰论坛的葡萄产业高士

为葡萄产业发展留下高见

留下锵锵之音

这些都是一脉初心的旨意

也是为中国农业使命担当的新风景

今日，这一道美丽风景的原动力

来自农民的创新

来自农民不凡的智慧和勇气
成为葡萄产业的伟大创举
这才是我要颂扬的一穗葡萄的思想启迪

饮茶记

她给我们泡了一款珍藏了 60 年的茶叶
取名甘露
她小心翼翼，动作轻盈
60 年前的春色啊
茶香在唇边，适合久别初聚
或者像微电影，一见钟情
适合在折叠的屏风旁、藤床上，窃窃私语
那个叫甘露的女子
在杯中伤春，如同伤感我的诗歌
这乏味的人生
总在留白处，江河寂寞
总在浓墨处，如白云山茶花的凋落
落呀落的，落花流水，向唇边抿味

他突然举起茶杯，说，嗨，干杯
他和谁打招呼？难道与甘露是旧相识？
我竟蒙在鼓里
一无所知

2022 年 3 月 20 日春分时节清晨

芙蓉李，如果我忘了你

芙蓉李，如果我忘了你，
我就不会在回乡的路上
看到李果价格低迷，心情如此着急。
热风吹来鲜红果子落满一地，
我仿佛听到果农在哭泣，
"孩子，我的孩子，不哭，不哭，睡吧。"
耳边响起母亲儿时的声音。

芙蓉李，如果我忘了你，
那一定是一颗良心被狗咬了，
夺去我对家乡父老的深厚感情，
我将会受世人怀疑，
怀疑我的真诚，
我的纯洁，
我的初心。
为此，我想起了昔日家乡的血和泪。
这是对一个大国农业的记忆，
记忆中的农民无奈声音。

芙蓉李，如果我忘了你，
我就不会把所有水果价值来作比较，
可怜一担李果还不及优质水蜜桃一斤。
看万山鲜红是一片红海，
我多么想你再次投胎，

从李变桃，果肉雪白，
重归你的秦晋之好，
不要让我潸然泪下，
不要让我看到你腐烂为泥。

芙蓉李，如果我忘了你，
我就不会一次次踏入你疼痛伤心的果园，
聆听你的苦难呻吟，
如果我忘了你，
我就不会去呼唤，去呼喊，
去找政府部门，
芙蓉李，如果我忘了你，
我早就离你而去，
悄然擦肩而过无声音

芙蓉李，我永远忘不了你啊！
我的家乡的命根大产业，
我真真切切希望
你欢欢喜喜来一次大革命，
重新出发再度崛起，
再崛起！

2021 年 7 月 20 日于韩城

坑下的橄榄树

走近橄榄树
身上似有先苦后甜的味道
一棵棵如巨伞荫蔽大地
每隔数米就像一座座小山峰
绿色在涌动
青少年在树下写诗
畅想美好未来
卓越的前途随诗飞扬
老年人在树下散步回忆
害怕又想念过去的酸楚
苦涩回味在日记中写下如金的字
每年橄榄树吐绿一枝枝
春风派遣白鸽衔走枝条
成了友谊的象征
和平的天使
都在感念坑下人
酿造一种全世界的蜜
原来橄榄树的果实
最让人从内心里欢喜
慢慢品嚼，回味无穷

2022 年元月 29 日清晨

心花怒放在枝头

如果你喜欢桃花
就把幸福藏在花蕊中
花节热闹过后，果农好做梦
这里就是桃园世界
跃上花海的小浪头，驭树为舟
在畅游中，才发现每朵花都心脏跳动
轻轻贴近她，可听百般温柔
是谁翻涌柔情浪潮
好似知音抚慰果心头
阳光明媚，牵一枝温暖盛开
春风从来不管忧愁

如果你深爱桃花
就把幸福藏在花蕊中
车如流，人如织
喧嚣过后，花儿结果待丰收
青果毛茸茸，离甜蜜很近
虎头地里，果压枝头
穆水河边的古民宅
流传着许多凄美的童话
每一条古巷子里都是拖长的长寿面
纸伞之下弥漫着离愁别恨
传颂着一个个美丽的故事
这世间万物再美
也美不过心花怒放在枝头

2021 年 3 月 21 日

李果状元

福安潭头镇芙蓉李采摘文化节暨年度"李子王"评选颁奖有感而作。此诗含潭头镇党委书记王惠生,镇长万里翔姓名于其中。作者深情寄托对芙蓉李产业之厚望并祝福潭头镇果农岁岁增产又增收,在乡村振兴路上果飘香。

由来怀揣田园梦,种果喜获状元郎。
春慰白花秋问果,夜闻雨露昼饮霞。

文化搭台醉芙蓉,评选果王惠民生。
众人皆赞状元好,与农同心万里翔。

过洋葡萄歌

——福安市乡村振兴五老智库委过洋葡萄展示会随感

壬寅秋暑火热天，情寄甘棠过洋田。

难忘葡萄展示时，心系农业乐无边。

今日丰收圆一梦，雪雨风霜万般辛。

颗颗果粒聚汗水，穗穗葡萄露晶莹。

老骥奋蹄自着鞭，过洋葡萄别样甜。

领袖踏响葡萄园，红色记忆谱新篇。

汗雨浸衣步影健，林老[1]爱果劲倍添

辛苦作为三春暖，百姓心中一片天。

"80"之后真农友，苦乐欣然动心弦。

脚步铿锵皆泥味，慈祥絮语都是甜。

蜜果有情赞五老，葡萄之父最钟情。

爱农敬业非富翁，淡饭粗茶总清贫。

奔走乡村葡萄园，暮想朝思为振兴。

关工事业达巅峰，五老智库图共赢。

坚守初衷无所易，精神不老地生辉。

2022 年 8 月 17 日清晨

---

[1]　指福安市关工委、乡村振兴五老智库委主任林青。

作者（左二）与葡萄专家在过洋葡萄园

大黄鱼礼赞

——给闽东"中国大黄鱼之乡"

今天，官井洋海面十分平静
此时，大黄鱼的声肌仿佛异常发达
出发"咯咯""呜呜"叫声
大黄鱼念什么经，唱什么歌，渔民最懂
从新闻上知道大黄鱼人工养殖成功 30 周年生日
而立之年，大黄鱼如风华正茂的男人
也是韵味十足的女人
见证了耕海情爱过程的温度

女儿领男友第一次回家见父母
大黄鱼是丰厚的礼品
也是对初见女婿上门的大考
考出一份礼仪
考出一份孝心
从而一份千金难买的姻缘得到巩固

岳父边看电视，边跟初来乍到的女婿聊天
侃侃而谈，咯咯笑声带来心身畅快轻松
岳母被女儿爱情故事逗得前仰后合
一直挂在脸上的是如花笑容
可以想到，他们是多么爱女儿女婿
也爱鲜亮如黄金鳞般的大黄鱼
仔细端详大黄鱼

关爱正逢时

新岳母面沐春风

我突然很想喝酒
与大黄鱼碰杯
与官井洋对饮
与美丽的三都澳，不醉不归
我很想对朋友们说
我爱大黄鱼
一如我深爱山海闽东

一条大黄鱼载着闽东人的渴望
一片海浪见证三都澳走向成功
啊，大黄鱼
呼唤着海的儿女从这里
扬帆起航借东风
让世界良港不再空感慨
天湖藏宝，宝落腰包中
经济文化旅游相交融
大黄鱼成为宁德一张名片
新的光彩，新的追求
大黄鱼的美丽故事
必将接续传唱在中国黄金海岸

2021 年 4 月 10 日于韩城

第六章
进肺腑之言

　　2022年，福建省政协原副主席、省关工委常务副主任陈增光、福建省委原副秘书长、办公厅主任李育兴在福安市关工委主任林青及乡村书记陪同下，与坂中畲族乡仙岩村民族实验小学师生一起欢度"六一"儿童节

　　2022年8月，福安市乡村振兴五老智库委主任林青（右七）带领关工委、智库委相关人员在松罗乡天池草场调研乡村旅游工作，乡党委书记（右八）、政府乡长（右五）、旅游开发投资者肖江明先生等（右一）陪同

2020 年，福安市关心下一代工作先进集体和先进工作者颁奖仪式

为乡村振兴进肺腑之言助绵薄之力

一、调研概况

2021年8月26日，福安市乡村振兴五老智库委员会挂牌成立，至今6个月。

半年来，智库委林青、杨金柱、占翠霞、林庆枝、林平等老领导及蓝和鸣副市长等分别到福州、厦门邀请省里老领导召开座谈会。会上福建省政协原副主席陈荣春、陈增光，厦门市政协原主席陈修茂等商谈福安市乡村振兴工作发展大计，提出许多有益福安的真知灼见。与此同时，智库委在林青主任带领下，深入乡镇、村庄、企业调研，了解和听取基层干部对乡村振兴工作的情况汇报及来自基层第一线的意见和建议。

调研中，智库委五老们深入走访了北部上白石镇的曹洋、坑尾、西园、占西坑村，社口镇的坦洋村，潭头镇的棠溪、太逢、南岩、后洋村；西部康厝畲族乡的高台村，穆云畲族乡的上村村；中部坂中乡畲族乡的坑下、彭家洋村，城阳镇棕树山一带村寨；南部甘棠镇的过洋、大车村，溪柄镇楼下曲濑村，赛岐镇象环村，下白石镇的宁海村等11个乡镇19个村。

福安东西南北中，乡村振兴正逢时。

调研过程中，我们看到精准扶贫攻坚所取得的可喜成绩和乡村的历史性巨变，并了解掌握了基层巩固脱贫成果的有效措施。同时我们比较深度了解了乡村振兴路上爬坡过坎的艰辛，存在的突出问题，以此建言助力，为福安乡村振兴添砖加瓦，发挥余光余热。

二、成绩与问题并存

1. 可喜的成绩

其一是：调研所到之处，对学习贯彻中央农村工作会议及1号文件精神，思路清、方向明。明确三件大事：一是坚守耕地红线不动摇，饭碗必须装着中国粮。二是千方百计采取有力措施巩固脱贫成果，防止大规模返贫。三是站在历史新起点，吹响乡村振兴的新号角。

其二是：欣喜地看到了新换届的乡镇班子、村级班子干事兴业的良好精神风貌，特别村级班子"一肩挑"思路好、干劲足，年轻人风华正茂，敢闯敢干，既有长远谋划，又有民生实事安排，面对新形势、新任务、新机遇、新挑战，笃行不怠，敬业干事。

其三是：看到各村产业优势，一村一品有特色，诸如甘棠的茶苗、康厝的食用菌黑木耳，坑下的有机蔬菜，潭头的芙蓉李，赛岐、松罗、晓阳的葡萄。沿海一带发展龙须菜养殖，形成渔民增收致富支柱产业。如宁海村80%村民靠龙须菜收入奔小康。这些产业效益良好，让人看了印象深刻。

其四是：各地注重传统文化与现代农文旅创意相结合，文化兴村方兴未艾。比如坦洋村的茶文化，茶产业名扬四海。棠溪村乡贤聚集教育兴村，全村518名大学生汇集兴村智慧力量，组织乡贤78人撰写出版《棠溪记忆》一书，弘扬土乡文化，名声远播。

其五是：在如火如荼乡村振兴新征途上，涌现出一批先进人物，他们的事迹感人至深，催人奋进。比如曹洋村原村民主任郑阿奇同志，坚守村医岗位50余年，受原国家卫生部副部长、现任福建省委书记尹力接见并合影，荣获"全国优秀医生"荣誉称号。又比如社口镇关工委主任李健力同志，坚守工作岗位60多年，默默奉献于关工事业。坑下村支部第一书记林曦同志，在富春溪畔建立无公害蔬菜基地130亩，打造一村一品，坑下村被国家农业部授予先进村。他们用苦乐自知的"辛苦指数"换来山村群众满脸笑容的"幸福指数"。

其六是：随着物质生活水平提高，山村长寿者众，如群星闪耀。我们看到了80岁老人比比皆是，90岁老者亦不少见，百岁老人也不稀有。比如上白石坑尾村105岁老人郑冬莲，棠溪村104岁老人郑秀英，曹洋村100岁老人江金玉，她们身体健朗，手脚灵便，心脑清楚，福寿绵长。粗茶淡饭，练筋骨，可向深山问养生。穆云乡上村村委在福安市慈善总会指导帮助下还为老人办了孝老食堂。老来衣食无忧，乐享盛世幸福生活，我们十分欣喜地看到了又一幅乡村振兴新画卷。

2. 存在的问题

众所周知，乡村振兴是续写脱贫摘帽后的新篇章，是新的奋斗、新的生活、新的启程。面前山高路险，困难多多，矛盾重重，问题层出不穷。

从本次调研中，智库委"五老"们发现，乡村振兴主要存在两个方面的问题。一方面是随着农村经济发展，社会进步，城镇化进程推进，市场效益驱使，农村人口向外流动，劳动力流失，耕地抛荒，土地闲置深层次矛盾日趋凸显。这些问题多是过去遗留下来的"硬骨头"，甚为难啃，啃之费力，难以奏效。另一方面，在全面振兴新征程上，摆在乡村工作者面前有诸多问题：

其一是：乡村优势产业分布分散，项目资金安排不尽合理，人才、技术、设施，这些与产业高质量发展休戚相关的要素无法聚合，分散使用，像撒胡椒面。还有些部门对产业振兴缺乏共识，各吹各的号，各打各的旗，形不成合力。诸如市委提出葡萄产业、茶产业"2+N"发展路径，没有完全做到精准施策，抓示范，树典型，打造品牌工作没有很好落实到位。

其二是：农产品质量问题令人担忧，农药、化肥使用及喷洒催熟剂等不够科学，也不尽合理。

其三是：农产品销路渠道仍不通畅，带来农产品价格低迷，严重影响农民增收。比如2021年潭头芙蓉李鲜果，其价格跌落至市场"深渊"。

其四是：农业产业仍然极为脆弱，经常要面对自然灾害的袭击及市场残酷无情的挑战，在目前农村社会组织化程度比较低的情况下，首当其冲的依然是农民。

其五是：乡村社会事业发展严重滞后。智库委"五老"们在村庄调研，看到的是教育"空壳村"、医疗"空壳村"，空巢老人看病难，夕阳无限好，只是晚年愁盼多，设身处地替他们想想，甚为凄凉。

三、为乡村振兴进肺腑之言，助绵薄之力

圆梦脱贫，乡村振兴再启新程。

常言道："君子言思忠。"忠者，那是智库委"五老"们对党的一份忠诚。忠者，也是"老五"们忠于良知和初心。践行初心，为有效促进乡村振兴，进肺腑之言，此言皆为"五老"们内心真诚话语，是内心深处的一份热爱。人近黄昏阳夕，发挥余光余热，仅以绵薄之力，助推乡村振兴。

险山不绝行路客，水深总有掌舵人。困难再大，总能找到解决问题的办法。因此，根据实地调研情况，参与智库委调研的21名"五老"同志集体提出几点建议，仅供市委、市政府参考。

建议之一：抓示范，树品牌，攥紧产业优势"组合拳"。

福安30万亩茶叶，70%农民涉茶增收。8万亩葡萄，20万农民受益，撑

起农业产业半壁江山。

抓产业示范提质增效，打造特色品牌，成为当务之急，也是农业现代化的有效路径。茶叶扭住对准社口、甘棠两大茶区；以葡萄为主的果业瞄准紧盯赛岐、松罗、晓阳产区，建立示范基地各100亩，集中人力、物力、财力加以扶持。抓紧抓实赛岐葡萄物流园建设项目。同时，甘棠过洋葡萄基地是习近平总书记当年走过的葡萄园，留下光辉足迹，当地畲族群众称之为"总书记的葡萄怀情"。此点示范，务必聚集力量，加以提升，早见成效。此外，水蜜桃、芙蓉李、脐橙、杨梅、晚熟龙眼是福安的品牌水果，要进一步补齐技术、设施、营销等短板，使其日益强大起来，而不是眼看其衰弱下去。同时，蔬菜、食用菌产业，诸如康厝高台村黑木耳生产前景看好，让乡村振兴产业发展找到一个新的发力点。

因此，建议市委、市政府成立乡村振兴产业项目资金协调小组，为的是集中优势力量，在项目资金安排、技术人才布局上形成合力。真正做到把产业项目放在正点上，把扶持资金用在刀刃上，人才技术跟随项目资金走，让市委派出的乡村振兴指导员、服务员、科派员和成千上万的乡土人才在农村第一线施展才华，干出新业绩。

建议之二：引人才，聚乡贤，振兴路上要有"擎旗手"。

乡村振兴，人才先行，有了可用人才，事业无往而不胜。

乡村振兴征途漫漫，唯有人才为本。招商引资，尤其是吸引乡贤回韩投资。对经商办企业者来说，除了环境宽松、政策利好等条件之外，最重要的是当地领导者的感召力和影响力。一般情况下，乡镇是取决于党委书记，村级是看村支部书记。这些一把手可以感召擎旗手回归家园。有擎旗手回到家乡，带头举旗，可以吸纳乡土人才在旗手身边，有人指明方向，干事一往无前。由此，不愁乡村不振兴。

因此，建议市委、市政府把招商引资招揽乡村振兴擎旗手这项软任务化为硬指标。市里要求乡村主要领导一年里或任届中，引回乡贤若干人，回归投资兴业，让这些乡贤"大腕"领跑当地乡村振兴。诸如城阳镇陈茂春乡贤投资棕树山，带富一方百姓。又比如甘棠镇刘春华先生回乡投资办两家科技电子企业并捐款造桥修路，捐款办教育基金会等。

建议之三：接地气，重培训，乡村振兴不离"土秀才"。

乡土人才是村里的宝贵财富，也是广大农民身边的"宝贝"，往往与农民致富唇齿相依，不弃不离，坚守到老，他们是永不撤离的农村工作队。

这些农村人才，脚不离土，人不离村。比如成千上万村级农业技术员。从广义上说，包括当下村里寥若晨星的村医、教师等。还有任村干部以及退下来的村干部，都是乡村振兴过程中值得挖掘和使用人才。他们经验丰富，想干事，能干事。

面对新任务、新形势，这些乡土人才自身素质急待提高。从思想上、能力上、技术上、经营管理上都需要重新"洗牌"，让他们思想正，立志向，长见识，增信心，强能力，跟上新形势发展。

因此，建议市里要预算一笔培训经费，加强对这批"土秀才"进行培训。培训方式可以"请进来""走出去"，这种方式生动有效，值得推广。

"请进来"就是请外地专家学者来福安授课，拜师学习，学得新技术、新管理办法。"走出去"就是到外地去观摩，去取经，学先进。学得真本领，回来直接使用到实践中去，立竿见影，带动一方。

建议之四：口袋富，脑袋富，振兴路上甘当"清道夫"。

乡村振兴是前无古人的宏伟事业，既要金山银山，更要绿水青山；既要口袋有钱，更要脑袋有"货"，物质精神文明一齐上。乡村重在绿色发展，在发展中保护，保护好传统文化遗产，要在保护中发展，治理环境污染，清洁卫生，健康生活，邻里和睦，和谐共存。

房前屋后皆风景，一枝一叶总是情。

甘当"清道者"是要清理振兴征程上的一些思想障碍，特别是乡村现实存在的一些保守思想，懒散意识，还有一些人像阿Q一样，令人怒其不争，哀其不幸。这些人为数不多，但危害极大。我们要以"清道夫"的恒心和耐性，从思想意识上清理其障碍，使其向阳而生，从立志扶智上，把这个人立起来，促其行动起来，使他们跟上乡村振兴之步伐，早日勤劳致富。

甘当"清道夫"就是要防止农产品污染水质污染等，做好环境卫生。现实中，不少村落客人来了，打扫一下，客人走了，卫生很差，垃圾乱堆，蚊蝇滋生，危害健康。

因此，建议市里或乡镇政府要组织定期或不定期检查环境卫生工作，开展比学赶帮活动，掀起全市环境卫生打擂台，让"清道夫"们展示风采。

建议之五：说一千，道一万，乡村农民最喜"实干家"。

常言道："牡丹花好空入目，枣花虽小结实多。"

乡村农民最喜"结实多",最喜干出实绩,让群众看得见,摸得着。

上白石镇曹洋村村民主任郑阿奇,既是村干部又是村医生,坚守50年,荣获"全国优秀医生"称号。今年换届换上新支部书记郑雄斌,新书记引回乡贤郑君銮、郑智鹏回村办企业,全村3200亩茶园,立志开发管理330亩茶园为示范基地,推广茶叶新品种金牡丹、铁观音效益好,身边茶农跟着干起来。甘棠镇党委书记刘星贵上任至今一年多,带领干部下决心治理整顿莲城,办了许多实事深得民心。引乡贤,乐捐资,成立教育基金会;建食堂、办伙食,为全镇留守儿童送午餐。此举把教育铸魂育人事业落实到关键点上,甘棠教育事业焕发新气象。

乡村振兴路上,广大农民群众最喜欢想实招、干实事的干部。在基层,我们了解到,不管是在乡镇,还是在村里,有一批干部一身正气,不怕苦,不怕累,不怕得罪人,一心一意干实事,干出新成效。由此,有些基层干部群众说,这批硬骨头干部最怕软"舌头"。不公正的唾沫可能掩盖了他们的政绩,组织考核晋升时,群众担心这批好干部被党组织遗忘了。

金杯银杯不如百姓口碑。口碑好者,堪当大任。

福安市乡村振兴五老智库委员会

2022 年 3 月 17 日

2022 年 7 月 27 日,福安市委常委、统战部部长缪碧华(左二),市政府副市长蓝和鸣(右一)听取乡村振兴五老智库委员会工作汇报,市关工委主任林青(右二)、慈善总会会长林庆枝(左一)参加

新时代新征程关工事业
铸魂育人的前进号角

近日，中央办公厅、国务院办公厅印发了《关于加强新时代关心下一代工作委员会工作的意见》，要求各地各部门结合实际认真贯彻落实。

福安市关工委主任林青及时引领全体关工人员，认真学习文件精神，关工人如沐春风，备感振奋，深受鼓舞。大家边学边悟，深刻领会"铸魂育人，筑牢广大青少年思想根基"这个核心要义。通过学习，大家一致认为，要抓住这个绝好历史时机，切实把文件精神化为工作实际，有效推动新时代关工委工作高质量发展，在新的伟大征程上，干出新业绩。

高举铸魂育人之旗，以新风貌踔厉奋进新征程

坚持立德树人，以广大青少年思想政治工作为核心，深入开展思想道德教育活动，引导青少年听党话，跟党走，感党恩。开展"强国有我，请党放心"系列活动，以实际行动，创新发展的工作业绩，迎接党的二十大胜利召开。

30多年来，福安关工不断探索，实践，奋进，走出一条符合福安工作实际又富有特色的关工之路。按照习近平总书记"广大'五老'是党和国家的宝贵财富，是加强青少年思想政治工作的重要力量"的指示精神，广泛动员更多"五老"参与到关工事业中来，发挥他们的特长和优势，广泛宣传老同志的先进事迹和崇高精神，让"五老"们在广阔关工舞台上，真情奉献，老有所为，发光发热。

在助力乡村振兴路上，福安关工委竭诚尽力为农业老专家搭建起了充分施展思想才华的工作平台，为福安农业产业高优发展，造势提升，建功立业。比如，对福安葡萄支柱产业发展献谋献策并亲力而为。特别在抓试点示范、技术培训工作中，福安关工委主任林青探索并长期坚持服务三农的好路径——"请进来，走出去"。这一条经实践证明的农村工作经验，得到了农村

广大带头致富青年及农民朋友响应和践行推广。"请进来"就是请来外地专家上课堂，下田地，手把手教农民，农民从专家手里接回致富"金钥匙"，从中学深悟透新技术、好经验，以此开启广大农民脱贫致富新门路。"走出去"就是组织引导农村致富青年到先进地区学技术，学管理。它山之石，可以攻玉。外面世界很精彩，从中长见识，增信心，回乡直接大干快上，创造创新，讲实效，出成绩，让农村有识有为的青年人挑大梁，勇当先，示范带动一大片。

以新风貌展示新作为。福安关工委领导，特别是林青主任为福安乡村振兴殚精竭虑，守正创新，行稳致远，首创成立闽东第一个"乡村振兴五老智库委员会"，旨在动员更多"五老"同志参与到"智库"中来，在乡村振兴工作中，深入调研，出谋献策。认真悉听农村干部群众对乡村振兴工作的建议和意见，同时，也发现基层工作新鲜做法并将其加以总结提升。与时代合拍，时刻把握乡村振兴工作重点，特别对乡村振兴智力投入上，有思路，有新动作。比如计划筹建成立"乡村振兴坦洋学院"，为乡村振兴提供后续人才支撑，真正做到"急党政之所急"。以其"五老"之余热，助推建言，并以中央两办46号文件精神为总遵循，提出富有含金量的工作建议方案，使关工委工作得到市委高度重视。市委周祥祺书记指出，要把关工委工作放在心上，扛在肩上，落实到点上，全体福安关工人为之增添动力和干劲。

展现新风貌，要把握广大青少年心理脉络。当前，福安关工委面对青少年存在的种种社会问题，尤其是青少年心理咨询工作，应运而生的"福安市关工委青少年阳光心理咨询中心"得到了广大家长、青少年和社会各界的大力支持。目前，校园存在青少年心理焦虑，烦躁不安，心灵极为脆弱，经不起困难和挫折。一些孩子家长说不得，老师批评不得，时而走向极端。还有一些失学青少年在迷茫之中失足，参与黄赌毒，走向社会反面。此类问题造成家长发愁，社会增负。动员更多的人救助这些青少年于生活生命悬崖边，成为当务之急。

众所周知，心者，人之魂。少年心理学，深不可测而又大有可为，任重道远。以情感化少年之心，以爱输导少年之怀，是为铸魂育人之要点，也是立德树人之大观。福安市关工委阳光青少年心理咨询中心的工作者，他们以急青少年之所急为前导，以解青少年之所难的师范者姿态努力学习心理学之要领，躬耕于心灵园地，取得了富有创造性的工作成果。目前囿于缺乏专业心理咨询师，工作力量严重不足，因此，建议市里及时充实两三名事业编制人员到服务中心来工作，不辜负全省"特有模式"之期望和闽东创举之业绩。真正让广大青少年心中充满阳光，心理咨询疏导如良药贴慰心灵，从而激发青少年昂扬向上，茁壮成长，早日成才，奏响新时代关工委工作主旋律。

推动关工委"想青少年之所需"工作高质量发展，以新作为关爱青少年，赢得"五老"人格魅力

基层各级关工委各项事业都要围绕青少年筑牢思想根基为主线，真正从思想政治上增强青少年作为中国人的志气、骨气和底气。要做到"三气齐升"，务必认真学悟习近平新时代中国特色社会主义思想，让这一伟大思想入心入脑，深深扎根广大青少年心灵深处。大力宣扬共产党好，社会主义行。躬逢伟大时代，心系青少年，未来属于青少年。换言之，江山属于青少年，他们是中国未来可期可望的社会主义建设者和接班人。

在纪念中国关工委成立 30 周年大会上，顾秀莲主任报告主题是："30 载坚守初心担使命，新时代托起朝阳育新人"。可见，关工人都是托起朝阳育新人的关爱者，其工作无上光荣，其品格无比崇高。热爱青少年并服务于这个青春群体，为其成长辛勤耕耘，甘为人梯，必将赢得广泛共鸣。

福安这块福气氤氲的热土，处处传颂着红色故事，红色基因代代相传。要使广大青少年真正知行合一，致良知与善行，吾心光明。以此为基调，扣好人生第一粒扣子，树立三观正气能量，让青少年真正追求崇拜国之功勋者为明星。要使广大青少年懂得英烈们用鲜血换来的幸福生活来之不易。因此，红色革命故事要年年讲，月月讲，天天讲，做到心中有"闽东延安"，有"福安井冈山"，有红军洞，有九家保感人故事。引导教育青少年从小立志爱党爱祖国爱人民，守正道，走大道，当主角，懂感恩，不负少年志，当好小主人。

市乡关工委要常怀关爱之心，以情感召人，让更多乡贤，特别是感恩于党的好政策率先致富的经商办企业者，捐款物，献爱心。要大力宣扬他们的事迹，并授予贡献者以精神荣誉。

要进一步用好用活教育基金所有款项，让捐款者放心，让受助学子满意。当下，要把甘棠、城阳、晓阳等地承办教育基金会的办法经验宣扬出去，让更多地方和部门了解教育基金会办法模式，各有千秋，各具特色。建议新的一年工作要有新作为，必先要有"教基金"。真正把教育基金会成立与否、运行好坏视为关工委一项"硬核"工作。要进一步探索基金管理使用成功经验，

并将其成功者的生动实践推广开来，让各乡镇、办事处及相关部门和村街社区，从中得到学习和借鉴，以此来凝聚"想青少年之所需"的合力成效，达到全社会都来关心、爱护、鼓励，帮助更多莘莘学子走进校园。以关工人应有情怀，让福安蓝天之下所有孩子都有学上，上得起学，学得安心舒畅，真正做到"一个都不能少"。

想青少年之所需，把奖师（山村教师）助学作为关工委工作一项"硬核"成效来考量。这里最为关键的是，要积极主动争取党委政府高度重视和支持，尤其是在基金会创始阶段，离不开党政领导精心策划，离不开组织筹措，离不开领导对乡贤们的感召力。要得到党政领导重视和支持，首先是基金要有垫底资金，此笔资金应为地方财政列支。有了政府财政资金，就可以打牢根基，以后可向各方筹措资金，可谓锦上添花，踏实运作。否则，基金会随时间推移而运营艰难，很容易陷入无源之水、无本之木的被动状况。因为，仅仅依靠个别乡贤及企业主，资金来源是不够稳定的。经商办企业者受市场风险影响，某些人事变动，难以维系基金会运行之始终，也难以让人看到未来光明之前景。因此，关心下一代教育基金会谁来办，谁为主，谁配合，依靠谁，为了谁，此关系到关工委工作之大事要事之问，也是新时期关工事业的时代之问。此问可以问出精神之源头，事业之根本，这事源头矛盾解决了，事情办好了。"五老"们的工作声望及格魅力，就会从这项留人口碑，让人没齿难忘的光荣事业中得到提升，彰显新时代"五老"们应有的精气神。

树立关工委工作品牌，致广大而精微，精准发力，塑造典型，彰显福安特色

坚持以铸魂育人，筑牢广大青少年思想根基为根本要义。要从福安实际出发，集中"五老"有限且宝贵的时间和精力，宁精勿滥，突出重点，抓好品牌，凸显特色。特色最需要用心去打造，精心去包装，使之成为福安独特。

从福安现有情况看特色，树典型。以下三个工作品牌值得大树特树，也是新时期福安关工委工作一道亮丽风景。

其一是福安满园春色中，一枝独秀的民族教育。此项特色工作，有资源，有优势，有基础，有人才，最具特色。其二是青少年心理咨询，携手救助"五失"青少年工作，有优势，有经验，有温度，有能力，完全可以打造全省乃至全国不可多得的品牌。其三是广泛动员和团结"五老"凝聚在乡村振兴

旗帜下，建言助力，试点示范，乡村振兴路上有深厚情怀，有较高威望，有雄厚的科技人才力量，是闽东乃至全省独树一帜的工作品牌。

新时期关工委工作者是铸魂育人的"五老"们。这些老爷子们胡子里长满了故事，他们因关工事业而走在一起，发光发热，有所作为。大家深知，理好思路站好位，老来岗位也忠诚。非主角，是配角，非主力，是助力，更要考虑自然规律带来的身体衰老的实际情况而量力而为，行为有止，敬畏客观。

关工千万事，重点抓两三。

抓品牌，树典型，可以做到四两拨千斤。高品质，重质量，擦亮新品牌，以点带面，带来全面提升，业旺人清爽，心也轻盈。

民族教育，福安特色。福安畲族人口全省名列第一，全国闻名。畲族青少年成长成才，需要匠心设计，整合优势，合力作为。宁德民族中学在福安，福安市民族中学在坂中，坂中畲族乡仙岩小学是一块"瑰宝式"品牌，精心包装，可以再度提升，必将亮丽闪光。习近平总书记主政闽东时曾经两次亲临校园留下了光辉足迹，并对民族教育发展寄予厚望。这所学校又获国务院授牌表彰，如一颗山村教育明珠。该校校长能，教师强，学生素质好，完全可以担典型，挑大梁，塑造成全省乃至全国闻名校。我们完全有能力适当整合宁德民中，福安民中一些有效资源，包括资金项目、设施设备及师资力量等等，只要相关部门心力到位，携手并肩，精心培育，这颗民族教育的明星，明天必将更加璀璨夺目。

由仙岩小学延伸至城区实小、福安七中、福安八中，确立这些中小学为品牌试点，更使新时代福安关工委工作跃上更高水平。

心理咨询中心，携手心理疏导，救助失足青少年。还有乡村振兴人才智库，建言助力。完全可以借如火如荼的乡村振兴战略之东风，特别是今年党中央1号文件之含金量，可以以此为指针，精准发力，确定一些调研项目，写出一两份重量级、有见地的调研报告呈交市委，引起重视。其品牌必将富有声色，以其响亮新时代关工事业的历史时空。

乾坤容我静，庞杂任人忙。静而生智，思之则灵。抓典型，树品牌，不在于多，而在于精。守阵地，建平台，勇于创新，贵在精益求精。干出精品业，新年树起新典型，彰显福安气派，福安风范，福安应有的风貌和声响！

本人近读《中国火炬》，其介绍全国各地"五老"风采事迹，从中领悟到这些"五老"个个"老骥志",人人"老黄牛"。这些英雄好汉中,有两位"五老"同志我印象最深,思之久久难以忘怀。

一位是泉州市台商投资区洛阳镇关工委主任陈德杉。他一生就讲一个故事即千古洛阳桥。他长在桥边,洛阳桥的故事他讲了30年。他让更多青少年及游客了解这座"海内第一古桥"的传说,其故事闻名全国乃至世界。陈德杉主任荣获联合国"教科文杰出贡献奖"。

另一位是广西壮族自治区防城港市防城区关工委副主任黄永腾,他坚持与青少年共护国界碑66年。原来这块与越南交界的国界碑周围杂草丛生,满目沧桑。黄永腾看在眼,痛在心里。他退休后策划的第一个活动,就是护界碑。他来到自己工作过的小学,找校长说要做志愿者,成立护碑小分队,与青少年共同保护国界碑,并讲述护国碑故事,著书立说留给后人。护碑就是护国土,护爱国之心。护界碑活动实施至今,已先后带动边境2万多学生参与,激发了广大青少年爱国热情。中国关工委主任顾秀莲赞道:"黄永杉守诺66年护国碑,真不容易啊,是功臣。"

黄永杉今年83岁,一生一世做一件事,正如袁隆平院士一生一稻一粒米,何其壮哉,何其美哉!

从陈德杉、黄永腾两位"五老"身上,得到业在于精,不在于多的工作品牌效应,从中得到启迪:只要永葆初心,使命在肩,必显特色。这个特色可能会成为独特先行,以其示范之力,聚合之力,把福安关工委工作推向新的高度。

站在新高度,吹响新号角,福安全体关工人,将以全新姿态,踔厉奋进新征程。

宏旨礼赞

　　2022 年元月 24 日，福安市关工委主任林青带领全体关工人员学习党中央、国务院关于加强新时代关心下一代工作"46 号文件"有感而作。

　　好雨知时节，震耳宏音响于雷。宏伟知行远，爱洒天地九州沐春风。树雄心，立壮志，培养青少年，人人锻炼一身硬骨气。培新苗，似园丁，甘做新时代老黄牛。不负韶华擎火炬，唯愿江山万代红。

　　顶层铸令剑，神州万里竟争雄。五老早行动，乡村街巷留身影，赤胆红心抓铸魂。新时代，新开启，初心不改鼓与呼。手牵手，心连心，千秋功业属关工。

　　春风又绿富春岸，韩城涌动血一腔，心也热，情也烫，五老摩拳争上阵，部分擦掌挂新装，党委政府同一奋，地方令剑待成书，可期书写壮丽新诗篇。

　　福安关工业，名响天下知。而今领受新宏旨，百尺竿头更进步。用心用力更倾情，传薪火，强国自有红领巾。扶正苗，赤诚心，学本领，中华正许强国梦，党放心，国希望，江山是人民，寄托少年心。

　　新文件，树旗帜，伴随东风传万里，大江南北涌创新。举头白云景，眼观赛江潮，福见福安福祉红。红故事，如火种，星火燃胸中，闽东延安英烈魂，续根脉，铭记福安红土地。

　　手捧红头文，句句含金量，字字振精神。深领悟，出实招，踔厉奋行，携手并肩，踏上新时代关工列车启新程！

2022 年元月 25 日清晨

与光荣的使命同行

——略论新时期关心下一代工作

今日的青少年，五六年后便是热血青年，十五六年后人到中年，他们是祖国和民族的栋梁。由此可见，立德树人，关心下一代工作使命光荣，新时代召唤着关工人凝聚力量，主动去助推同行。

这种同行，是在党委政府一如既往的领导和支持下，以当参谋和助手为前提，学习领会习近平总书记指示精神，在上级关工委指导下，进行再学习，再调研，再落实，发挥余热，建言建策。让"五老"们的建议和良策，尽可能走进决策层，到得采纳，以培养好社会主义事业忠诚可靠接班人，这就是关工委工作的最大成绩。

这种同行，来自"五老"们一如既往的热爱和执着。一滴水能够反映太阳光辉。见微知著，小善举，让感知趋向悲悯，小服务，让心灵趋向美德。这才是关工工作要点所在，价值所趋，思路所向，至上行动。

这种同行，来自全社会一如既往的自觉行动。唯有自觉自愿，方可先知先行。行善不言悔。经商办企业者，沐浴党的好政策，致富思源，富而思进，善心可鉴赤子情。比如以陈茂春、陈荣华、刘茂见、冯伟强为代表的福安爱心乡贤们，新时期的关工工作，需要他们持续发力，以做到细水长流不枯竭。

关工委要努力做到"精准助学，精准奖学"，原有"撒胡椒面"的方式务必随形势变化而迅速改变。可以举所有社会捐赠之力，与相关部门及捐赠者协商，精准助学奖学者名单，这些名单要层层把关，精而又细，如精准扶贫户一样，严格建档立卡。一定在"准"字上形成制度，持续坚守，那么，势必点燃感恩之心。善心举大义，誉从口碑出，关工委工作将会更加名声斐然！

这种同行，来自对农业科技一如既往的挚爱和依恋。实施种子工程，其实是一种爱农情怀寄托，授之以鱼，不如授之以渔。关工委从中提些建议，添些助力，增其合力。与其亲力亲为，心身苦累去解决一个个具体棘手问题，不如通过"五老"们的资深威望，与相关部门达成一个共识，形成一个合力相融的种子工程工作制度。有章可循，工作效果一定会更好些。

要做到上述四个方面"同行"，关工委必须：

做好思想上的准备。与光荣使命同行者，唯一可与天空比高远的，是人的思想。思想产生思路，思路开辟出路。新时代要求，用习近平总书记指示精神武装头脑，从中自觉换洗思想。思想是行动指南，按其行动，才能站立高处，想到深处，干在实处。

思想萌生责任，责任务必有序，如同四季，有了春之华美，必有秋之硕实。

做好工作上的准备。凡事预则立，不预则废。新时期，要紧紧围绕"助推助力"，牢记自身职能定位。扎实推进"小心愿，微服务"这个实践证明正确的工作方针，真心实意为广大青少年办些"五老"们力所能及的好事实事。要照顾好广大"五老"们的心身健康，遵循自然规律，量力而行，行而保重。世间工作永远都有目标，没有终极。事业只有更好，没有最好！

做好队伍上的准备。今年正值基层换届，选择调整关工队伍，让一些相对年轻的荣休人员加入关工作队伍，此为当务之急。万事在人，人选好了，万事生机，充满活力。

领导我们关工委的核心力量是各级党委，指导我们基层关工委工作的是上级关工委。要从基层实际出发，乡镇办事处关工人员一身兼数职，工作起来主角配角分不清。但是，不管是主角也好，配角也罢，关工委工作是一份荣誉，也是责任。人员换届到位了，要及时提醒当地党政领导提供必要工作条件，这样，才能取得更佳的绩效。

做好情怀上的准备。加强学习，自我修养。学而知之，学而善言，学而增长见识，学而开阔胸襟。关工人的情怀是一个身份的温度，是一个组织的温度，是一个团结和谐集体的温度，也是整个人类共同关心下一代的温度。有了情怀，人生才可能获得崇高的意义。凡事缘于情怀，成于能力。只要关工人心中有道，心中有情，心中有爱，老来也有些许建树。但是，此建树与在职岗位上迥然不同。而今退休了，从康乐出发，小有作为，知足常乐，心身葆养，方为上策。

从来没有一滴水能够成为大海，没有一个春天不拥有万紫千红。在新时代万物生机勃勃的春天，从来没有一朵花是丑陋的。祖国的花朵，民族的希望，初心不改，牵手未来，让我们与关工事业的光荣使命同行吧！

2021 年 5 月 1 日于韩城之北

　　2022 年 8 月 4 日，福安市关工委临时党支部以"追寻红色记忆，喜迎二十大胜利召开"为主题，在松罗乡南溪村九家保开展主题党日活动，林青主任参加（右八），松罗乡乡党委书记钟文（右九）陪同

关于对福安市委工作的几点建议

近日看了福安市委第十五次代表大会的报告送审稿，并参加征求意见座谈会，本人对福安市委能够团结带领全市广大党员群众，牢记嘱托，感恩奋进，勇当宁德高质量发展的"领跑者"，一以贯之践行初心，担当使命，奋力谱写全面建设社会主义现代国家的福安篇章，表示高度赞成。对福安市委新班子的工作指导思想、工作思路、工作措施，以及只争朝夕的精神，奋发有为的状态和求真务实，改革创新的锐气，表示由衷敬佩！

为了福安整体工作提升新水平，在工作中有衔接，补短板，以利于全方位推进福安高质量发展超越，借此机会，本人提出如下几点建议：

一、成立智库平台，助推乡村振兴

为了广泛动员广大"五老"参与乡村振兴工作，构建高层人才聚集智库发展新格局，福安关工委联合慈善总会等涉老部门，按省里智库委员会要求，计划成立福安市智库委员会，以此为工作平台，团结"五老"同志，开展调研，提出建议。由此为福安市委、市政府提供决策参考，为推动乡村振兴焕发"五老"人才创造活力和创造潜能，把福安打造成为"智慧"城市。

二、注重产业发展，建立示范园区

做大做强农业产业，以茶叶、葡萄为主，全面发展水产、食用菌、蔬菜、中药材、林下经济等。

长期以来，本人特别关注福安葡萄产业高优发展。为了进一步提升全市8万亩10万吨葡萄高质量发展，建议在晓阳镇、松罗乡、赛岐、甘棠等地建立高标准优质果示范园区。按现代农业科技要求，应用栽培新技术和先进市场营销手段，确保现有福安葡萄亩产在1.5万元的基础上翻一番（即3万元），以此由来提高果农收入。

以示范园区树立葡萄产业成果为标杆，让广大果农知之不足，学有榜样，干有劲头，真正把广大果农对"美好生活向往"落实行动中，实现乡村振兴新目标。

三、擦亮发展底色，建设生态福安

绿色是高质量发展的最鲜明底色。坚持走绿色发展道路，让绿水青山常在，让生态与福安发展共赢。严守生态绿色保护红线，确保全市森林覆盖率逐年提高，为争创"国家森林城市"持之以恒努力，真正把绿水青山就是金山银山的理念落实到全体福安人骨血里及实际工作和劳动等日常行为中。建议市委把生态环境保护工作摆到更加突出位置上来，形成党政齐抓，部门齐管，全民参与，让福安成为山清水秀的美丽家园。

四、增进民生福祉，重视体育健身

要着力补足急需民生短板，要十分重视群众性体育健身工作。

福安体育健身人群广泛，受益面大。据了解，福安乒乓球爱好者就有3万多人。福安是乒乓球世界冠军陈新华的家乡，此为福安体育事业发展树立了一面旗帜，成为福安"体育强"的一张亮丽名片。陈新华先生曾经数次回韩谈及发展乒乓球运动事宜，特别是对建设福安乒乓球馆，以乡贤拳拳之心，迫切愿望，身体力行，但终不如愿。

近些年来，福安乒乓球协会及有关乒乓球爱好者，迫切要求在福安体育场附近新建福安市乒乓球馆。市文体局也有计划考虑建设乒乓球馆事宜。

此事办成，是为全民健身福祉，又为福安对外之形象。受益面广，影响力大。真正为福安广大干部职工和3万多乒乓球爱好者办了一件大实事大好事，必将为福安社会事业发展立下千秋功业。因此，本人建议在规划和建设过程中，市委、市政府给予高度重视和大力支持！

谨此呈上

福安市关工委主任　林青

写信两封给厅长

一

尊敬的黄厅长：

您好！

许久不见，不胜念念！

感谢您长期以来重视关心和大力支持福安农业农村工作，为福安乡村振兴注入新的动力。为此，福安人民感谢您，我这"80后"的老农友也感谢您。十分感激您对家乡事业作出莫大贡献。

如今，福安市委班子领导新上任，提出"牢记嘱托，感恩奋进，接续奋斗，勇挑大梁"。围绕"打造山水画廊，五福新城"战略定位和全方位推进高质量发展超越目标，在现有生产总值600亿元基础上，力争到2025年突破千亿元大关。新任市委领导思想开阔，干事创业精神饱满，勇于担当，积极作为。有知难而进的拼劲，敢为人先的闯劲，久久为功的韧劲，正唱响一曲"爱我福安，兴我福安"的正气歌。

在乡村振兴道路上，福安高度重视，聚焦农业，优化产业，抓住特色，继续做强做大以茶叶、葡萄为主，水产、食用菌、果蔬、中药材等全面发展的"2十N"特色农业产业体系，提高农产品的质量效益和竞争力，推动规模化、标准化、品牌化、企业化和信息化融合发展格局，提升福安农产品的社会知名度和市场占有率，实实在在提高广大农民收入。

因此，首先在福安现有8万亩，产量8.5万吨的巨峰葡萄上下功夫，做文章。有针对性选择在象环村、松罗乡、晓阳镇建立高优葡萄栽培示范区各100亩。以这300亩基地为典型示范，带动全市产区应用先进栽培技术，配套营销，运输，保鲜，加工，品牌打造。比如避雨设施改造升级，在原有棚高1.5米基础上提升到3米，棚宽5米，棚顶4米，顶侧开窗通风，每亩预算5万元之间。

按现代果园建设要求，建造连栋大棚架，有利于机械化作业，果农劳作方便，土地利用率高，又利抵抗自然灾害，更适合优质葡萄生长。此大棚每栋造价需要 9 万元左右 / 亩。

示范基地实行水肥一体化精准灌溉。据匡算，每亩约需 80 万元投入。

同时，要加强技术研发和培训工作，有效开展"请进来，走出去"技术切磋和经验交流，以接地气、开视野的农业农村工作方法，提升当下新型职业农民即种子工程的"种子户"的思想素养和技术水平。

食用菌是福安又一大资源优势产业。近些年来，食用菌办和市关工委科技委做了一些有益工作。在生产上闯出了新路子，让农民尝到了甜头。

首先是让农民和科技人员走出福安，请外地专家及菇农走进福安，拓思路，双向交流，活学活用，食用菌栽培面积逐年扩大。分期邀请省农业农村厅、省农科院、福建农林大学及周边古田、寿宁等地专家学者交流探讨，共同推动食用菌产业优质成规模发展。其次是加强培训工作，提高食用菌栽培管理水平，并且扩大对此产业宣传推介，让食用菌用处益处和致富效益渐渐深入人心。再者是建立示范区，在福安西部康厝乡高台村等地，现场示范，现场开会，以会代训，让菇农们看得见，摸得着，可学可用，效果立竿见影。

尊敬的厅长，福安宏图已绘就，正当扬帆破浪，福安农业农村工作任重道远，仍需您一以贯之地关心厚爱和倾力支持。

尊敬的厅长，无人不说家乡好，福建好福安。转眼我生活在福安已有 64 年，早已认同福安是故乡。64 个春秋如一日，福安人民爱我敬我关心我，福安山山水水适我宜我包容我，此为我有生之年莫大荣幸。每个人心中都有挥之不去的乡愁，乡愁使人倍觉乡贤亲，您是福安家乡大乡贤，您的睿智，您的能力，您的作为，您对福安人民的深情关爱，一举一动，一枝一叶，福安人感恩在心间，念念不忘。我作为一名名誉福安市民，也深深感佩您的赤诚之心，时时激励我这"80 后"老来更爱福安这有福之地，更关心农业农村事业发展。

尊敬的厅长，平生为爱福安好，俯仰流年 64 载，山水福安，锦绣河山，五福福安，福气绵长。人生最是有痴情，吾痴农业君最知，心心相印常依依。我知道您工作繁忙，我又感到与您言之不尽，好在纸短情长。在此，请让我转赠习近平总书记给厦门大学外籍教授潘维廉的回信中一句话：

祝福您及人家全家福安，一生长乐！

致礼！

福安市关工委林青　敬上

2021 年 8 月 5 日

二

尊敬的黄厅长：

您好！

许久不见，不胜想念！

想来总是忘不了您的热情好客，忘不了您的睿智谈吐，忘不了您一直以来对福安农业农村工作大力支持，关心厚爱。家乡人，乡土亲，爱乡情结系心头，连我这个"老福安"也常为之受感动，为之受鼓舞，为之受鞭策，因而干劲倍增。

这些年来，福安乃至闽东各项事业取得长足发展，福安农业农村工作紧紧围绕"机制活、产业优、百姓富、生态美"之目标，感恩奋进，坚定前行。新时代，新平台，站在新的历史起点上，特色现代农业不断发展壮大。如今福安葡萄已成为支柱产业，7 万亩，年产 8 万吨。力求高质量创新发展，重示范，抓推广，大力推行果园套种，立体增收，果品加工，有葡萄酒、葡萄醋、葡萄干，消费市场看好。高山葡萄美，美也是农业财富，让天下人享受不尽。松罗、晓阳政府打造精品葡萄，提出"吃我一串果，还你百年寿"养生理念。葡萄文化方兴未艾，写葡萄，唱葡萄，画葡萄，画册，著书，文艺演出，文化产品登堂入室，成为一道亮丽风景。

2019 年福安成功举办全国葡萄产业发展战略高峰论坛，会上荣获"南国最美葡萄小镇"（松罗乡）、"中国特色巨峰葡萄之乡"等称号。一年获得两块"国字号"大品牌，给福安葡萄产业人以极大鼓舞，增强了工作信心。

福安百香果在试点示范中，多点开花，逐步推广。从白云山麓晓阳镇到坂中彭家洋畲村，从溪柄镇篁尾村示范到穆阳西部桂林村试种，都初步获得成功。真正不负省长形象代言，做到振兴路上果飘香。如今，果园绿意盎然，处处硕果累累，成效斐然。

精心培育产业新典型，倾情倾力在甘棠镇过洋畲村建立葡萄示范基地。

该村习近平总书记曾经两次莅临，并与县乡村三级干部共同商议葡萄产业发展大计，留下非常宝贵的经验。如今，这里的干部群众将其总结提升为"总书记的葡萄情怀"。其事迹被广泛宣传，为产业发展插上金色翅膀！

欲兴乡村，先兴人才。大力实施农村青年致富"种子工程"。努力培养和使用一大批乡土人才，这些新型职业农民，包括回乡大学生、回乡创业乡贤人士，真正把农业科技旅游文化融合一体，增显效益。为此，福安市委提出"2十N"（葡萄、茶叶）发展模式，做强做大，变当年弱鸟为如今立志之鸿鹄。在乡村振兴路上，福安市尚有 15 个试点村。

为探索社会主义新农村建设有效途径，市委领导分头挂村抓落实，针对农业农村工作，立足山海，因地制宜，滴水穿石，久久为功，一个个美丽乡村崛起在福安山海间，使福安果业诸如葡萄、脐橙、龙眼、杨梅、水蜜桃、芙蓉李、百香果等，在一年四季中，犹如颗颗珍珠熠熠生辉。

长期从事农业农村工作，我体会到一种敬业态度，一种美好感受，一种路径追寻，一种崇高境界。说到境界，我想起了晚清时期王国维的话。他说，一个人成就事业，必须达到三种境界：其一，昨夜西风凋碧树，独上高楼，望尽天涯路；其二，衣带渐宽终不悔，为伊消得人憔悴；其三，众里寻他千百回，蓦然回首，那人却在灯火阑珊处。我想，这也是我们农业人在漫漫长路上追求卓越的真实写照。

新年到了，让我带上新年的美好祝福，衷心祝愿您在新的一年里，家庭幸福，身体健康，工作顺利，万事如意！

致礼！

福安市关工委林青　敬上

2019 年 12 月 29 日

试论"五老"精神的时代内涵

有人说，人都是从地狱走向天堂，不经意路过人间，走着走着，一晃就老了。在五彩斑斓的老人世界里被称之"五老"者，乃是一种尊称。

对关工委工作而言，归结起来就是围绕"一老一少"而展开。

"一老"即是关注老干部、老战士、老专家、老教师、老劳模，在党和政府工作大局中，为立德树人，关心后代当好参谋和助手，发挥余光余热。

"一少"即切实关心广大少年儿童茁壮成长，让他们坚定共产主义理想和社会主义信念，铸魂育人，做到红色基因代代传承，在党的旗帜下，时刻准备着成为社会主义建设者和接班人。

中国关工委在30多年工作实践中，总结出来的"五老"精神，是十六个字：忠诚敬业，关爱后代，务实创新，无私奉献。

在工作实践中，"五老"精神在中国大地上大放异彩，以其卓著的精神力量，推动着各级关工委事业蓬勃发展，以其新时代的精神内涵，按照新发展理念，使关工委工作达到一个新的高度。

"五老"本色是忠诚，敬业是一种心有所向的精神升华

"五老"精神是在长期工作实践中提炼出来的精髓，紧扣新时代脉搏，以"五老"初心底色，就是一以贯之对党无限忠诚，就是一以贯之对少年儿童无限关爱。

无论是在战火纷飞的岁月，还是在科学技术研究和推广最前沿，不论是在立党为公、为民服务政界事业作为，还是在兢兢业业、诲人不倦的杏坛上培育桃李满天下，"五老"们从来没有停下脚步，而是以无限忠诚于党的内在精神为动力，置身于百年风云之中，心系下一代，为党和人民立德树人当好参谋和助手，为党和政府工作提出建议，获得中华大地"立德树人"一个又一个大丰收。广大"五老"们心甘情愿地身体力行，实实在在做"拾麦穗

者"，以其精神感召力，堪称推动"两个文明"建设的光辉典范。

关心关爱，以行动成果彰显思者爱心的智慧

爱心也需智慧。

关心下一代工作，事关祖国未来。在关爱路上，"五老"们深知责任重大。现在的少年儿童心想什么？开展活动要达到什么效果？有限的助学金，如何使更多莘莘学子喜笑颜开？所有这些都需要潜心思考，需要智慧取胜。

近年来，宁德市关工委实施"小心愿，微服务"，典型经验得到推广，校园内外一片欢喜和赞扬。各地为关爱事业成立教育基金会。诸如福安市 2021年发放各项助学金超过 4000 万元，帮扶困难学生 3.65 万人次。福安关工委对背着母亲上学的王林慧等特困且意志坚强的学生，施行"全程服务"，资助他们上学，直到毕业找到工作。扶起一个学生，挽救一个家庭，树立一个典型，带动一片困难群体。

关爱事业没有休止符，任重道远。

当下乡村有千千万万留守少年儿童，这些新时期"少年维特之烦恼"，他们都在烦恼什么？还有多少"卖火柴的小女孩"需要得到关爱？

正是从这个意义上说，"五老"对少年儿童的真切关爱使"五老"精神从中得到升华，从而在神州大地上显得特别耀眼闪亮。"五老"精神始终如一，有着大道之行，天下为公的博大情怀。把这种情怀融入国家发展大局和人类文明大潮中。"五老"们从始至终，一代接一代，代代相传，从来没有忘记，所有工作出发点和落脚点都是为了关心下一代，从来没有忘记，中国梦要靠少年儿童来实现。

此为中国"五老"精神时代特质所在。

务实走在时代前列，创新是开启未来之门的金钥匙

在今天，中国关工委思想航标已经确立，精神旗帜在新时代时空猎猎飘扬。务实前行，创新发展，真正做到为党政之所想，急少年儿童之所需。

少年强则国强，少年进步则国进步。少年儿童学习、生活和心理疏导，皆渗透着无数"五老"们的汗水和心血。勿以善小而不为。少年儿童心愿中，有学习用具，有一双鞋，有一顶帽，有一本书等等，在立德树人的那棵大树上寄挂着无数的美好心愿，对未来憧憬怀揣无限期待。

有志气，精忠报国。有理想，未来可期待。少年儿童奋发有为，立志高远，扣好人生第一个扣子，立根正，成长成才，国家才有希望！

从小引导和教育孩子们插上智慧的翅膀，打开想象空间，紧跟时代步伐，拓宽眼界，探索宇宙，胸怀世界，立足报国，不忘感恩，用创新的金钥匙开启未知世界。

人类文明成果表明，对世界的认识，总是未知大于已知，用已知去开拓未知的伟大任务无比光荣地落在了广大少年儿童的身上。

春来花满园，朵朵花儿向阳开，"五老"是护花者。由此，老来紧跟新时代，共同唱响中华复兴歌。

无私奉献，是广大"五老"素履以往的人格力量

人类最宝贵的是人力资源，而贵中之贵者是无私奉献。

穷则独善其身，达则兼济天下。计利当计天下利。此为"五老"精神之境界。

老干部在行政生涯中，阅人无数。他们积累了丰厚的人脉资源，不为私者而今为公而尽余力。

老战士在战争年代或在和平时期，以其坚定的信仰信念和革命意志毅力，风雨无阻，勤奋努力，在来时路上开始了一次新的"赶考"。教坛执教，辛勤园丁，培育祖国花朵，成才一批又一批，桃李满天下，从而积累了铸魂育人之经验，成为少年儿童的心灵导师。还有千千万万老专家、老劳模，他们是共和国的功臣，人民心中的楷模。

无私才无畏。

"五老"们为事业助应有之力，进肺腑之言，心底无私天地宽。

"五老"们一言一行，情深义重，给无数少年儿童带来生活温暖、学习关心和心灵关怀。

党的十八大以来，习近平总书记每年都与少年儿童在一起欢度"六一"国际儿童节，勉励广大少年儿童努力学习，茁壮成长，早日成才，成为社会主义可靠建设者和接班人。他谆谆教诲孩子们：中国梦要靠你们来实现。总书记对少年儿童语重心长，字字千金，寄予厚望。

每年义务植树节，习近平总书记都与少年儿童一起扶苗培土，拎桶浇水，并与少年儿童亲切交谈。那话语，句句入心坎，如春风化雨，开启童心向党

向未来。那树苗，那培土，那浇水，浇灌培育出了一棵棵参天大树，成为党和国家栋梁之材。

"五老"精神是所有关工人的思想航标，成为新时代关工事业的行动指南。

人类活动经验表明，一切历史的精华最终都是思想凝聚成的精神力量。"五老"精神亦是如此，方显无限生命力。

莫道桑榆夕阳晚，红霞遍布洒满天。

"五老"精神为新时代关工事业而赋形，引领着关工人在百年大变局的历史交汇点上，为关心下一代，追梦赤子心，奋进不止步。

光荣与梦想同行！此为"五老"精神的时代内涵所在。

2022 年 6 月 11 日晨

2020 年，林青主任进京受奖回韩，福安市委常委、组织部部长尤锋云（右五）盛情迎接座谈并合影

试论新时期关工工作十大关系

一、前　言

如何进一步做好新时期关工委工作，是我们所有"五老"同志面临的共同课题。中国关工委成立 30 年之际，习近平总书记作出重要指示，进一步强调关心下一代工作发展的方向性、根本性和战略性，为基层关工委工作指明了前进方向，注入新的强大动力。

福安市关工委，30 多年来，坚持急党政所急，想青少年所需，尽关工委所能，坚持围绕中心，服务大局，积极进取，主动作为，用心用情投入各项工作，充分发挥广大"五老"的政治优势、威望优势、经验优势和典型示范引领作用。福安"五老"们，用高尚的人格教育少年儿童，用优良的作风感染少年儿童，用丰富的经验保护少年儿童，用无私奉献服务少年儿童，做到全体"五老"离休不离岗，退休不褪色。豪情一身汗，喜悦一路歌，谱写了一曲关心下一代的动人乐章。

为了适应新时期关工委工作的更高要求及新任务之需要，求得关工委工作的正确发展方向，求得关工事业向更高更好的目标迈进，我们必须十分清醒看到工作中的不足和短板。面对这些短板和不足，我们必须客观正视，坚持和把握好十个方面的原则性问题，而这些原则性问题概括起来就是新时期关工工作十大关系。

二、立德树人和中心工作的关系

立德，就是坚持德育为先，通过正面教育来引导人、感化人、激励人。树人，就是坚持以人为本，通过合适的教育来塑造人、改变人、发展人。

立德树人对党委、政府而言，带着根本性的任务，就是要大力加强青少年思想道德建设，深入开展青少年爱国主义教育，引导青少年听党话、跟党走，在新时代复兴征途上真正将"强国有我，请党放心"铮铮誓言落实到实际行动中。立德树人，就是要做到后继有人，培养和造就忠诚可靠的社会主义事业接班人。

可见，立德树人是各级党委、政府中心工作之一，而且这"之一"从思想上要高度重视，从行动上要贯彻始终，要持续发力，久久为功。要把立德树人伟大事业自觉融入党的各项中心工作中去，任何时候都不可忽视，不可偏废。

各级关工委都是党委、政府立德树人工作得力参谋和助手。当好参谋，要在工作大局上出谋献策，进肺腑之言。做好助手，要积极主动，特别面对新时代青少年新需求带来的新情况、新变化、新问题，及时提供建议给党委和政府研究分析，决策拍板，适时解决关心下一代工作中的实际问题。

因此，立德树人和党政中心工作是相互融合、互为促进、不断发现问题、解决问题的关系。

三、少年儿童启蒙和红色故事的关系

在广大少年儿童学习和生活中唱响红色基因主旋律，此为思想政治引领，让孩子们从小坚定理想信念，从而强化下一代政治责任，传承红色基因，讲好红色故事，编好红色故事丛书，引领青少年争做时代新人。

福安作为闽东革命中心，重要革命历史遗址遗迹多达64个，红色故事题材丰富。习近平总书记在宁德故事、福安改革开放故事、新时代五老故事等等，这些身边的红色故事深受少年儿童喜爱和欢迎。

福安"五老"人才济济，实力丰厚。之前讲红色故事报告团进校园、进工厂、进企业、进社区，重温红色经典，聆听红色故事已在全市蔚然成风。更为可喜的是，关工委领导亲自讲，"五老"骨干带头讲，一批青少年跟着讲，讲出广大青少年对革命、建设和改革开放的认同和共鸣，讲出了对革命先烈、英雄模范人物的崇敬，讲出了对党、对祖国、对人民的忠诚和对家乡的无限热爱。

实践证明，广大青少年多么需要红色故事滋养心身，他们可以从红色故事中汲取智慧营养，增添学习和生活的力量。因此，我们可以自豪地说，讲好红色故事是关工委本职工作，其职能任何时候都不可忽视。因此，务必加强而不是削弱"五老"同志讲红色故事这项十分重要的工作。要及时组织

"五老"同志编故事、写故事、讲出感人至深的红色故事。关工委所有的"五老"同志都应当成为红色故事员。今后可以制定一条不成文规定：不会讲红色故事者免进关工之门，真正做到"五老"人人都是红色故事员。

四、少年成长和普法教育的关系

关工委的神圣职责，就是保护广大青少年安全健康成长，预防青少年违法犯罪。

要参与社会治理，净化环境，为青少年成长撑起一片蓝天。关工委要大力助推普法教育向纵深开展，真正推进"未成年人零犯罪零受害"。先试点，后铺开。围绕青少年最关心最直接最需要的精神和物质利益方面问题深入调研分析，分门别类地对广大青少年切实采取关心、爱护和安全保护措施。比如对乡村留守儿童，必须纳入市里安全保障体系；对于农村学校，要加快寄宿制学校宿舍建设等等。要像甘棠镇党委、政府那样把学生吃饭和住宿问题切实摆上议事日程，采取一系列生活困难救助、心理障碍疏导措施，做到食宿有保障并对学生开展情感抚慰和心理咨询，走进孩子的心灵世界，了解他们所需诉求，尽可能给予满足。做到学校满意，家长放心，得到人民群众广泛赞誉。

就关工委而言，要深入开展"五老普法"宣传活动，积极配合未成年人保护社会治理体系创新，指导爱心企业建设行之有效的帮教基地。同时对"五失"（失学、失亲、失管、失业、失足）青少年更要厚爱一层，真正编织爱心网，筑起防火墙，防患于未然。

青少年普法，校园是主阵地，配备好法治副校长，专职专人抓普法工作，以更专业的队伍抓好法制教育工作。法治副校长制，此为明智之举，应当全面加以推行。

五、心理咨询和青少年健康成长的关系

广大青少年心理咨询工作，是"国之大者"，事关祖国未来，此事非常重要，而又非常艰难。明知难者，奋力前行，在前进路上，取得了成绩，更属不易。

青少年心理咨询，就福安市关工委工作而言，是一面旗帜。八年磨剑，心灵见证，受到了学生、家长、学校及上级领导高度赞誉。

随着社会发展，物质生活丰厚，各种利益诱惑向青少年汹涌冲击而来。广大青少年心理正处于脆弱易变时期，经受不起多种多样来自社会、学校的批评和家庭的严厉教育，心情不好时，他们得不到关爱，得不到疏导，得不到救助，得不到抚慰，心里产生郁闷无助，引发一些过急行为，酿成家庭悲剧，造成社会不安。福安市关工委在闽东乃至全省率先一步，成立了"福安市关工委青少年心理咨询中心"。在中心里，心理咨询师们以心换心，设身处地走进青少年心灵中去，耐心疏导，以百折不回的毅力，抚慰一个又一个心理患者，让这些青少年重获阳光，重返校园。

唯其艰巨，所以难得。唯其艰难，更显荣光。

创新品牌容易，进一步托举品牌持续发力提升艰难，需要人才支撑。当下福安市关工委青少年心理咨询中心亟须加强心理咨询师队伍建设，而解决这些人事问题需要地方党委、政府给予重视和关怀。心理咨询工作人员需要参加业务培训，全面提高他们的业务素质，方可适应新时期工作的要求。

人才是万事之本，心理咨询服务中心也是如此。可以预见，拥有人才支撑的服务中心将会越走越远，知名度将越升越高，福安市关工委的名气将由此而越来越大。

六、乡村振兴和留守儿童的关系

众所周知，乡村振兴的落脚点在广大农村大地，最终归宿是致富农民，使农民从乡村振兴中提升获得感和幸福感。农民家庭幸福，才是乡村振兴的最终目的。

乡村举目皆是留守儿童，他们的教育和成长问题让人揪心。长期以来，福安市关工委对农村致富青年开展培训、指导、试点进行手把手式帮扶，取得巨大成效，但是，对实施农村留守儿童关爱保护、关爱结对子、建设留守儿童之家、组织"一对一""大手牵小手"等关爱活动做得还不够，即只是在"点上"，没有做好"面"上工作，留守儿童受益面十分有限。我们在工作过程中，从思想意识上没有真正认识到：帮扶、保护、关爱农村留守儿童也是乡村振兴工作的一个重要组成部分。我们之所以忽视或者遗忘了这些乡村留守娃，正因为我们还不够深入了解留守儿童生活和学习上的辛酸苦辣。他们有的是单亲家庭，有的是低保户，有的跟爷爷奶奶或外公外婆在一起，老人生病了还要这些留守娃伺候，爸妈在外地打工，一年难得见上一两次面。面对这种现状，我们内心愧对这些乡村留守娃。乡村振兴大力提倡人才振兴，人才从哪来？天上不会掉下人才。人才从教育中来，对乡村来说，人才就从千千万万留守儿童中来！因此，从现在开始，乡村振兴和乡村留守儿童工作休戚相关。乡村留守儿童首先要用情感去关爱，真正做到像抓产业、抓种粮一样，思想到位，措施到位，资金到位。唯其如此，福安成千上万乡村留守儿童才能逐步走出困境，安全成长，学以成才。

七、学习思考和领悟践行的关系

当前，举国上下都在轰轰烈烈开展学习习近平新时代中国特色社会主义思想主题教育。此活动旨在从学中思考，深刻领会精神实质，从而践行其思想，在新的伟大征程中干出新的业绩。

不知从何时起，福安市关工委有个工作惯例，每个星期一上午召开例会。这例会是学习会，又是工作会，规格高，要求关工委全体领导同志及办公室人员都得参加。即使无事，大家也围在一起坐一坐，聊一聊，十分亲切和充实。

学习应当学深学透，用心思考，努力领悟精神实质，努力践行"做其所说，说其所做"。要以用心思考去对待工作。实践证明，有思考的工作与没有思考的工作相较，效果完全不同。有思考的工作，有深度、有力度、有成效；没有思考的工作，泛泛而谈，是极其肤浅的，成效并不显著。换句话说，有充分用心思考或精心准备的工作发言，是言之有物，句句都说在点上，项项都落实在行动上。说是为了做，做就要求得做好乃至更好。光讲不做，肯定不行，光做不讲，埋头拉车，方向不明，效果不好。开会要务实简短，重在解决问题，避免讲得多，做得少，避免大话、空话。一个单位如果工作上的真话、实话都"躲"起来了，或者人云亦云，只听一种声音，那是坏事并非好事。关工委"五老"同志都经过风雨，见过世面，要虚心谨慎，学会讲话，话讲好了，更要学会做事，把事办实了，更重要的是大家都要学会把所办的好事情提炼好，概括好，总结好。那种"老猴拔姜始闻终弃"，到头来需要工作成果时两手空空的做法十分要不得！学会对工作分析研判，对事物由表及里，去粗取精，去伪存真，反复比较，找出规律性的东西，树立工作型，加以复制，得以推广。所以说，思与行，做其所说，说其所做，应当成为关工委工作基本方针。那种"河北做派"，夸夸其谈，万万不可取的！

八、树立品牌和宣传文化的关系

就福安乃至闽东而言，福安市关工委本身就是一个很好的品牌。"福安品牌"是30多年来以郑桂全、林青为代表的福安"五老"们长期坚守工作岗位，厚积薄发，守正创新，砥砺奋进打造出来的。特别是2020年在中国关工委成立30周年暨表彰大会上，林青主任被评为全国关工委先进个人，并且走进人民大会堂汇报典型工作经验，又把品牌建设提升到了一个新的高度，成为福安关工事业历史性的里程碑。

其荣誉无上光荣，其品牌无比亮丽。此品牌需要常擦常亮。

树立关工委工作品牌，致广大而精致，精准发力，塑造典型，方显福安本色，此为关工特色。

福安人拥有抓典型树品牌的天性能耐，古来如此，而今更甚。比如巨峰葡萄品牌、"坦洋工夫"红茶品牌和电机电器等品牌。从福安实际情况出发，抓特色，树品牌，尚有得天独厚资源条件，值得我们狠下功夫，精心打造，大树特树，这也是新时期福安市关工委工作一道十分亮丽的风景线。

风景这边独特有三：

一是福安满园春色中，一枝独秀的民族教育。此项特色工作有资源、有优势、有基础、有人才，最具特色。对现有闽东民族中学我们完全可以"借梯上楼"，与福安市民族中学（在坂中）及民族小学仙岩校连成一片工作试点基地，在此基地上，可以安排助学奖学，关爱微心愿及乡村振兴教育，人才试点示范。这里最重要的是，需要明确分工，安排充足的领导力量，用心去打造，精心去包装，久久为功，持久抓下去。不停顿，不易变，不贪杂，精益求精，突显特色，打造出国家级品牌。

二是青少年心理咨询服务工作。打造这项工作品牌空间无比广阔，我们在此项工作上稍微领先，有优势，有经验，有能力，还拥有一定的在外知名度。在此基础上，我们关工委再行重视，再下功夫，再予支持，这个品牌完全可以在全省乃至全国打响。我们可以边打品牌边宣传，边打品牌边提升工作特色和优势。

三是农村青年致富"种子工程"，在乡村振兴旗帜下建言助力，加强人才培训，精细抓好试点示范。这是福安最大优势，是以林青主任为代表的福安"五老"们对三农无限热爱的深厚情怀，兼有较高威望和雄厚的科技人才力量，是闽东及省里独树一帜的工作品牌。

关工千万事，重点抓两三。四两拨千斤，以点带面，全面提升，擦亮品牌，人也清爽，心也轻盈愉快。工作经验启示我们，"品牌打造升上天，工作快乐似神仙"。

九、爱心企业和助学奖学的关系

关心关爱，需要爱心企业人士走在前头，捐款捐物，挑起大梁。

如今，经过三年疫情历练的企业家们，坚强不屈，勇毅前行，在企业征途上，不怕市场挫折，克服道路艰难困苦，一往无前。在处境困难的时候，他们仍然不忘爱心，捐款助学奖学及资助关爱微心愿。每一场关爱活动，都达到了良好效果，每一笔资金注入，都使得千千万万莘莘学子喜笑颜开。让孩子们不忘感恩，感党之恩，感祖国之恩，感企业爱心者之恩，感父母之恩和念念不忘"五老"们的热心肠。

要切实管理好教育助学基金会，真正把有限资金用在刀刃上。

在关爱路上，"五老"们深知责任重大，任重道远，使命光荣。大家都有一个共同认知：帮助一个学生，扶起一个家庭，树立一个典型，带动一片困难群体。

从这个意义上说，爱心企业人士对孩子们的真切关爱，企业的社会名誉和效应也从中得到有效升华。更为难得的是，心爱企业人士几十年如一日，始终如一，奉献爱心。诸如陈茂春、陈荣华、刘春华、冯伟强等企业老总们，以其大道之行，天下为爱的博大情怀，为孩子们心里的中国梦注入了足够的爱心营养。

企业家们从来没有忘记，中国梦要靠少年儿童来实现。江山就是人民，人民就是江山，归根结底，江山属于未来的孩子们！

十、服务大局和建言助力的关系

关工委要紧紧围绕党委、政府工作大局，时时把握关心下一代工作的使命任务，深刻把握新时代主题，增强工作前瞻性、预见性，充分调动积极性，把握主动性。要切实着力加强青少年思想道德建设，引导青少年树立和践行社会主义核心价值观，支持和帮助青少年成长成才，教育广大青少年听党话，跟党走，感党恩。关工委"五老"按照党和政府中心工作，总体安排，大局部署，进一步弘扬"五老"精神，真正成为青少年朋友的知心人和引路人，青少年工作的热心人。

任何时候，任何情况下，"五老"们都要坚持党的领导，听从党的指挥，成为听党话、跟党走的积极分子。以党建带动关工委建设，把福安新时代关工事业全面推向新水平。

要真心实意深入基层调研，而不是"蜻蜓点水"；要切实减轻基层负担，做到轻车简从，解决一些实际问题，受到基层干群欢迎；要切实从基层群众中汲取工作"营养"，并且将这些"营养"消化吸收、整理提炼，形成有一定分量的调研报告。报告真正做到言之有物，有真知灼见，希望这些"有物"和"真知"得到市委、市政府领导吸收采纳，化为市里行政上主流声音，这才是下基层调研的目的所在。

进肺腑之言，贵在"肺腑"二字即传导真话实话。

助微薄之力，旨在"微薄"两字即发挥余光余热。

十一、整体队伍和个体素质的关系

"五老"是关工委工作力量主体，也是整体力量聚合。"五老"中有老干部、老战士、老专家、老教师、老模范，"五老"工作定位应是福安大地丰收后，充当一位勤奋的"拾麦穗者"即补缺补漏。积极不越位，主动不揽权。此为使命的召唤，时代的赋予，大家有缘走在一起共事，力所能及地为福安下一代做些小事。

按照中国关工委要求，要贯彻落实《关于进一步发挥"五老"队伍在加强青少年思想道德建设中的作用的意见》，进一步完善机制，发动更多的"五老"参与关心下一代工作。首先，要畅通参加关工委工作渠道，履行一定组织程序（如谈话制度、发文制度等），努力建设一支素质优良，人数众多，覆盖面广，结构合理的"五老"队伍。具体原则是：个人愿意原则、体能适应原则和力所能及原则。工作上实行集体领导和个人分工负责相结合制度。按此制度执行，各项工作有序可循，工作必有更好成效。

从整体上说，关工委应该是团结和谐、充满爱心的大家庭。"五老"同志应当加强学习，提高自身素养，要有"一日不学，面目可憎"的危机感。实践证明，向别人学习，向群众学习，向青少年学习，向时事问道，向智者问道，向长者问道，问自然规律之道，问实事求是之道，是提高个人工作能力的有效途径。与其整天活在别人眼光和评价中，倒不如抓紧时间充实自己，提升自己，活出有质量的晚年人生。要提倡"五老"工作之间相互鼓励而不是压制批评，相互帮助而不是干预拆台，坚持工作原则，而不是一味讨好，有意丢失原则。要提倡做老实人，办老实事，明辨是非，光明磊落，当面讲话而不是别有用心暗地嘀咕。要倡导团结和谐，有序可循而不是杂乱无章、临时抱佛脚的被动工作方式。要提倡"让人说话，天不会塌下来"的生动活泼而又心情舒畅的工作氛围。要有勇气去改变某些工作上的旧习陈规。否则，长此以往，将有鸿毳沉舟之危险。

千古江山万里云，世间真情最难寻。

要进一步增强"五老"个体工作荣誉感。这种荣誉感不仅仅是一种荣誉，更是对"五老"同志工作成绩的认可和肯定。此项工作不能左右支绌，顾此失彼。据有关人士测算，现代人特别是老年人求得精神上慰藉占80%，而物质层面只占20%，说明精神鼓励十分奏效。

要进一步增强"五老"个体使命感。这种使命感是不忘初心，强化内心责任的有机统一。有了使命感才是努力工作，退休不褪色，老有所为的精神动力。

要进一步增强"五老"个体归属感。这种归属感是每位"五老"同志的内心需求。心存归属感乃是人之初的本能，要让"五老"们觉得，走进关工委这个社会公益组织，以圆满画上人生句号，显得无比荣光。

岁月赠我两鬓霜。人生一世，两次"童孩"。

但愿关工委"五老"们不泯童心，快乐开心，可爱可敬又可亲。在关工委这个难得的平台上，心身健康，永葆初心，发热发光，发出好声音。福安"五老"，生逢其时，身倚关工，何其有幸，何其荣哉，何其美哉！

十二、结束语

关心下一代，是我国社会主义事业求得后继有人的永恒主题。正是这样一个伟大主题，30多年来，福安市关工委"五老"们筚路蓝缕，薪火相传，砥砺奋进，走过了沧桑岁月，不知感动了多少莘莘学子和社会各界人士。

豪情一身汗，喜悦一路歌。

本人是2019年9月19日来到福安市关工委，至今头尾五年即1378天。这说明《试论新时期关工工作十大关系》并非是一时心血来潮，而是日积月累，用心思考，真情流露的产物。当然，这对于当今气势如虹、波澜壮阔、无比崇高的"五老"精神而言，对于关爱明天，牵手未来，关心下一代茁壮成长的熊熊"火炬"历史传承而言，我仅是做了些小事而已。尽管这样，这种努力，这种执着，这种真诚，也同样为自己充实人生，寻求无边快乐。

如今本人年近古稀，双鬓斑白，两眼昏花，深知写作并不轻松，而又执着追求写点文字，时而发愤忘苦，时而乐以忘忧，乃是秉性使然。

我想，可能我是山间一粒不屈的种子，既然植于土壤之中，就得借春雨春风发芽、长叶、开花、结果。这果实，是一名老共产党员的初心所在，使命所求，是思想自觉的结果，更是内心责任驱动的结果。

2023 年 6 月 22 日端午节于梅兰斋

2023 年 5 月 10 日，福建省关工委副主任李元兴（左三）一行来到闽东革命纪念馆调研，宁德市关工委主任李过渡（左二）、福安市关工委主任林青（左一）等陪同

2023 年 5 月 30 日，福安市赛岐镇宅里村小学开展"六一"儿童节活动，图为小朋友们准备给"五老"们系上红领巾

乡村振兴的大趋势——崛起休闲农业

近年来，休闲农业悄然崛起，撬开了制约传统农业的瓶颈，拓展了农业发展空间。一些山水景色迷人、特色文化底蕴深厚的村庄，凭借青山绿水和地方特色文化，满足了城镇居民放松心情、休闲度假的愿望。品特色，观风景，一睹秀美山水的芳容。男女老少田园共乐；农家乐，风情游，山水民俗文化促农业提升。休闲农业，建在农村，惠及农民，融通城乡，必将成为现代农业发展大势，前景十分广阔。

一、多重发掘休闲农业

休闲农业是汇集经济、社会、文化和生态于一体的"全能产业"，其中生态是休闲农业最基本环境。"采菊东篱下，悠然见南山。""结庐在人境，而无车马喧。"宁静优美的自然景观以及纯朴的乡村生活和特色民族文化，可以将休闲农业提高到文化审美的境界。一般来说，常规型休闲农业都在城市近郊或风景区开辟特色园区，让游者入内采果、摘菜、赏花、品茶，享受田园乐趣。科技型休闲农业，是建立农业科普生产基地，饲养珍禽异兽以供游人观赏，同时提供时鲜果蔬等农产品以供品尝，并兼顾了科普教育之功能。度假型休闲农业这些年异军突起，其以森林公园、牧场、海滩、果园等特色吸引游人前去度假，领略自然生态的美妙乐趣。

基于立体多样性，休闲农业需要多重发掘。首先要以工业化理念经营农业，要像办工业一样办好"休闲农庄"，办好"家庭农场"，办好"贵族庄园"，壮大农产品加工业，不断延伸产业链，提高农业产品附加值。例如福安市白云山国家地质公园，当地村民在白云山脉延绵的南北地带种植近7万亩巨峰葡萄，并对接十里刺葡萄沟，延伸产业链，打造本土特色的"南国刺葡萄酒""九家红葡萄酒"生产基地。在十里刺葡萄沟，珍珠头上挂，玉带脚下走，游人络绎不绝，吃葡萄，品美酒，仅葡萄产值就近8亿元，成为闽东休闲农业示范点。其次，要突出打造农业品牌，推出亮相一批地方的主导产业和拳头产品作为特色品牌，赢得进入市场的通行证。福安茶叶品牌"坦洋工夫"结合本地畲族文化，突出特色茶文化韵味，做到畲文化搭台，茶经贸唱戏，上演了一出出地方特色的大好戏。同时，福安市凭借富春溪的灵动优美和以诗立县的历史文化底蕴，近年来一直在努力打造宜居城市，廉水富溪、天池睡莲、古刹佛光、金钟回响、远古桫椤、红茶故里、葡萄王国、绿竹家园打造"城在青山绿水中，人在鸟语花香里"，充分发挥休闲农业之魅力。再次，坚持以科技发展支撑休闲农业，充分利用先进科技改造传统农业，着力提高科技成果转化率。在农业休闲区建设中，通过实行阳光培训工程和确认科技带头人及给予科技成果奖励，培养了一大批留得住的乡土人才，并引导新生代乡贤返乡，积极投身休闲农业建设，保障休闲农业健康持续发展。由此，地方政府建立健全农业社会化服务体系，建设休闲农业所需要的各种资源要素，要向农村倾斜配置，尤其是人才、资金和信息网络建设。政府各项惠民政策要向休闲农业倾斜，真正做到基础设施下乡村，公共服务下乡村，社会保障下乡村，项目资金下乡村，为休闲农业发展提供内生物质基础。

二、重新思考农业效益

在传统思维定式中，农业是低效、分散的产业。在工业化、城镇化齐头并进加速发展的今天，传统农业"身架"显得十分单薄，有点弱不禁风之感。但是，从现代思维的眼光看农业，农业的效益是多样化、多功能、多方面呈现立体型的。特别是发展休闲农业，它的效益已经打破了传统农业效益观念，新型效益观念应当从人们思维观念中树立起来，从而对休闲农业的生态效益、社会效益和经济效益进行重新思考。

关于生态效益的思考。休闲农业的理念从某种意义上说就是生态农业。休闲农业兴旺发达首先是得益于宁静优美的生态环境，没有生态优美，或者在办休闲农业过程中破坏了生态母体，与休闲农业是背道而驰的。

休闲农业效益好，方兴未艾，其效益潜力就在于山水田园、蓝天白云及新鲜空气，就在于古村古镇、文化特色，就在于民俗民风、农家乐趣。特别是具有品牌知名景区的农庄和度假园，更是受到游人的青睐。效益就在于绿色风情，心仪环保，从原生态的粮、果、蔬、畜、禽、渔、花、草、海滩中享受农业风光和文化韵味，游人的消费水平与生态效益一同提高。这种效益是"金不换"的效益，是永续健康受益人们心身的效益，这就是新型的生态农业效益，值得大力提倡。

关于社会效益的思考。休闲农业是一项伟大的社会公益事业。我国目前每年已有节假日 115 天，人们三分之一的时间是在闲暇中度过。这个闲暇时间与西方发达国家水平相当。休闲农业可以使乡村人气得到提升，土地必将随之充满温度，大地成长丰收的希望。休闲农业又是城乡现实与未来人之心愿对接的迫切需求，山野闲泊，常常是人们向往的心灵憩息之地。在闲暇中，城里人恨不得让每一抹自然风光直抵心灵，把每一缕清风揽入胸怀。青山绿水拥有充沛的负氧离子，促使城市人对农村的向往与日俱增，休闲农业必将成为中国大农业发展的滚滚潮流，奔腾向前。

休闲农业发展顺应了新时代人的所向、所求。首先是食、住、行，其次是购、娱、游，还有更重要的是健身活动，陶冶情趣，休闲养生，同时可以促进大量人员就业，提高劳动者从业基本素质，社会主义新农村建设内涵本义从中可得实现。从休闲农业中可以引领社会全员走向进步和文明，其意义、其效益、其作用，业已超越休闲农业本身。

关于经济效益的思考。休闲农业最显著的经济效益，是城乡一体联动，主要是农民增加收入，大凡办休闲农业者，其经济收入都高于本土农民平均收入水平。农民离土不离乡，经济资本积累留在农村，这对于农业功能拓展和结构调整产生积极作用，并彻底改变了农业从单一农产品提供食物的状况，推进广大农民就业增收。农民不仅从中增加收入，而且改良生活习惯，改善生活设施，改变旧有思想观念，在与城里人交往中，有了商品意识和眼光，促进农业市场化拓展。同时，在城与乡对接中，学到了本领，有效规避农业风险，推进农业高效化发展。因此，休闲农业是当今农业的新兴产业，政府对其扶持日臻成熟壮大的同时，更要改变对农业效益的旧有观念，不能再认为农业是一低效、弱质的产业，农业就应该"为别人做嫁衣裳"。要彻底改变这种思想观念，就必须让休闲农业产值占应有的份额，国家优先发展政策方略上为休闲农业正确定位，使休闲农业从长期"低效、弱质"的劣势困境中走出来，在乡村振兴路上凸显应有地位！

三、与休闲农业相关的几个问题商榷

在未来休闲农业前行的过程中，必然会遇到许多困难和问题。事实上，

一些问题已经在办休闲农业中日益凸显，势必在发展过程中加以逐步解决。

一是办休闲农业的主体问题。广大农民是大力承办休闲农业的主体力量。农民不是旁观者，而是休闲农业的参与者。发展休闲农业，主力必须是农民。办农业，说到底就是农民自己的事业，没有谁比农民自己更了解自己，没有谁比农民更关心自己。休闲农业的伟力蕴藏于民心之中，特别是广大农民群体中率先富起来的佼佼者，是办休闲农业的主力军。农民辛勤劳动，用汗水换来收获，幸福归属农民。如果农民无心参与，或无法参与，那么，休闲农业必将成为无源之水，无本之木。

二是广大农业工作者在休闲农业发展大潮中，扮演什么角色？应该怎么办？进入 21 世纪，农业发展不能再用 20 世纪的思维方式去谋划去实践，必须站在新平台上重新审视农业的功能定位，应抛弃农业只是发展一产的惯性思维，找准农村产业优势，大力发展休闲农业，就是乡村新兴产业的客观指向。发展休闲农业势必对农业工作者提出严峻挑战。不论在思想观念上，还是在工作能力上以及知识结构上，广大农业工作者要进行再学习，再认识，再调研，再落实。农业情况变化无穷，休闲农业技术、工艺和相关科学门类繁多，广大农业工作者要改变观念，理清思路，重新学习，重构知识，再造能力，找准定位，好让农业工作者有思想、有能力、有技能、有激情地投身休闲农业的伟大实践中去，好让全体农业工作者在新一轮的农村改革中都有用武之地，大显身手。

三是发展休闲农业的终极目标问题。按隐形经济理论，休闲农业潜力大、后劲强、前景好，一旦机遇到来即可乘势而上。乡贤回归是开发建设休闲农业的生力军。田园将芜胡不归？实迷途其未远，觉今是而昨非。毫无疑问，休闲农业就是潜力经济，蕴藏巨大能量，是现代农业发展的大趋势。休闲农业的终极目标非常明确：以地方特色的山水吸引人，以特色农业发展受益人，以特色文化底蕴陶冶人，让世人在和谐的精神家园中，构建生态文明，精神文明及其农村的政治清明，必将让广大农民生活得更加富裕，更加幸福，更加有尊严，使更多的农民成为现代化农业的新型农民。这才是休闲农业发展之道，也是乡村振兴的康庄大道。

2021 年 4 月 21 日

　　2011 年，福安县委原书记、福建省委原副秘书长、办公厅主任李育兴（右二），福安市委原书记徐桂春（右三）在福安下白石晚熟龙眼基地参加采摘文化节活动，林青主任等陪同（右一）

第七章
随思妙笔

　　2021年9月6日至8日，福安市乡村振兴五老智库委主任林青带领相关人员在厦门湖里区温馨家园养老集团会议室举行乡村振兴工作座谈会。会上，老领导、老同事为福安建设和发展提出许多真知灼见，为福安全面高质量发展贡献智慧。图为厦门市政协原主席陈修茂（右二）、厦门市委原副书记陈炳发（右三）、厦门市水警区原政委李建海（左一）与林青主任（右一）亲切交谈

2012年8月，福安市关工委主任林青（左一）与福安爱心人士陈荣华先生（右一）商谈捐资助学事宜

2013年8月，福安乡贤陈茂春先生（左二）、倪华玲女士（右二）向福安市关工委捐款100万元。福安市关工委主任林青（左一）、副主任陈平玉（右一）参加活动

2022年5月24日，宁德市人大常委会原副主任、市关工委主任李过渡一行莅临福安挂牌成立"家庭教育基地"，福安市关工委主任林青（左一）、福安市政协副主席陈枝棠（右一）陪同

　　2022年5月，宁德市关工委在福安青少年心理咨询服务中心举行新时期家庭教育问题研讨会。宁德市关工委主任李过渡一行，福安市关工委主任林青，福安市政协副主任陈枝棠等同志参加

葡萄甜　天下知

◎ 李以训

福安市位于福建省东北部沿海地区，背山面海，濒临台湾海峡。由于历史的原因，福安交通闭塞，基础薄弱，经济落后，俗称"黄金海岸的断裂带"，是一个集"老、少、边、岛、贫"于一体的贫困地区。1988—1990年，习近平总书记主政宁德期间，针对闽东的三农工作及农业生产现状、资源禀赋和潜力前景，大兴调查研究之风，提出了"弱鸟先飞""滴水穿石""四下基层"等许多富有创见性的农业发展理念和方法观点，回答了推进闽东农业产业发展的重要理论和实践问题，留下了极为宝贵的精神和物质财富，引领了闽东农业的发展。福安作为习近平总书记当年的扶贫挂钩县，葡萄产业的发展正是在其三农思想的指引下发展起来的，以星火燎原之势，实现了从零到亿的突破，走出了一条葡萄强市之路。

福安葡萄伴随改革开放和农业产业结构调整，历经37年发展，经历了引种示范、扩大推广、普及发展、转型升级四个阶段，实现了从无到有，从小到大，从弱到强的产业局面，成为最具地方特色和优势的农业产业，成为农业增效，农民增收，农村发展的重要产业平台，成为南方新兴的葡萄集中产区，从福安走出八闽大地，迈向了全国。

全市现有葡萄面积7万多亩，产量8.5万吨，全产业链产值20亿元，品牌价值71.39亿元。全市有13万人的经济收入与葡萄密切相关，惠及3.2万户农民，从事葡萄生产的果农户均收入3万元，亩均收入1.2万元，人均依靠葡萄收入1万元以上，成为农村率先致富的群体，撑起了产区群众脱贫致富奔小康的脊梁。产业发展产区分布广，从沿海平原到内陆半山区、山区，整村整乡推进，形成了"大众创业，万众创新"的局面。种植的乡镇16个，占乡镇比例的88%，形成了一产、二产、三产相配套的现代农业产业体系，为福安市三农工作的发展作出了重要贡献。

一、书记思想明路径

20 世纪 80 年代，福安与闽东其他县（市）一样，农业基础薄弱，产业不突出，特色不鲜明，农作物生产单一，农村商品经济不发达，人们对农业产业结构调整还有许多思想禁锢，对"以粮为纲，全面发展"的理解不全面、不正确，农村经济发展停滞不前，改革开发思想不够开拓，对于产业怎么发展，农民如何增收，贫困怎么摆脱，大家都甚感困惑。在这改革开发的关键时期，针对闽东的区情，群众的愿望，干部的盼望，省内外的发展态势，习近平总书记及时提出了闽东三农工作的思想，作出了一系列重要讲话和指示，指明了闽东农业发展的方向、路径、举措，开辟了一条光明的前景。习近平总书记 1988 年 6 月到闽东上任，9 月就发表了《弱鸟如何先飞》一文，提出了"弱鸟可望先飞、至贫可能先富""闽东走什么样的发展路子，关键在农业、工业这两个轮子怎么转""我们要的是抓大农业""种果也是很有前景的，特别是具有闽东特色的水果应大发展""在农业上，靠山吃山唱山歌，靠海吃海念海经""小农经济是富不起来的""无论是种植，养殖还是加工，都要推广'一村一品'"。"福安县过洋村抓巨峰葡萄种植就使全村人均收入达 800 元，摘掉了贫困的帽子"，印证了习近平总书记说的"种果也是很有前景的"。1988 年 10 月，习近平总书记发表了《把握住新的机遇》一文，提出了"宁德工业基础差，但农业不差，可以说是念'山海经'发展大农业的地方""政策会对我们发展农业倾斜，对我们这个地区的发展是个新机遇""我们制定本地区的发展，还是以发展农业为主，先把农业这个基础培养起来""使广大农民通过发展现代大农业脱贫致富，进行基本的积累，稳步发展适合当地条件的生产体系"。1989 年 1 月，习近平总书记发表了《对闽东经济的思考》一文，提出了"农业是闽东的一个特色，也是一个优势""这几年闽东的经济实力有较大提高，其中重要的表现就是农业生产持续稳步的发展，农业从单一结构向多元化发展"。同年 3 月他在《为官一场，造福一方》中提出了"闽东过去靠农业，今后仍然离不开农业的发展，发展大农业是闽东坚定不渝的方向，是农民脱贫致富的根本所在"。福安葡萄产业的发展正是在改革开放的前期 1984 年大胆创新，勇于引进试种，排除杂音，认真组织生产，以事实说话，在取得成功的基础上，群众尝到了甜头。时任县委书记李育兴带领的领导班子积极支持农业产业结构调整，在政府部门的支持下，在农业、科技、科协与涉农部门的帮扶指导下，不断扩大示范生产，经过 5 年的努力，至 1990 年已在沿海的赛江流域发展起来，达到 5000 多亩的规模，出现了良好的发展态势，印证了习近平总书记的指导思想。

1990 年 4 月，在离开宁德前夕，针对闽东的农业情况，习近平总书记又发表了《走一条发展大农业的路子》一文，高瞻远瞩地提出了"对发展大农业的一些带根本性的问题，我们在整个国家的宏观格局内，必须有独到的'闽东思考'"。从宏观、微观上提出大农业，现代农业的一些思想、思路和举措，进一步解放和开拓人们对发展农业的思考，提出了诸多观点。他讲到"大农业是多功能、开放式、综合性方向发展的大农业""过去讲以粮为纲，现在讲粮食是基础的基础，好像都强调粮食生产的特殊位置，但实质上过去讲的粮食只是狭隘地理解为水稻、小麦、玉米等禾本科作物。现在讲的粮食即食物，大粮食观念替代了以粮为纲的旧观念"。在此文中他还提出了规模经营，生态效益，科技兴农，农村服务体系问题，农业商品观念，农业效益，开发农业需要大量的投入，高产、低耗、优质、高效的农业生产体系，品种改良，栽培管理，施肥技术，技术培训，农村的实用技术队伍，农民技术员，新农民，职业技术教育，商品经济带头人，政府对农民负责的制度，各政府部门服务什么等等。特别着重强调了"农业要实现三个转变：一是以资源开发为主逐步转向技术开发、产品开发的内涵型生产为主；二是以产量型生产为主转向以质量型、出口型、创汇型生产为主；三是以小商品生产流通为主转向以大批量生产、大范围流通为主"。在此思想引领下，福安各界人士认识到，农业要发展，农民要增收，产业是根本，效益是关键，必须走农业产业结构调整之路，走市场经济之路，走商品农业之路。1991 年起，福安每年平均新增种植面积达 3000 多亩，至 1995 年，全市葡萄面积达 2.0 万亩，特别是沿海乡镇，初具规模，形成了产业雏形，为产业的进一步发展奠定了良好基础。

二、突破禁区写传奇

"北有吐鲁番，南有闽福安。""南国葡萄之乡"，这是人们对当今福安葡萄产业发展的赞誉和感慨，曾几何时难觅葡萄身影，福安曾被划为不宜大面积种植葡萄的"禁区"。怀揣增收梦想，1984 年福安的"小岗村"——赛岐镇象环村的陈玉章等 4 位农民，大胆先行先试，开拓创新，率先引进了巨峰葡萄品种 6 亩于承包地种植，在科技人员的指导下，认真呵护，精心管理，获得成功，果鲜每公斤 4 元，亩产值达 3000—4000 元，是水稻效益的 5—6 倍，取得了从未有过的好效益。甘棠过洋村农民种植巨峰葡萄，全村人均收入 800 元，摘掉了贫困帽。这些实践和成效的取得，获得了北方水果南方安家的成功尝试，增强了农民朋友发展葡萄的信心和勇气。

我国的葡萄生产产区传统上位于长江以北，专家们认为南方地区气候高温高湿，病虫害严重，营养生产旺，果品质量差，管理难，不适合发展葡萄。质疑声里，福安科技工作者和果农不断探索，总结出了看中央台天气预报防葡萄病害的做法，趋利避害，尽力克服高温多雨等不利气候的影响，使巨峰葡萄大面积引种获得成功，登上了农业产业结构调整的舞台，踏上了多元化发展的道路。以赛岐镇象环村为中心，在赛岐镇各村逐渐发展开来，至 1990 年仅赛岐镇已形成近 4000 亩，全市 5000 多亩的生产规模。引种示范的成功，刺激影响了周边沿海乡镇和农村的农民，个个跃跃欲试，急于大展身手。至此，大胆引种，先行先试，初获成功，突破"禁区"，为福安葡萄产业的发展，开启了新的篇章，是习近平总书记解放思想，改革创新，大胆闯试三农思想的实践。

三、坚定信心断抉择

伴随葡萄引种的成功，由于良好的经济效益和市场需求，葡萄作为一种时令水果，当时在南方市场还是不多的，极大地调动了农民生产的积极性。广大农民急于寻找增产增收的突破口，纷纷果断选择以种植葡萄作为增产增收的新果种，把最好的水田拿出来种葡萄，掀起了葡萄发展的一个高潮。葡萄种植逐渐在农村经济较活跃的沿海乡镇扩大推广开来，发展高峰的年份，每年新植面积达 3000—4000 亩，亩产值提高到 4000—5000 元。到 2000 年，已发展到 25000 亩的规模，初步形成了一个新兴果业，为产区群众的增产增收发挥了重要作用。

为了扶持和推进产业的健康发展，1996 年福安市委、市政府高度重视，在时任市委徐桂春书记的支持下，市政府拨出 60 万元财政资金，对生产进行补助，使葡萄产业在沿海得到进一步发展，并向内陆平原地区延伸发展。生产的发展也带来了生产管理、运输营销上的问题，农业、科技等部门积极介入和加强服务，提出了科技植果、加强产业体系建设、加强服务等问题。开展了"巨峰葡萄品种引进，基地建设及综合配套技术的研究"，提出了"大苗移栽、计划密植、水平棚架、深沟高畦、科学修剪"等栽培技术和"预防为主、综合防治、合理用药、时间准确"的病虫害防治措施，并对基地建设、保鲜运输、采后处理等提出了一系列要求。该研究获得福建省1999年科学技术进步奖。与此同时成立民办"福安市巨峰葡萄研究所"，深入产区开展为民服务。由于产业的发展，福安成为农业产业结构调整和农业多元化发展的成功范例，成为南方葡萄产业发展的典型，被中国农学会葡萄分会认可。2000年7月，中国南方地区第二次葡萄学术研讨会在福安举办，国内许多著名和知名的专家学者参会并对福安葡萄产业给予指导，推进了产业进一步发展。此次会议后，11月成立了福安市葡萄协会第一届理事会，陈祖枝当选会长，有序开展了协会工作。2005年协会换届选举，福安市人大原主任林青同志担任葡萄协会会长。在时任分管副市长陈灼生和林青会长的领导下，福安卓有成效地开展了产业工作，葡萄发展迈入了一个新阶段。

四、强手林立试比高

历史翻开新的一页，进入2001年，这时福安市葡萄产业发展进入第三个阶段。到2015年葡萄产业规模达6万多亩，成为福安市农业的特色产业和支柱产业，成为产区群众增产增收的重要支柱，成为产区农村脱贫致富的重要抓手，为三农工作的发展作出了重要贡献。正如习近平总书记所说："发展大农业是闽东坚定不渝的方向，是农民脱贫致富的根本所在""种果也是很有前景的，特别是具有闽东特色的水果应大发展"。

百里葡萄海，万民致富源。在福安葡萄一马当先之时，周边省市的葡萄产业也快速发展和崛起，生产竞争，市场争夺也随之愈演愈烈，福安葡萄早期一枝独秀的局面已经不复存在，面临着"大军压境"和"内忧外患"的局面。许多制约产业发展的阻力亟待破解，如品种单一，熟期集中，避雨栽培滞后，套袋比例不高，果品品质不高，组织化程度低，追求高产，用药不科学，技术力量薄弱等，出现了果农效益不高，经销商亏本的现象。对此我们警醒反思，对症下药，求索实践，逐一采取措施，以现代果业的发展要求，解决产业发展问题。

品种选择。产业要发展，品种是关键。2002年以来，福安市引进了80多个品种，其中夏黑、巨玫瑰、维多利亚、黄蜜、黑峰、白罗莎里奥、摩尔多瓦、阳光玫瑰、沪太 8 号、桂莆 1 号等表现优异，当家品种优选巨峰普及推广。

技术建设。2003 年开展了"巨峰葡萄无公害规范化栽培技术示范项目"，2004 年"福安葡萄产业化关键配套技术研究"获省科技进步奖，2006 年省技术监督局发布实施了福建省第一个地方行业标准《巨峰葡萄综合标准》，2009 年"南方葡萄测土配方施肥技术研究及示范推广"获省科技进步奖，2011 年《巨峰葡萄综合标准》（品种、苗木、病虫害防治、鲜果）获省政府标准贡献奖。这些技术问题的解决推广，提高了福安市葡萄的标准化生产水平。

产品质量安全。2005 年，1.7 万亩葡萄获无公害产品产地认定，1.5 万吨鲜果获产品认证；葡萄协会加入了"全国葡萄病虫害防治协作网"，提高了病虫害防治水平。

品牌建设。2005 年"福安巨峰"获得国家工商总局产地证明商标，受理"TM"使用；2008 年"福安巨峰葡萄"被评为福建名牌农产品，2012 年"福安巨峰"获最具影响力中国农产品区域公用品牌葡萄类排名第一。2013 年"福安葡萄"获国家工商总局地理标志证明商标，2014 年"福安葡萄"获"中国农产品地理标志"，2015 年中央电视台、中国品牌促进会发布"福安巨峰"品牌价值 70.82 亿元。

内外交流。2005 年 8 月、2007 年 8 月、2008 年 8 月，在时任会长林青等领导多次带领下，先后组织农业、科技、乡镇、果农等产业人士前往浙江、上海、江苏、湖南等地参观学习，学到了许多先进地区的栽培技术、管理经验、品牌建设、市场拓展等产业发展经验。

专业研讨。2006 年 5 月召开了全国第十二届葡萄学术研究会，参会人员来自 25 个省，230 多人，收到论文 70 篇；2011 年 5 月举办"海峡两岸葡萄科技合作研讨会"，全国参会人员 200 多人；2016 年 8 月举办了"全国葡萄观光学术研讨会"。这三次会议的召开，极大提升和促进了福安市葡萄产业的健康有序发展。

产业推进。福安市委、市政府和农业、协会等部门多次组织召开相关年度的产业发展分析会和现场参观交流会，对果实套袋、避雨栽培、树体修剪、病虫害防治、高山葡萄、市场开拓、标准化生产等进行专题部署推进。

设施栽培发展。2013 年争取到省设施大棚建设面积 3800 亩，亩补助 6000 元，总补助款 2280 万元；2014 年争取到 3500 亩，补助金额 2100 万元，为设施栽培的全面推广奠定了基础。

产品包装。产品包装不断改进，商标设计不断提升，果品文化元素不断充实，中高端果品不断发展，保鲜储运不断提升。

产业文化。举办市、乡葡萄优质果评比，葡萄采摘，葡萄采风，葡萄节等文化活动，推进优质果品的发展和理念的深入。多次参加全国会议和优质果评比，连续多年获得金奖、优质奖若干，有力地推进了果品质量的提升。2015 年福安市政府在福州举行产品发布会，市长亲自代言，淘宝与福安葡萄正式合作。此间，大力开展技术培训、技术咨询，年均培训 2000 人次以上，大力普及科技成果，提高栽培技术和管理水平。

表彰荣誉。2006 年，协会被评为"全国科普惠农兴村先进单位""全国优秀农业专业技术会议"，葡萄基地被评为"全国科普示范基地"，一年内获三项殊荣。2008 年，被评为"全国优质葡萄生产基地"。2002 年，尤长铃当选中国葡萄协会常务理事。2008 年，林青会长当选全国果品流通协会葡萄分会副理事长。葡萄生产带头人郑柯发 2018 年被评为省劳模，专业技术人员李以训、王道平、施金全成为福安市葡萄生产上的主要骨干技术力量，做出了积极贡献，由于业绩突出被评上推广研究员。王梅凌同志成为产业文化宣传能手，硕果累累。

产业组织。生产、营销、运输、中介、农资、保鲜、冷藏、品牌等产业化组织程度不断提升，有力地促进了产业发展。此阶段 15 年来，广大业界人士不断创新创业，开拓创新，做了大量卓有成效的工作，使产业发展有了长足进步，稳定了产业，稳定了发展，使产业的转型升级有了充分保障。

五、转型升级促发展

福安葡萄自 1984 年引进，至 2015 年，历经 32 个年头，完成了引种示范、扩大推广、普及发展三个阶段。近 5 年来，面对现代农业发展的要求，葡萄产业发展的竞争进入了转型升级发展阶段。

加大投入。加大果园基础设施建设和示范基地建设，2017 年实施绿色高产高效示范项目，投入补助资金 400 万元，在 7 个乡镇 10 个村建立了连片 200 亩以上的示范基地，推广绿色高效关键技术 9 项；2018 年实施了绿色循环优质高效特色农业促进项目，投入补助资金 1980 万元，加强了果园道路、沟渠、设施设备投入，建立起了标准化示范基地 10 个，产品研发加工配套服务项目 9 个，质量管理和品牌运营建设项目 4 个，培育新型主体项目 3 个；2019 年实施葡萄有机肥替代化肥项目 25000 亩，投入补助资金 1000 万元。5 年来，获得设施大棚补助近 2.0 亿元，面积 35000 亩；累计获得各项建设示范补助资金达 2.5 亿多元。

加大科技推广力度。做到"五个"全面推广：全面推广钢构设施大棚栽培；全面推广果实套袋；全面推广增施有机肥；全面推广水肥一体化配套；全面提倡推广控产提质。"南方葡萄'五新'技术集成和推广"获得农业部丰收奖，科技开花结硕果，使福安市的科技植果水平得到全面提升。全省现代农业现场会在福安市葡萄产区召开，全国现代农业现场会在福建省召开，福安市葡萄成为现场参观的样板点。

加大品牌建设和宣传。2019 年，"福安巨峰"品牌价值达到 71.39 亿元，进入全国百强，排名 98 位，位列葡萄类第一。2017 年，获第十八届中国绿色食品博览会金奖，产品进入全国名特优新农产品目录。2016 年，"福安葡萄"被评为宁德市知名商标和省著名商标。同时松罗的"大棚闺秀"、晓阳的"白云明珠"、赛岐的"紫气东来"3 个产品商标知名度不断扩大和加强。各产区、各协会、各营销组织的产品包装设计不断推陈出新，果品文化、果业文化不断加强，促进了产品的宣传，推进了产业发展。央视等新闻媒体和现代融媒体报道精彩纷呈。福安市葡萄协会被评为"中国农村协会龙头协会"，是宁德市唯一上榜农业组织。福安被授予"中国特色巨峰葡萄之乡"，溪塔葡萄沟被授予"中国最美葡萄沟"。

加强产品营销创新。加大电商、微商发展，2016 年 7 月成立福安市葡萄产销联盟，葡萄协会与顺丰物流产销对接。2017 年 8 月，福建省葡萄产销联盟在福安市成立，2018 年福安市农产品（葡萄）新零售创立大会召开，来自国内的 50 多家电商、平台商、物流商、品牌策划商进行了交流和业务对接。2018 年、2019 年连续 2 年在福州举办葡萄产品发布会，以抖音等各种微商、电商形式，加强产品销售。2020 年建立直播带货电商平台，配套了直播间、培训、会议、业务洽谈、产品展示等设施，提供服务。加强"互联网＋葡萄"服务体系建设，与国内知名电商平台淘宝、天猫、京东、顺丰等建立战略联盟。本市营销主流"果之道"创新营销模式，为果农和客户提供配送服务，直达省内外，得到了省市领导和业界同人的认可，同时衍生了"农联""互助中心"等新的营销实体，电商企业达 60 多家。2019 年，全国县域网络零售

TOP100 位排行榜，福安处于第 32 位，其中葡萄占据了农产品主导地位，推动了产品的营销创新。

加强产后商品化处理，延伸产业链。2018 年建立了葡萄果醋生产线；2019 年召开了全国葡萄产业发展战略高峰论坛，建设了果品分拣包装流水线，出口香港等省内外市场，启动建设了葡萄汁生产线。同时，葡萄蜜饯、葡萄酵素的生产不断扩大和深化产品加工。开辟了省内外 11 条冷链运输路线，加强冷藏保鲜、仓储运输的建设，建立冷藏库 106 座，配有冷链运输车 100 多部，建立营销收揽物流中心 6 个，做到了果品配送省内 24 小时，省外 30 小时。福安市葡萄产业的发展，朝着习近平总书记指出的"农业要实现三个转变"（技术开发、产品开发的内涵式发展转变，质量型、出口型生产转变，大批量生产、大范围流通转变）方向发生了积极变化，取得了良好成效和显著业绩。

品福安葡萄，奔甜蜜小康。葡萄甜，天下知。着眼未来。行稳致远，转型升级，提高质量。未来，福安葡萄产业的发展必须站高看远，立足现有基础，以乡村振兴为目标，做到高起点规划，高标准建设，高质量服务，以党建带关键，加强组织建设，加强生产体系建设，推动产业高质量发展，为现代农业发展做出新的更大贡献。

2020 年 7 月

（本文作者系福安市农业农村局原副局长，农业技术推广研究员）

棕树山风景区赋

◎ 林德发

　　棕树山，疑是天柱凌霄殿，涧深岭峻，嶂叠崖巉，云蒸霞蔚，枫红松苍，花艳鸟鸣，流水潺潺，一派山林风光簇仙境奇观。

　　陈氏肇基祖嘉庆年间迁徙棕树山，历两百余年，生息繁衍，瓜瓞绵绵。此地乃穷山恶水，地无三尺平，路无一人宽，几无良田沃土，多为瘦垅瘠梁，黎庶生计维艰。为辟新乾坤，天降大任于斯人。前有列祖列宗劳苦躬耕，伐木崎岖，挑炭羊肠；后有英杰志士赴汤蹈火，满腔热血寄轩辕；今有鲲鹏展翅翱翔万里，炬绘鸿猷。斯人曾经筚路蓝缕，披荆斩棘，军旅生涯十五载，砺壮志，磨理想，敢教山河换新装。皇天终不负苦心人，神灵始共鉴大爱心，敬英烈，孝先祖，资贫助困恩泽莘莘学子，修桥筑路情系父老乡亲；报效乡梓兴国运，遐迩扬美名。

　　时逢盛世，春雷动，紫徽生，浴琼瑶，沐甘霖。一片新天地，数种异域情。左揽群山欢乐谷，右拂众峦棕树房。兴华楼可比瑶台摘星月，莲花洞堪与玉池藏龙鱼。康养庄园小鸟依倩影，黛凝禅院佛性养精华。欲揽尽天壤之锦绣，盎然生机必千秋。

　　奇哉！美哉！秀哉！壮哉！棕树山。

（本文作者系福建省作家协会会员、阳头办事处广兴社区党支部书记）

过年随想

◎ 李园

寒假了，我们等着过年。那时候家里很穷，家中烧柴禾，没有现在的煤气。孩子不会为家人做些别的，只负责砍些柴禾。我的老家在农村，村边上便是山，姐姐是承接年关烧用柴禾的角色，我帮衬着。日复一日地砍啊砍，家中空着的地方几乎都装满了，我们为一溜烟整齐充盈的柴禾而快慰，也为母亲将我们砍的柴禾烧了而抱怨。小孩的心理可以理解，只为那区区愿望而满足。

久违了，初一。天刚露晓，我们就起床，连吃饭都觉得费时，穿上早就想穿但父母非要初一早上才让穿的新衣服，不断审视起自己来，尽往低处瞧，看裤子，看鞋子，从不去照镜子。小孩也知道审美，但与今天的人有所不同。

我农村的老家是个大宅院，听前辈说祖先曾考取过举人、秀才功名，侍奉过府衙，也是大福大贵的大户人家。房子大得可以请小型的戏班在宅院里演戏，廊前木柱要两个小孩相拥才能合抱，屋子的窗台和檐沿都是画龙描凤或飞禽走兽。那时的孩子无心欣赏这些，只求几文压岁钱和能够穿上完整的一套新装，很多家庭穷得只能为孩子添上一件新上衣或一条新裤子。

大宅院里住着五六户人家，显得宽敞明亮。每到初一，我们宅院的中厅就聚集很多人，很是热闹。大人和小孩都围在一起，四五个一堆，七八个一团。我们小时候经常用硬币玩"献角子"的游戏，每个人都要拿出同样的硬币来，然后合在一起放在手上"献"，献生和背，把硬币献背了多少，多少背的硬币就归谁，没献背的硬币第二个人接着献，直到献完为止。

我们村有个小孩，人们叫他"半傻子"，因为他人长得高大，但衣服破烂，念书差，反应又不快。但他"献角子"的技艺却了得，他为了赢钱，经常钻研怎么"献"法，手放在粗硬的地上来回地磨，有时磨破了，血肉模糊。因为他练就了这手技艺，村中的小孩都不愿跟他玩，他显得很孤寂。

年过得真快，想留住都不可能。大人们不知怎么过的，小孩只管小孩的事，只是偶尔父亲输了几元钱，母亲生气，才会在饭桌上争执，我们才知道大人们在干些什么。

随着时间一天一天地逝去，年味越来越淡。工作的人工作去了，外出的外出了，我们也快开学了。欢乐的心情渐渐消退，人们又回到了平静，开始新的一年……

2021 年元月 31 日

（本文作者系福安市关工委副主任）

2022 年，学生家长给福安市关工委青少年心理咨询中心赠送锦旗。图为林青主任（右二），杨乃发（右一）、李园（左二）副主任与家长在一起

植物的手

——致青少年一代

◎ 黄曙英

这是一双手
一双神奇的手
是自然的造化
是变幻的魔术
孩子，这手
是恒心，是毅力
是坚定不移的执着
从土地中汲取力量
勇敢地向上攀登

她不知道
要去的地方多远
要走的路多长
向前，向上
是她意志的追求

小小的嫩芽
是她远行的旗号
翻飞的叶掌
是她远扬的风帆
一步一个履印
一丝一缕一片一行
一脉脉地延伸

小小的根须里
却蕴含着无限的壮怀与梦想

只要有一点光芒
何惧荆棘密布
她都会睁开好奇的目光
探究这世界的奥妙
当美丽的春风吹响号角
你会惊喜地发现
那枯竭的命运沙丘
又驶出了一片绿的方舟

孩子
这就是一粒种子的希望
一往无前，毫不畏缩
努力地攀缘，向前向上
向着更高更远的目标
顽强拼搏

这是一双手
一双植物的手
你的手是她变幻的魔术
是成长的艺术
是她无数神奇的创造
当我静静地凝视
轻轻地握住，暖暖地呵护
无限的憧憬与向往
随心旌放飞
听绿涛的歌咏
听翠微的荡漾
听不老的童谣

在故乡上空的月牙船上
摇啊摇

梦在你的手上
在你的心中
孩子
一如那永恒的绿
孕育着春声最美的合唱

（本文作者系福安市文体新局原办公室负责人，福建省作协会员，宁德市
作协理事）

飘扬的红绸带

——纪念我们的青春

◎ 胡小须

毕竟是涉世未深的孩子啊
站在迷失于月色的渡口
一粒微尘还略大于整个宇宙
心底的微澜泛起的是人世的悲欢
长夜里浮浮沉沉的光明与黑暗
交织成周身的美丽罗网

犹记得军训场上，那晶莹的汗珠
在你十五岁的额头
如闪耀的勋章镶嵌
如弧形的镜面投映着彼此清澈的容颜
如子弹，疾驰着
打从三年的青春呼啸而过
落入不可预知的荒草间

当我们回首
记忆如潮涌
我们踏过雪，追过风
我们穿过迷雾见过虹
我们在山河里挥手
我们在岁月中相逢

那些写在红绸带上的心事犹在

依然系在迎风的窗口飘呀飘
系在人去楼空的寂静长廊
系在锈斑如乱蚁的横栏杆上
向那蔚蓝的远空
而那些笑骂着追逐着打闹着的少年啊
早已开始长达一生的出走

青春的烦恼

◎ 蔡生龙

我是一枚
粉润胭红的水蜜桃
是天与地数月怀胎的女儿身

成长的路上
仿如蜻蜓在麦芒上荡秋千
随风飘舞的枝丫
时常挠伤我的脸颊
蜂蝶虫鸟，也从不同方向觊觎着
我的体香

不要着迷于
我光鲜亮丽的那一面
清脆香甜的一瞬间
也请关注
我的不易和烦恼

梦中的穆阳水蜜桃

◎ 黄曙光

你从云端走来
清泉左右相伴
白云山的日出
照亮你红彤彤的脸
幸福与甜美
是你初开的情窦
在蜜蜂的嗡嗡声中
散发着少女的清香

我是多情
贪婪的觅食者
梦中都能闻到你的体香
你垂涎欲滴的姿态
让诗情汹涌澎湃
久违的果香
不断变幻
你亭亭玉立的模样
我无法压抑
心动的欲望
渴望亲吻你的芳香
让你的甜蜜
带着我
梦回花果飘香的家乡

指　责

◎ 李园

　　我们常常会犯的一种毛病叫指责。在家庭中指责妻子、儿女，在工作中指责同事、部属，在生活中指责亲戚、朋友。

　　殊不知，指责多伤人。多少次的忏悔，多少回的追恨，又千万次的诘问和反思，就是改不了这个坏脾气。

　　指责，它疏离了夫妻关系，使亲子关系如同水火，使朋友关系反目成仇。

　　指责，是想用简单的方法改变他人，但《心理行为学》告诉我们，指责不仅不能改变他人的错误，反而会使他人在犯错点上的脑神经元更加连接，错误越陷越深，改变更加困难。

　　指责，是希望他人执行自己的标准，将自己的标准强加于对方。同时想证明所有的错都是他人的错，所有的不是都是他人的不是，自己是完美无缺的。

　　指责，是一种自以为是的自恋行为，它不顾及他人感受，漠视他人情感，它不仅是无能的表现，更是心胸狭隘、气量小、度量差的突显。指责不仅使自己的形象受损，还会把坏情绪带到团体里，是典型的自己办错事，影响他人来办事，促使团队办不成事。

　　指责，压根儿不是好东西。让生活远离它吧。夫妻间远离了它关系更密切，朋友间远离它情谊更长久，国与国之间远离它世界更安宁。

　　（本文作者系福安市关工委副主任）

尾　章

初心不改育新苗　八旬人生不言老

——林青进京受奖发言材料

我叫林青，今年 83 岁，来自福建省宁德福安市。1998 年退休担任福安市关工委主任，一干就是 23 年。今天，我以基层关工委"五老"代表的身份，参加中国关工委成立 30 周年表彰大会，深感十分荣幸。借此机会，我将 20 多年从事关工委工作情况向各位领导和同志们作个简要汇报，敬请批评指正。

一、不忘初心，坚持立德树人

闽东是中央红军长征前全国八大主要革命根据地之一，福安作为闽东革命中心，革命历史重要遗址遗迹达 64 个。习近平总书记在宁德工作期间，把闽东的锦绣河山、灿烂文化传统和闽东人民自强不息、艰苦奋斗、善良质朴的精神称之为"闽东之光"，并倡导"把闽东之光传播开去"。作为一名老党员，我们有责任、有义务落实好习近平总书记的重要指示精神。如何"把闽东之光传播开去"，我想关键在于抓好下一代的教育。我深知教育者首先要受教育，始终注重自身的学习，养成坚持学习、记读书笔记的习惯，把党的方针政策、习近平总书记的重要论述、青少年教育经典故事记录下来，作为向孩子们传播的生动素材。我凭借自己"老福安人"的优势，亲自上门邀请老红军、老教师加入关工委报告团，共同参与地方教育资源的挖掘工作，编写成中小学生喜闻乐见的特色读本，制作课件，到学校、到青少年中，讲闽东的红色故事、习近平总书记在宁德的故事、福安改革开放的故事，累计举办讲座报告 600 多场，深受孩子们的喜爱与欢迎。

二、心怀三农，助力脱贫攻坚

2008 年，福建省关工委开始组织实施农村青年致富"种子工程"。我是学农出身，有着深厚的三农工作情怀，我想这是我的老本行，我有信心、有决心把这项工作做好、做实。我几乎跑遍了福安 1880 平方公里 477 个村村寨寨，与农民群众结下了深厚的感情。没有工作经费，我多方协调寻求帮助，2013年开始，市委、市政府每年下拨 20 万元专项经费，支持关工委工作。我发动农业部门的老伙伴加入科技服务团，进村入户，上门送政策、送农资、送信息、送服务；在联合农、林、茶业等部门举办培训班、解决技术难题、指导项目建设的同时，重点抓好示范基地建设。多次邀请福建省农科院、福建农林大学专家教授到创业青年王丽希三姐妹创办的獭兔基地进行技术指导，帮忙解决资金、销路等问题。历经 10 年艰辛，王丽希的獭兔基地稳步发展，获评"国家级畜禽标准化养殖示范场"。12 年来，共建立葡萄、水蜜桃、獭兔等示范基地和联系点 50 多个，推广新技术 28 项，举办培训班 100 多期，培育"种子"490 多人，带动 7000 多户农民增收致富。这些"种子"在自己致富的同时，带动当地农民共同致富。如郑柯发，带动同乡村民返乡种植巨峰葡萄，全乡 358 户中就有近一半靠种植葡萄盖了新房。又如陈清，与 413 户困难家庭建立帮扶关系，实现户均年增收 3.1 万元。去年，两人都被评为全国"双带"农村致富青年先进个人。

三、帮困助学，呵护健康成长

我出身农民家庭，深深懂得知识改变命运的重要性，贫困孩子上学难始终牵挂着我。每次下乡调研，我都会在笔记本里记下贫困学生的家庭情况。为了不让一个孩子因为家庭困难而失学，我和关工委的同志们不断奔走呼吁，得到社会各界的大力支持。1999 年成立了福安市关心下一代基金，基金从成立之初的 50 余万元增加到现在的 1500 多万元，累计发放助学金 409 万元，资助困难学生 4354 名。2016 年初中学生王林慧面临失学，其母亲残疾，父亲患精神疾病，我们将她列为重点帮扶对象，一帮就是 5 年。今年王林慧带着母亲到福州上大学，我又多方协调，帮助解决她们在福州的住宿问题。

20 多年最让我感到欣慰的是，全市各地助学的广度和深度不断提高，在我们的积极推动下，2012 年福安市在全省率先出台《家庭经济困难学生资助办法》，每年由市财政出资 300 万元，资助贫困家庭学生。我们帮助过的孩子们不断成长，学会感恩，回报社会，传递爱心接力棒。"背起父亲上学"的王琳芳被评为福建省"孝老爱亲"道德模范。孤儿姐弟缪丽、缪勇大学毕业后，姐姐当了医生，时常帮助特困病人；弟弟当了老师，与贫困学生结对，经常利用课余时间义务辅导学生。

四、守正创新，拓展关爱之路

家庭是人生的第一个课堂，为了提升家长家教水平，2015 年，我多方奔走，不遗余力筹办"家长学校"。"家长学校"得到党委政府的重视支持，有了 200 多平方米的活动场所，购置了价值 100 多万元的教学器材，动员了本地 13 位有专业知识、有实践经验的专技人员和教师组成师资队伍，定期举办家教讲座，并积极邀请省内外专家为孩子们作心理健康辅导，免费开办贫困户子女智力辅导班。2018 年成立了"儿童之家"，我们发挥优势找资源、拉赞助，开展"大手牵小手""爱心结对帮扶"等活动。5 年间，进校园、社区举办家教讲座 80 多场，开展亲子活动 28 场，受益 6000 多人次。

2008 年，我因胃癌动了大手术，至今已经 13 年。我老伴是医务人员，多次劝我好好休息，不要过于劳累。但我总是想，我是一名老党员，党和人民培养了我，63 年的福安工作生活，福安就是我的家，我要以感恩的态度来对待我的工作，现在还能走动，应该为党和人民多做一些有益的事情。我觉得能够参与关心下一代工作，发挥自身余热，天天都很开心，都很充实，我只是一名"80 后"，我还要为我的梦想付出更多的努力。

闽东是习近平总书记主政过的地方，他倡导的"滴水穿石""弱鸟先飞"闽东精神，长期激励着闽东干部群众奋勇向前，争先作为。我将和同志们一起肩负这份荣誉、责任、使命，不忘初心，砥砺前行，以更加饱满的工作热情，用心用情为青少年健康成长增添正能量，以更加优异的工作成绩，向中国共产党成立 100 周年交上满意答卷。

最后，祝愿各位领导、与会同志阖家福安，一生长乐！

2020 年 11 月，林青主任获评全国关工委"先进工作者"并在北京人民大会堂发言

让福文化浸染幸福

2022年元月28日，福安市坂中畲族乡坑下村党支部第一书记林曦先生给我发来一组照片，其中有一帧美照让我反复端详，仔细欣赏：照片上是福安市关工委主任林青先生和其夫人黄一萍女士。此照背景是乡村青山绿水，竹建茶楼，楼壁中央悬挂一个繁体的"豐"字，两人面前各放置一篮子新鲜蔬菜，青翠欲滴。照片上，竹楼两旁挂着红灯笼，显得格外喜庆。夫妻俩相偎站在这绿色的喜庆中间，笑容可掬，容光焕发。

这一张照片，在我看过的所有林青主任与黄一萍女士合影近照当中，是最美的一帧。诚然，这仅是我个人有限的审美而言。他们无疑是给人们从心灵上带来了一种美感。

美，如日光下的珍珠，不论放在哪里都会闪光，让人愉悦。

这一天，福安市关工委迎新春茶话会在绿色环抱、风景优美的坑下村举行。会上，林青主任深情地回顾了60多年前，他刚到福安工作不久，在坑下驻村的艰苦。其时，正值国家三年困难时期，坑下村人吃不饱，穿不暖，记不清有多少人过着饥寒交迫的辛酸日子。而今看到坑下村翻天覆地的变化，感到十分高兴。林青主任感慨地说，我们大家身在福中要知福、惜福，深知今天幸福生活来之不易。

当下，福建省委宣传部大力倡导，全面开展"福见"福文化活动，全省上下积极响应。福安市委以本地特色福文化为底蕴，精心打造福文化，大力弘扬福文化，让福安福文化在乡村振兴路上彰显魅力。

众所周知，林青主任在福安工作了64年，他的足迹遍布福安1888平方公里的东西南北大地，他对福安的山山水水、一草一木充满感情，与福安广大干部群众结下深厚的情谊。从20世纪60年代开始，林青主任致力于农业农村工作，抓扶贫，建设造福工程；搞绿化，消灭荒山，福安成为全国绿化先进县；大干农业综合开发，瞄准八大产业为突破口，把福安三农工作推向一个新的里程碑。他特别关心青少年成长，福安市关工委工作被评上全国先进集体。2020 年，他被评为全国关工系统先进工作者并代表全国"五老"在人民大会堂发言，把"福安声音"留在了如此神圣的地，一举天下知。他一如既往心系广大农民生产生活，与广大农民兄弟交朋友，自称"老农友"，与他们同呼吸，共命运，心连心，手牵手，奋发昂扬奔走在乡村振兴征途上。

林青主任是福清人，黄一萍女士是福州人，两人携手并肩，相濡以沫，同在福安工作 60 多个春秋。福清者，福而清秀，富甲一方；福州乃是有福之州，省会大都市；福安乃皇帝赐名，可谓三福齐至，故而，林主任宅院名曰"三福居"。值此，我们如果把福文化视野拓展开来看，那么，他们夫妻俩 60 多年来脚踏福安"福地"，头顶福安"福天"，可以将其说为"五福齐全"，他们也亲身体验了福安福文化的福音。

在坑下村迎新春座谈会上，林青主任深有感触，侃侃而谈。他说，乡村振兴工作重心要放在产业振兴、人才振兴、文化振兴、生态振兴和组织振兴这"五大振兴"上，持续念好山海经，在福安特色果业、茶业、蔬菜、食用菌、林竹业和花卉等产业上持续发力，构建具有福安特色的农业新格局。

产业振兴融合福文化。要在福安原有茶文化、果业文化、竹业文化的基础上，开启食用菌文化、海洋文化、"五老"助农建言文化，把这些文化有机融入农业产品之中，尤其在市场销路、福韵包装上下功夫，并把美食文化包装得更好些，更精致些，让更多人享受到福安农产品的福味道。

人才振兴结合福文化行动。人才振兴是事业兴旺之本。要想方设法使人才在福文化振兴中日见丰满，人才兴旺在大力宣扬福文化创建中日显自信。按照中央两办关于加强新时代关心下一代工作 46 号文件精神，持续发挥"五老"作用，把"五老"当中更多人才发动和使用起来，奔赴福文化建设前沿，力所能及为福文化做些益事。诸如编福书，写福诗，画福画，剪福纸，讲述福文化的精彩故事，教育和引导广大青少年参与福文化建设活动，并教育好青少年惜福知福。由此，福安"五老"们可以在全省气势磅礴的文化建设中找到一席之地，从而大显身手。

文化振兴福文化。福文化是福安历史文化十分厚重的组成部分。要让广大市民形成福文化共识，参与到福文化建设中来，忆往昔，抚今福，幸福文化话幸福，从而教育广大青少年学党史，知党恩，跟党走，采写福文化文章，讲解福文化故事，让福文化沐露广大青少年心灵。

生态振兴福文化。一朵朵黑木耳，一畦畦青蔬菜，一穗穗甜葡萄皆是原生态，催生农产品低碳环保新的福文化。绿水青山就是金山银山，福安山海交响，交相辉映，唱响福文化。在坑下，在过洋，在高台，在松罗，在晓阳，在占西坑，东西南西北生态园，处处充满福文化。一篮蔬菜盛满情义，一盒葡萄装载丰收，一朵黑木耳给人身体降"三高"，惬意生活乐陶陶。健康文化就是福文化，生态文化就是财富文化，最能深入人心。

组织振兴福文化。政治生态文化包含了更深意义的福文化。从关工委顾问王毓荣老部长的"无欲则安"到林青主任的"农民之友"书法条幅；从福安关工委党建带关建工作考评到基层"五老"们，积极奉献的感人事迹；从献爱心、微服务到各级党委政府抓立德树人，塑造人格灵魂，重视青少年心理疏导；从福安全市各所学校注重校友乡贤文化到大学生回乡创业，占西坑竹林酿造回味悠长的竹酒，青创福礼佳品馈赠；从福安企业老总慷慨解囊助学奖教到成立形式多样的教育基金会，我们深知党的建设坚强堡垒的战斗力是何等的重要，"人才智库"，建言助力，"五老"作用发挥的舞台是多么广阔。福文化的最终归属是不断造福人民。人民就江山，初心使命当比泰山还重。

五福引来百花开，万紫千红福满园。

林青主任与黄一萍女士把五福之地当作第二故乡，与福安人结下了深厚情意，那是一种人生难解难舍的缘分和情结。而如今他们年至耄耋之龄，两人年龄相加恰好 168 岁。一者，一心一意为福安，一如既往挚爱福安这块热土；六者，六六大顺，一路顺风顺水，奋进福安振兴征途上；八者，寓意一路发，为福安发展，为福安人发家致富，添砖加瓦。当我们注视着这对贤伉俪，羡慕、感动、佩服、敬爱之情油然而生，不禁盛赞不已。

山水无言，福安有福，林青主任与黄一萍女士紧紧拥抱五福，如此热爱福安，必将迸发出旺盛的生命力，奏响感人肺腑的人生交响乐章。此时此刻，迎新春座谈会毕，我们全体关工人兴致勃勃地来到坑下村广场，在用各种蔬菜摆列成的硕大的"福"字前合影留念，感受到了一种从未有过的幸福感。

2022 年元月 30 日

林青主任与夫人黄一萍女士在坂中畲族乡坑下村蔬菜基地合影

留有好样与子孙 [①]

——写在纪念福安市关工委成立30周年座谈会之际

1

那一天，夏风劲吹
历史的大幕被奠基者拉开
关工协会，一个新的牌匾在韩城二所旁挂了起来
从诞生之日起
先驱者穿着中山布衣上班
也许此地很不起眼
办公条件简陋平凡
几位工作者在郑桂全会长带领下
心有所向
空乏其身
开始抒写关爱事业第一篇章

2

那一天，晓日春风
吹开了新的前景
从此协会更名"关心下一代工作委员会"
第一批最早高举中国火炬的播火者
在林青主任引领下
接续敲响时代的钟声
在新的长征中
共克时艰，有所作为

---

① 此诗歌包含福安市关工委工作人员名字：林青、黄滔、如荣、乃发、康丛、绍庄、克光、钟隆、先利、松奇、晓春、晓晶、晓静、文珍、少娟。

在每一个足迹所到之处
都绵延成火红的地标
新业绩闪烁新的光芒
屹立巍巍白云山脉
隆凸起历史新高峰

3

这个富有情怀的事业伙伴们
这个团结奋进、充满乐趣的群体
这个不为高薪惠利所引诱的"五老"团队
默默发挥心身余热
胸怀爱心
心同流水
心泉润物亦滔滔
牵手未来，发出一代代心声
真心呵护祖国花朵一丛又一丛，健康成长
一朵朵祖国花儿盛开在美丽的校园

4

这一年，恰好进入新世纪
福安关工委被评为全国先进集体
有了这个至高无上的荣誉
精神无价，不是黄金胜似黄金
风尘盖不住昔日创业者的脚印
在无数铿锵前进的脚步声中
全体关工人感到无上光荣
珍惜复珍惜
初心如炬，使命如磐
千里之行，始于足下
新的征程正踏响铿锵足音

5

这么多年了，领衔者依然在沉思，在行动
"五老"白发如霜的风采，闪亮乡野村庄
喜悦一路歌
豪情一身汗
好事实事办了一桩又一桩
帮困助学，每一个感人的细节
托起了莘莘学子的梦想
种子工程聚人才，率先惠利农家寨
一粒鲜果握在手
就是握住千家万户农民的甜
振兴路上果飘香
常以行动率先行
用以身教作示范
绍继时代新步伐
春风化雨，真诚关怀
总是让人热血沸腾
仿佛春风烫

6

这一年，恰逢庚子年
福安孩子们的林青爷爷
进京受奖开大会
人民大会堂的"福安声音"
涌动"五老"热血一腔
他代表"五老"报告福安的故事传奇
八分钟的每字每句，都在人民大会堂久久回响
这是福安孩子们给林青爷爷系上红领巾的骄傲
这是福安每一位关工人的光荣
这是林青主任"80后"攀登人生事业巅峰的惊喜
历史记住了

这沉甸甸的奖杯
这红彤彤的证书和绶带
鲜花带着泥土的芬芳
掌声送上由衷的羡慕和赞赏
山高人为峰
路长脚更长
孩子们的林爷爷
从来没有沉浸轻松甜梦中
荣誉激活赤诚心
从中焕发新动力
时刻都在躬身问路
不息奋进
矢志再创新辉煌
仿佛回到少年郎

7

岁月静好时
乐道人善悠
青山不墨自诗文
流水无弦琴韵声
如娟展新姿
寸心透晶莹
关工精神不言老
"五老"热爱地生辉
奉献不论价
爱洒天地间
躬身掬水月在手
赤心育花香满衣
功德总无声
留有好样与子孙

2020 年 12 月 23 日写于韩城之北

2019 年 3 月 22 日，宁德市关工委主任李过渡（左二）在福安调研，福安市关工委主任林青（右四）陪同

2022 年 9 月 22 日，福安市关工委常务副主任杨乃发等领导带领各乡镇（办事处）关工委主任赴寿宁县下党乡参观学习，寿宁县关工委主任叶允梅（前排右四）陪同

年花甲，再出发（代后记）

我的文友说，很多人看书时，总要先看一眼后记，说明读书也是从后面开始看的。如此说来，一本书的后记显得很重要。因此，我就翻出了退休后写的一篇短文《年花甲，再出发》，斗胆作为此书的代后记。

时间来到 2016 年，我进入了退休生活，内心一下子紧张起来，恐慌感仿佛在一夜之间汹涌而来，有时坐立不安。有些实际问题在脑海里挥之不去。比如退休后做什么？总不能天天待在家里做"坐家"，两耳不闻窗外事，天天一日三餐，碌碌无为直至生命终点。另外，人到 60 岁以后能做些什么？如何去做些自己感兴趣、觉得有意义的事情？面对这些问题，认真叩问自我，顿时如梦初醒。

仔细想想，退休后的日子也是挺漫长的，甚至不亚于在职工作时间长短。因此，退休又是人生一个新起点、新出发。

年至花甲，何去何从，不曾经历，前程渺茫，认真思考，心有余悸。所有的这一切都在持续不断敲击我的心坎和我将要走进的全新的未知世界。

当接到福安市人民政府红头文件宣布我退休的那一天起，我干脆利落离开工作岗位。无聊徘徊了近两年后，我十分快意地走上了一个"五老"发挥余光余热的舞台——福安市关工委。

我现在还是说不清自己是什么缘故来到了这个涉老机构，得来这份公益差事。其实关于这事，归结一点，那就是老领导林青主任召唤，我自愿择定。关工委这个公益平台很有意义，我甚乐为。

退休后，我的写作兴趣非但不减，反而愈发浓厚。这是自我遣兴和抒发心情的生活爱好。这个过程很美，很乐我心，好像让我满眼青山绿水，花鸟齐妍，让我有意去追求久违的真诚，可以做到内心坦然，从中获取精神上的灵丹妙药。关于写作，有时也是辛苦自乐，汗水沾衣，乐此不疲。宛如咀嚼莲子，甘苦自受，此情此心，只有自我意会，不可言表。

年至花甲，人自然成熟了好多。这种人生熟度是因时因地因势利导，时而可以适当把某些心事来个大转移。转移是为了不同角度的关爱和更加有深度和广度的事业切换。在转换之中，钟情于什么人和事，热爱和怜悯哪个具体的人，这个人是谁，我觉得不再重要了。因为他们是个群体，是时代的骄子，国家的希望寄托在他们身上，你可能从来不认识。他们，或者只是擦肩而过，在工作中留下一个影子，一个轮廓，一个满意的笑脸，这些美丽的故事早已让人铭记在心，想想这些公益善事真是美轮美奂！

今天，是福安市关工委给我这么个良好机会，让我提前"早熟"，写作动力如马达加油轰轰作响，但用笔之粗，文字之拙，还有不少遗珠之憾，敬请同仁及方家批评指正。

《关爱正逢时》获福建省政协原副主席、省关工委常务副主任陈增光同志题写书名；得到福建省委原副秘书长、办公厅主任李育兴同志，宁德市关工委主任李过渡同志作序；宁德市关工委原主任钟雷兴同志，福建省政协原常委陈友荣同志，福建省政协原学习委主任陈必滔同志，宁德市人大常委会原副主任、市关工委主任李过渡同志，宁德市原副市长薛成康同志，福安市政协原副主席林平同志等"五老"赐予艺术作品，为书增色。本书编撰委深感荣幸，值此，表示由衷感谢！感谢福安市文联主席王振秋同志、福安市民族中学王锦华老师具体指导和支持，感谢福安市关工委副主任李园、福建省作家协会会员林德发先生、福安市农业农村局李以训先生及黄曙英等文友写给诗文作品，更要感谢有缘翻阅此书的每一位读者。

王梅凌

2022 年 7 月 23 日大暑

图书在版编目(CIP)数据

关爱正逢时/福安市关心下一代工作委员会编.
－福州:海峡文艺出版社,2023.11
ISBN 978-7-5550-3510-7

Ⅰ.①关… Ⅱ.①福…②王… Ⅲ.①散文集
－中国－当代 Ⅳ.①I267

中国国家版本馆 CIP 数据核字(2023)第 206799 号

关爱正逢时

福安市关心下一代工作委员会 编

出 版 人 林 滨
责任编辑 莫 茜
出版发行 海峡文艺出版社
经 销 福建新华发行(集团)有限责任公司
社 址 福州市东水路 76 号 14 层
发 行 部 0591－87536797
印 刷 福州雄胜彩印有限公司
厂 址 福州市晋安区新店镇健康工业区 10 号
开 本 720 毫米×1010 毫米 1/16
字 数 300 千字
印 张 20.75
版 次 2023 年 11 月第 1 版
印 次 2023 年 11 月第 1 次印刷
书 号 ISBN 978-7-5550-3510-7
定 价 86.00 元

如发现印装质量问题,请寄承印厂调换